大妻文庫2

詞花和歌集

大妻女子大学国文学会編

（詞花和歌集）

新典社

「大妻文庫」刊行の辞

「大妻文庫」は、平成十九年（二〇〇九年）に創立一〇〇周年を迎える大妻学院と同年に創立四〇周年を迎える大妻女子大学国文学会の記念事業として企画され、今般、ここにその刊行を見るに至ったものである。

刊行の趣旨は、これまで大妻女子大学文学部日本文学科・同短期大学部国文科によって収集され、本学図書館及び関係機関に所蔵されてきた日本文学資料の中から、善本又は資料的価値の高いもの、さらには利用価値の高いその内容細目・索引等を順次刊行し、以て広く社会及び関係学界に寄与することを目的とするものである。

このことは、日本文学のみならず日本文化の知的遺産である貴重資料を一大学が私蔵することなく、社会に還元することを目ざしたものであり、「大妻文庫」の刊行が大妻女子大学の社会的責任の一端を担うものであるとの認識の下、大妻女子大学国文学会もまたその一翼たらんとする学会構成員の理解と協力とが相俟って実現した事業であることをここに記す。

大妻女子大学国文学会

目 次

影 印

翻刻

解題

影

印

9

表表紙

表表紙裏

一オ・極札

詞花和歌集巻第一
春
堀河院御時百首哥たてまつりけるに
立春の心をよめる
大蔵卿匡房
氷ゐしゝかのからさきうちとけてさゝ浪よする春風そ吹
寛和二年内裏歌合に霞をよめる
藤原惟成
きのふかも霰ふりしはしからきのと山のかすみ春めきにけり

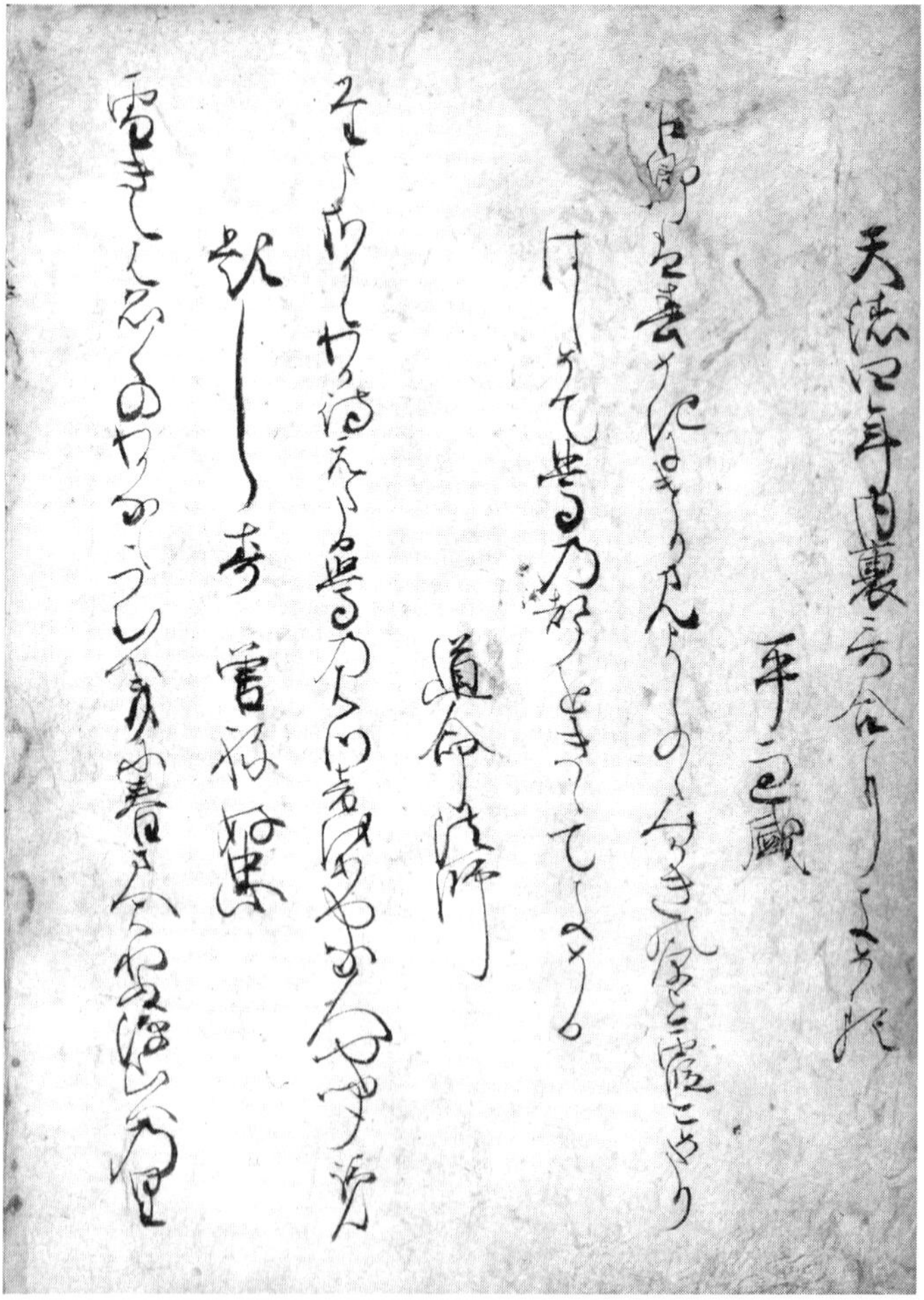
天徳四年内裏哥合
平兼盛
道命法師
菅原輔昭

冷泉院春宮と申しける時百首哥たてまつり
けるによめる
源重之
春日野にあさなくきしのはねおとは雪のきえまにわかなつめとや
鷹司院の七十賀の屏風に子日したる所かきたる
所によめる
赤染衛門
よろつ代のためしに君かひかるれは子日の松もうらやみやせん

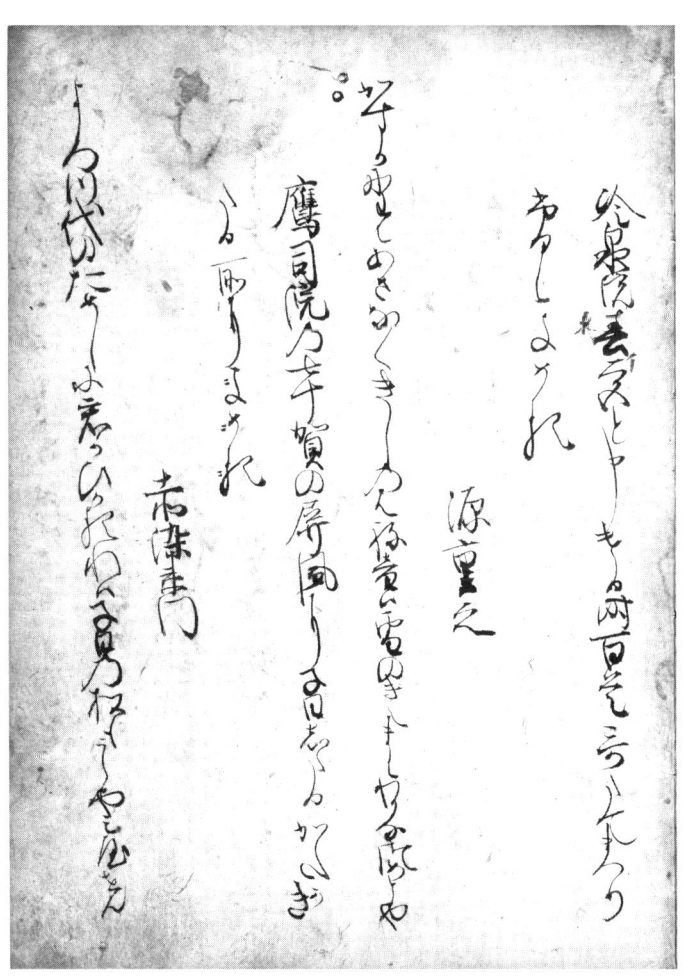

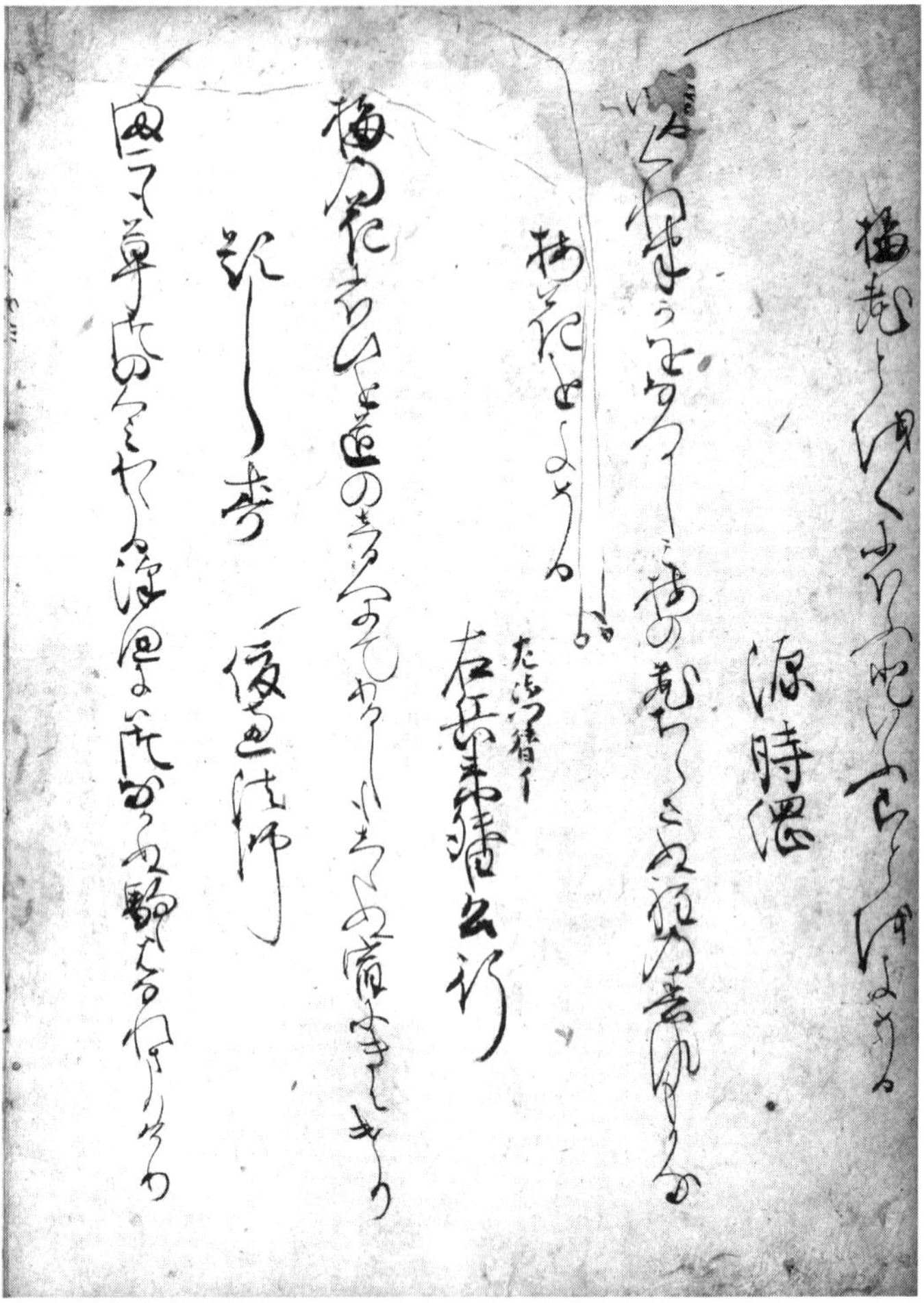

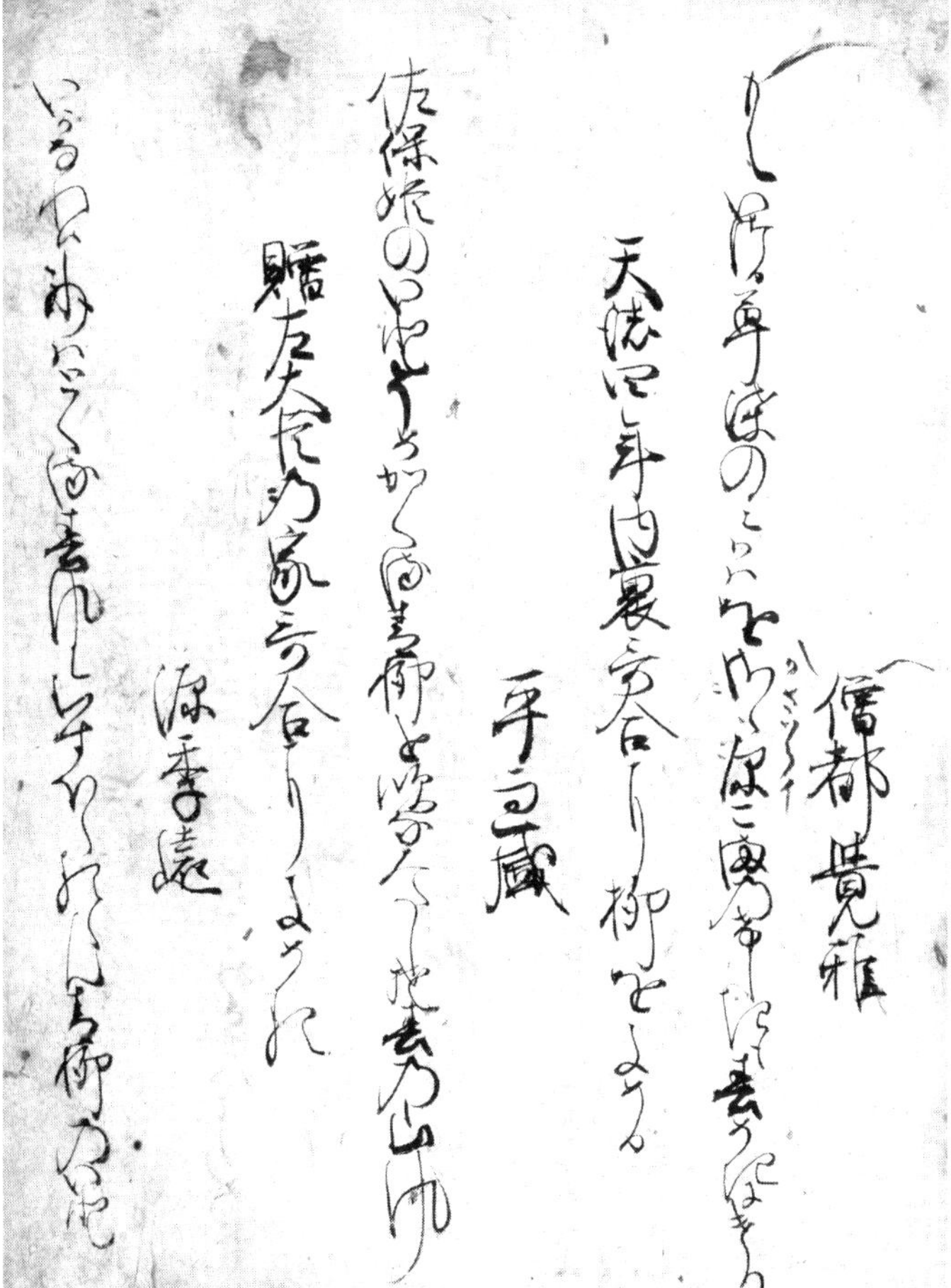
かし
僧都覚雅
[illegible]
天徳四年内裏歌合によめる
平兼盛
佐保姫のいとそめかくる青柳をふきなみたりそ春の山風
贈左大臣家歌合によめる
源季遠
いかなれは氷はとくる春風にむすほゝるらん青柳のいと

みつのへの柳をよめる
源道済
みつのへのかけきす柳けふくれたつそきしあさみとりみて
題しらす　源頼政
み山木のその梢ともみえさりしさくらは花にあらはれにけり
宇治前太政大臣家歌合に花をよめる
康資王母
をちの千本花さくらさかりをみれはみねの白雲とみてやすきまし

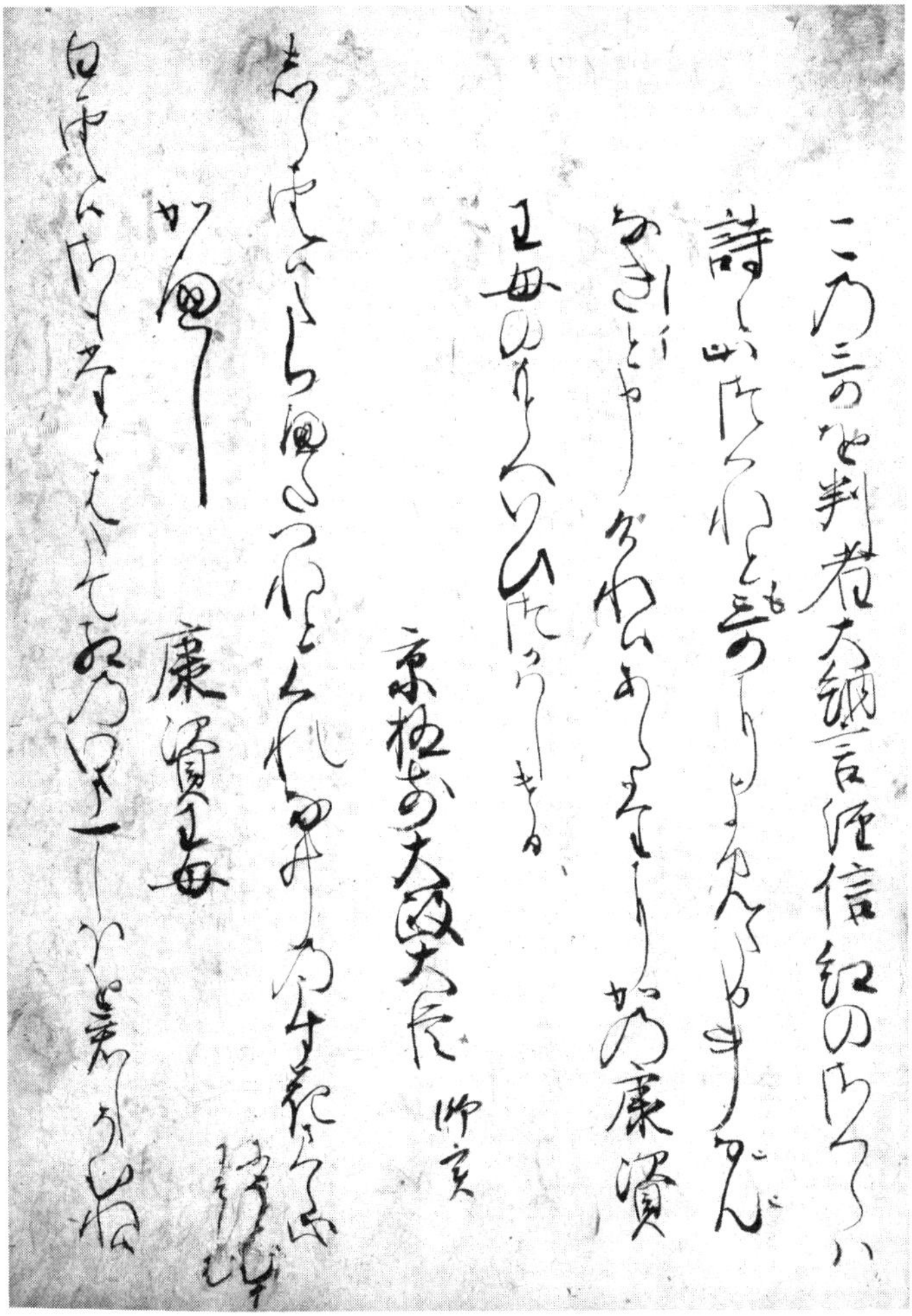

こ乃三の哥判者大納言經信卿の[illegible]ハ
詩[illegible]
[illegible]かの康資
王母の[illegible]
京極前太政大臣 家歌合
[illegible]
如風[illegible]
康資王母
白雲[illegible]

おなし歌合によめる

一宮紀伊

朝またきかすみなこめそ山さくらたつねゆくまのよそにてもみん

大納言經信

しら雲とみゆるにしるしみよしのゝ吉野の山の花さかりかも

承暦二年内裏にて歌合によめる

大納言公實

山櫻おしむ心のいくたひかちる木のもとにゆきかへるらん

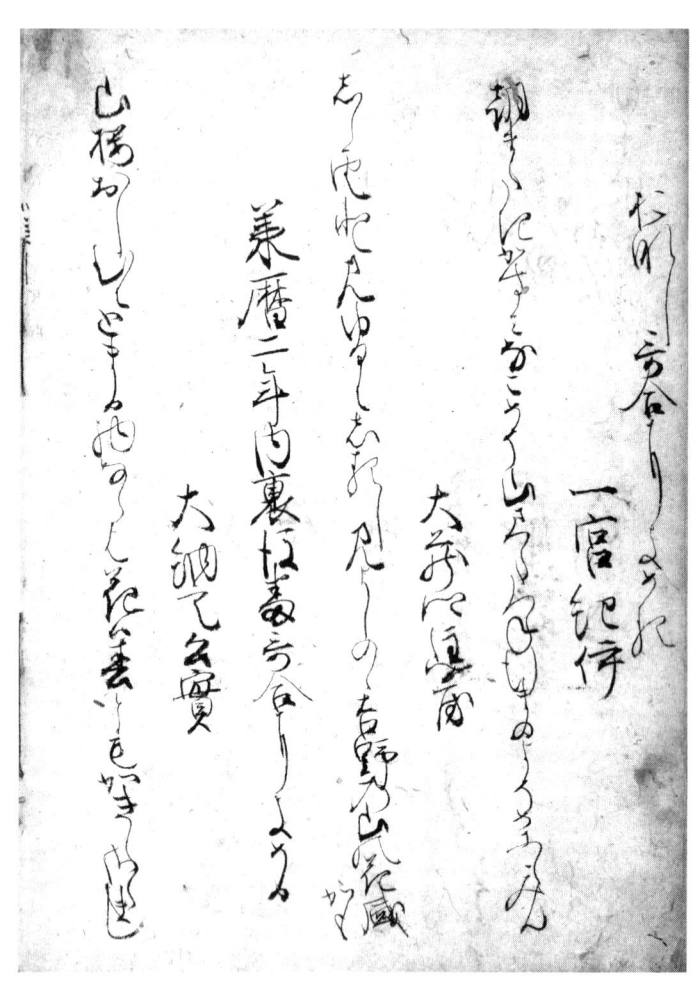

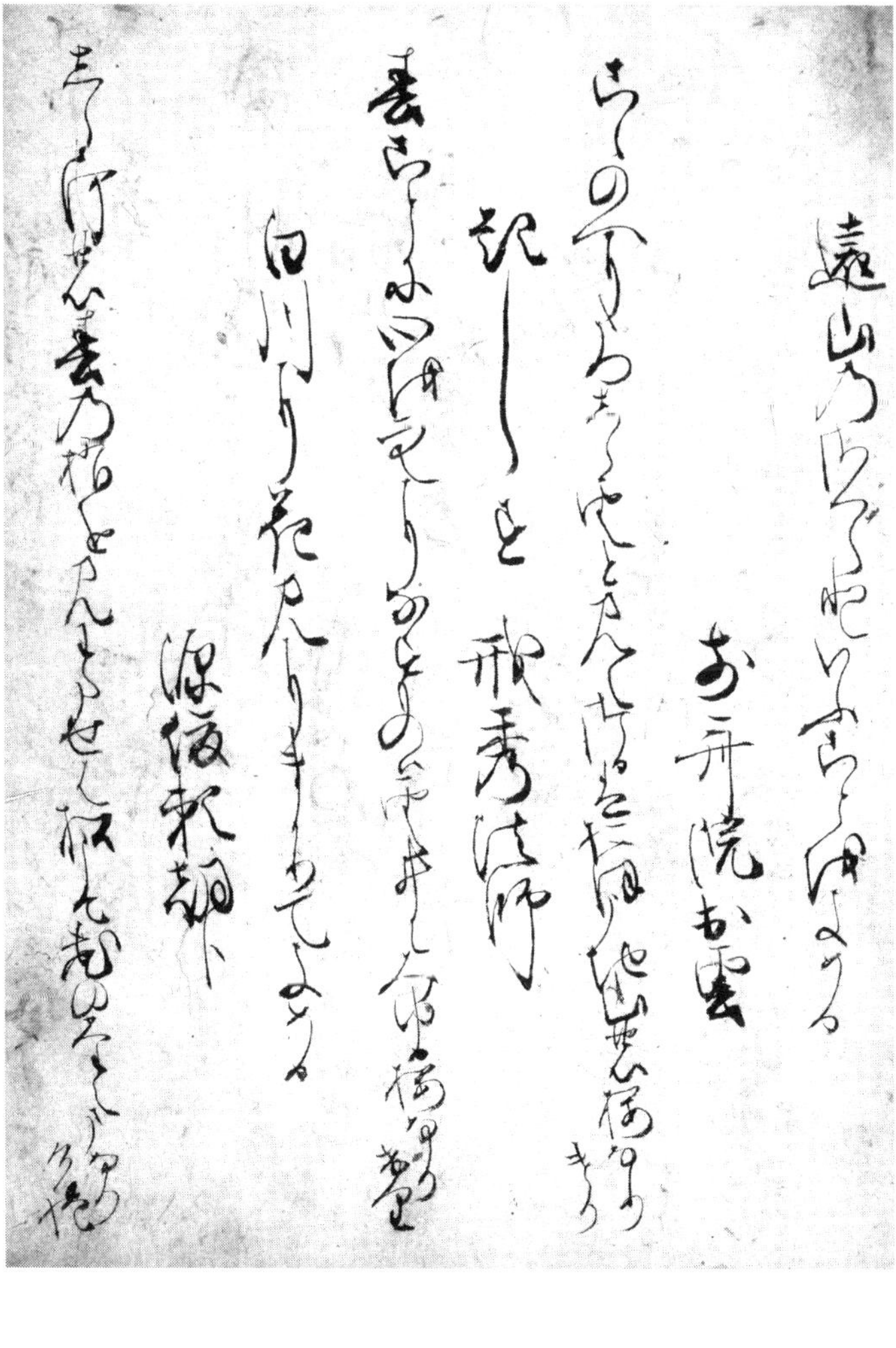

雨ふりし山ほとゝきすはなよりもさき

白河院御製

春くれは花の梢にさそはれていたらぬかたもなかりけるかな

橋のゆくへかの綱もかよふ山居

ゆき水桜花といひつへし

源師頼卿

池の水今いくちよとも桜花かけうつしける

一條院御時ならのやへさくらを人のまゐらせて

題しらす

侍けるをそのおりおまへに侍りけれはその花を
給て哥よめとおほせことありけれはよめる
伊勢大輔
いにしへのならのみやこの八重桜けふ九重ににほひぬるかな
新院位に御時百首哥たてまつりけるに
よめる
右近中将教長
古郷にとふ人あらは山桜ちりなむのちをまてとこたへよ

人くゝゝて惜むをとはらはらしゝ
かりてかへれとてよみける
源登平
ちるもをしちらねはかへる風をしも春なりやとそ人のかな
許しゝと　道命法師
春ことにみな花のやとゝなりにしを　さそ
思ひとよみける
贈左大臣母

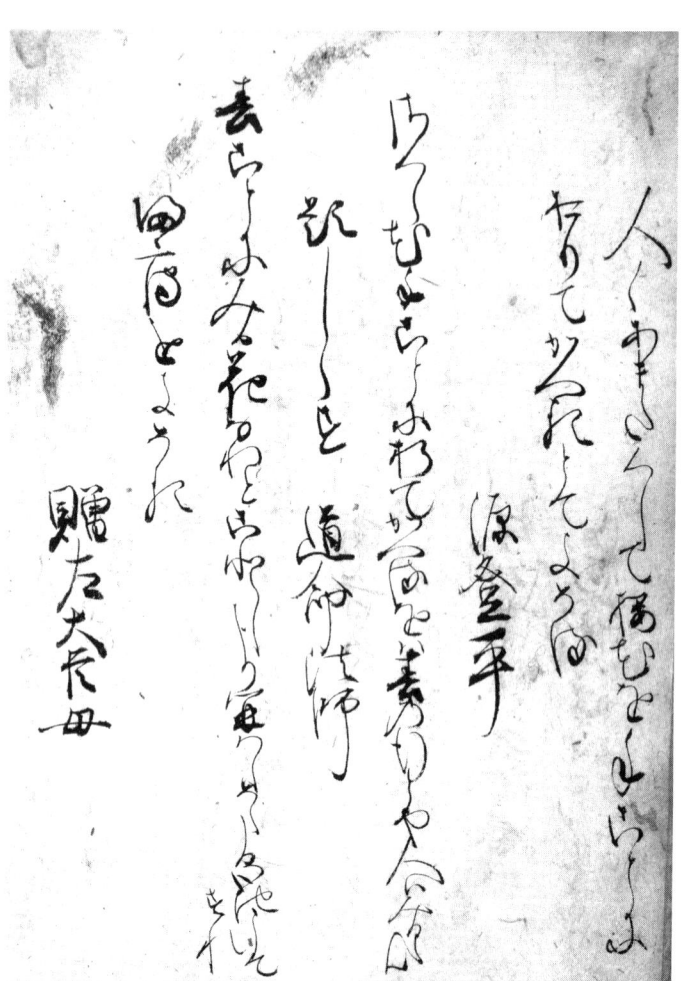

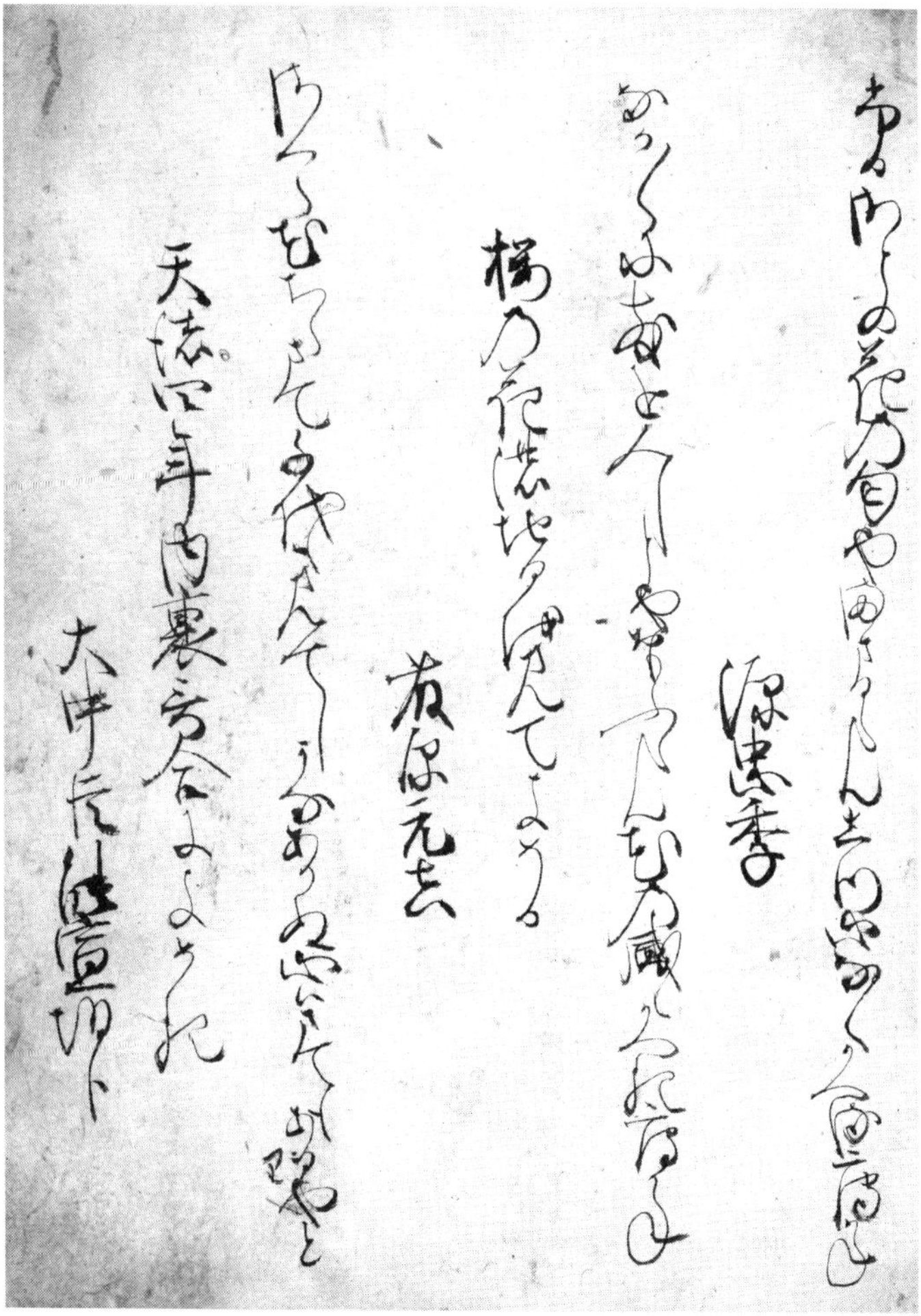
藤原元真
天徳四年内裏歌合によめる
大中臣能宣朝臣

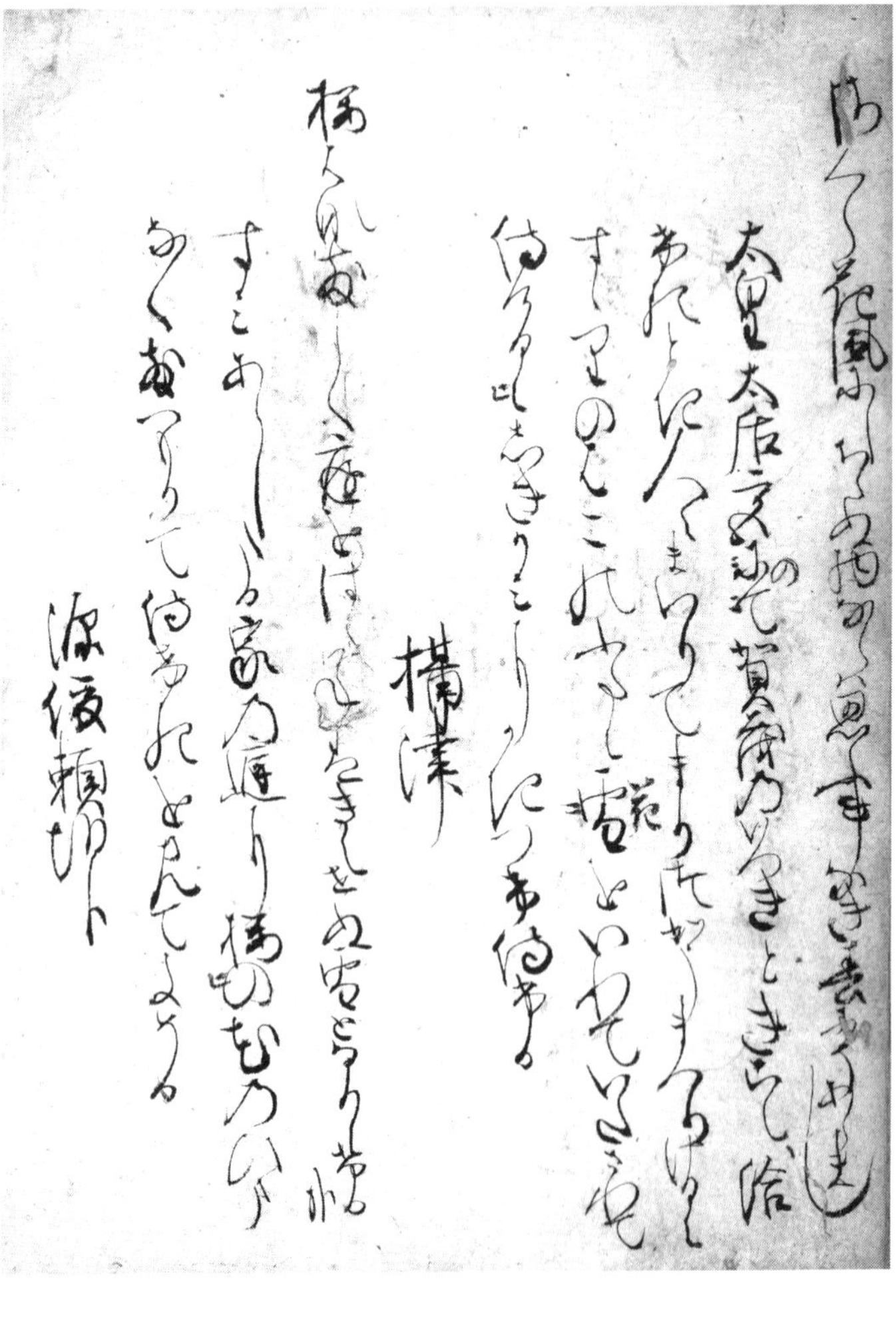

八ウ

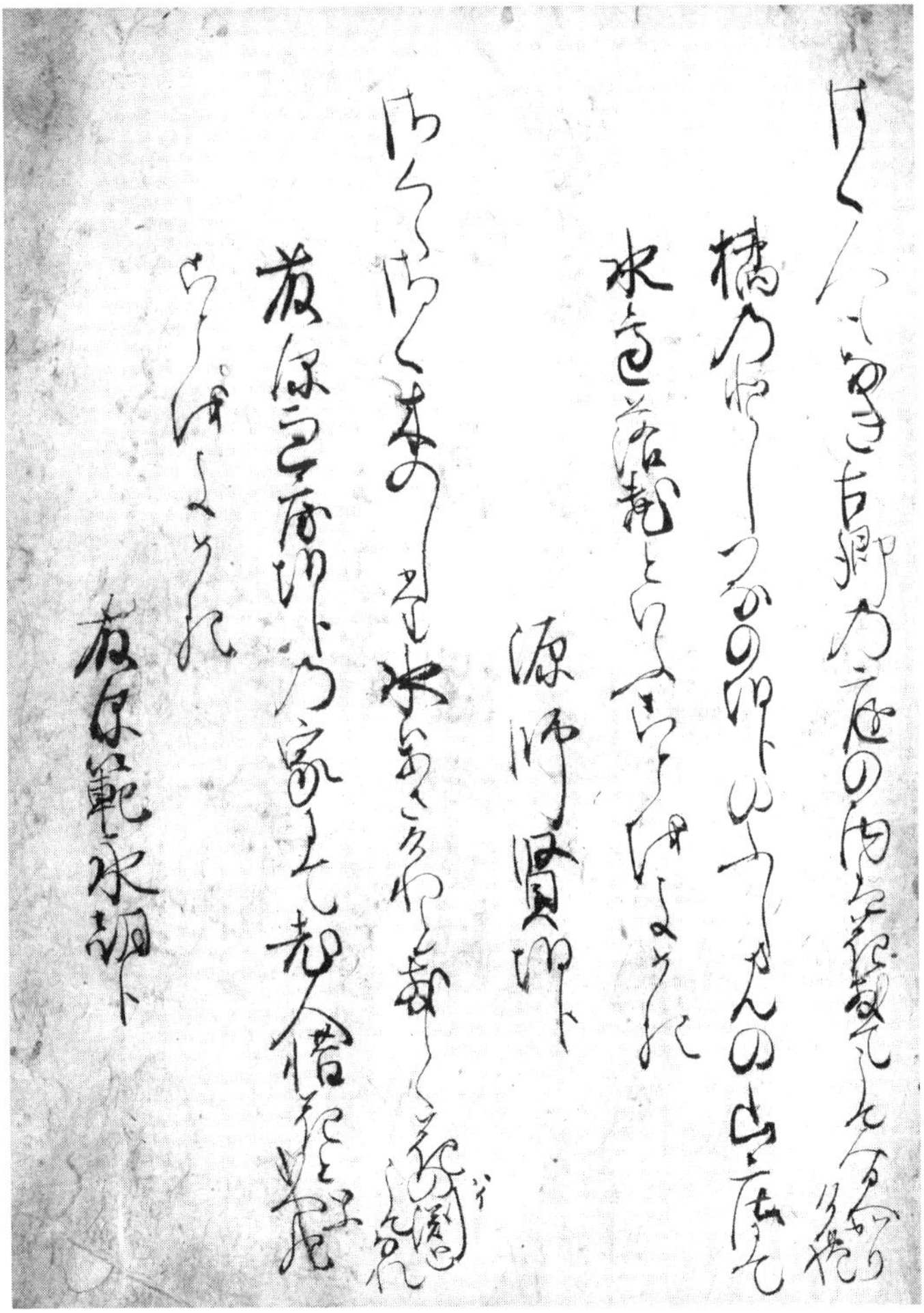
[illegible]
橘のとしつなの朝臣ふしみの山庄にて
水辺落花といふことをよめる
源師賢朝臣
[illegible]
藤原[illegible]朝臣の家にて老人惜花といふ
ことをよめる
藤原範永朝臣

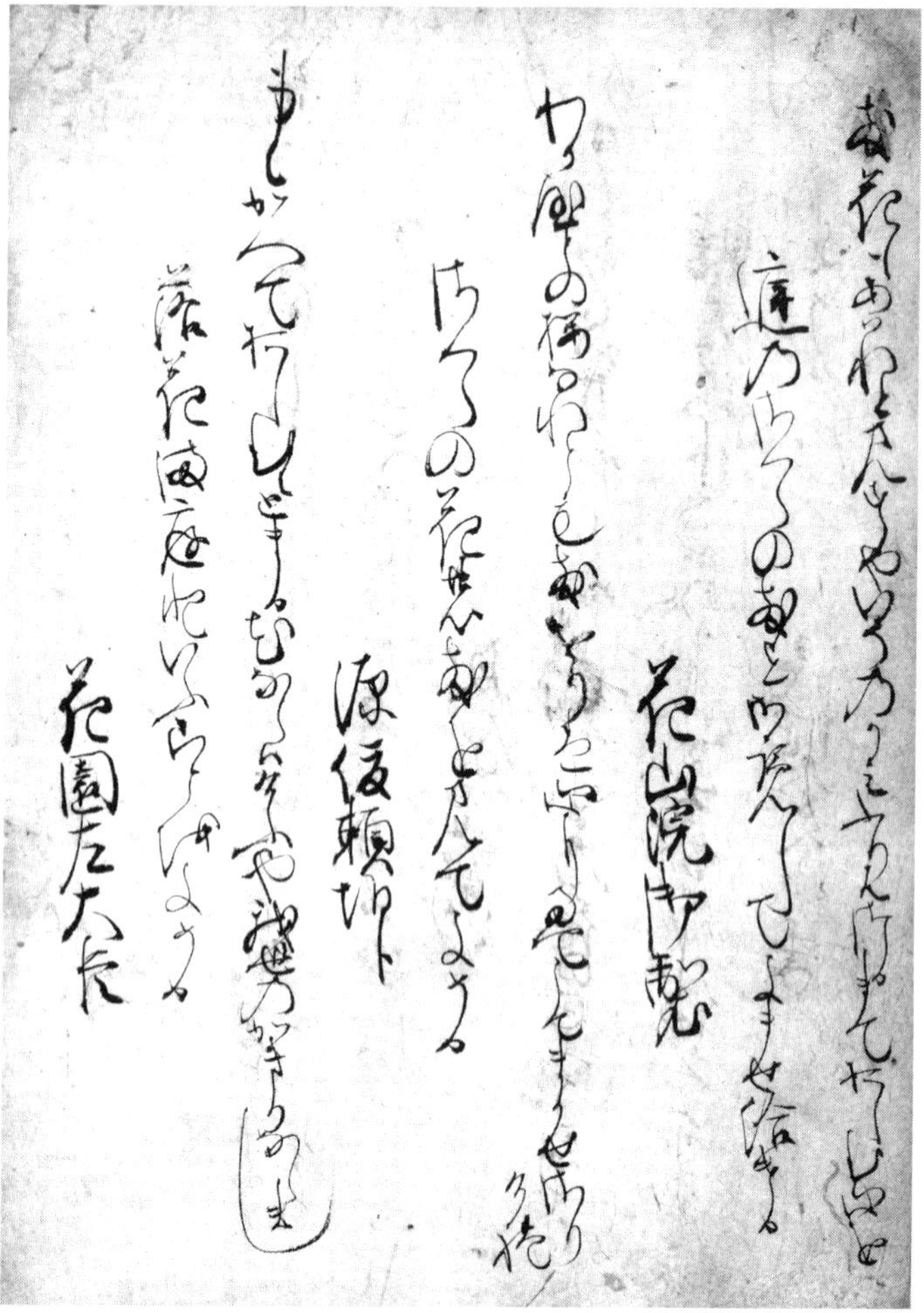
花山院御製
源俊頼朝臣
花園左大臣

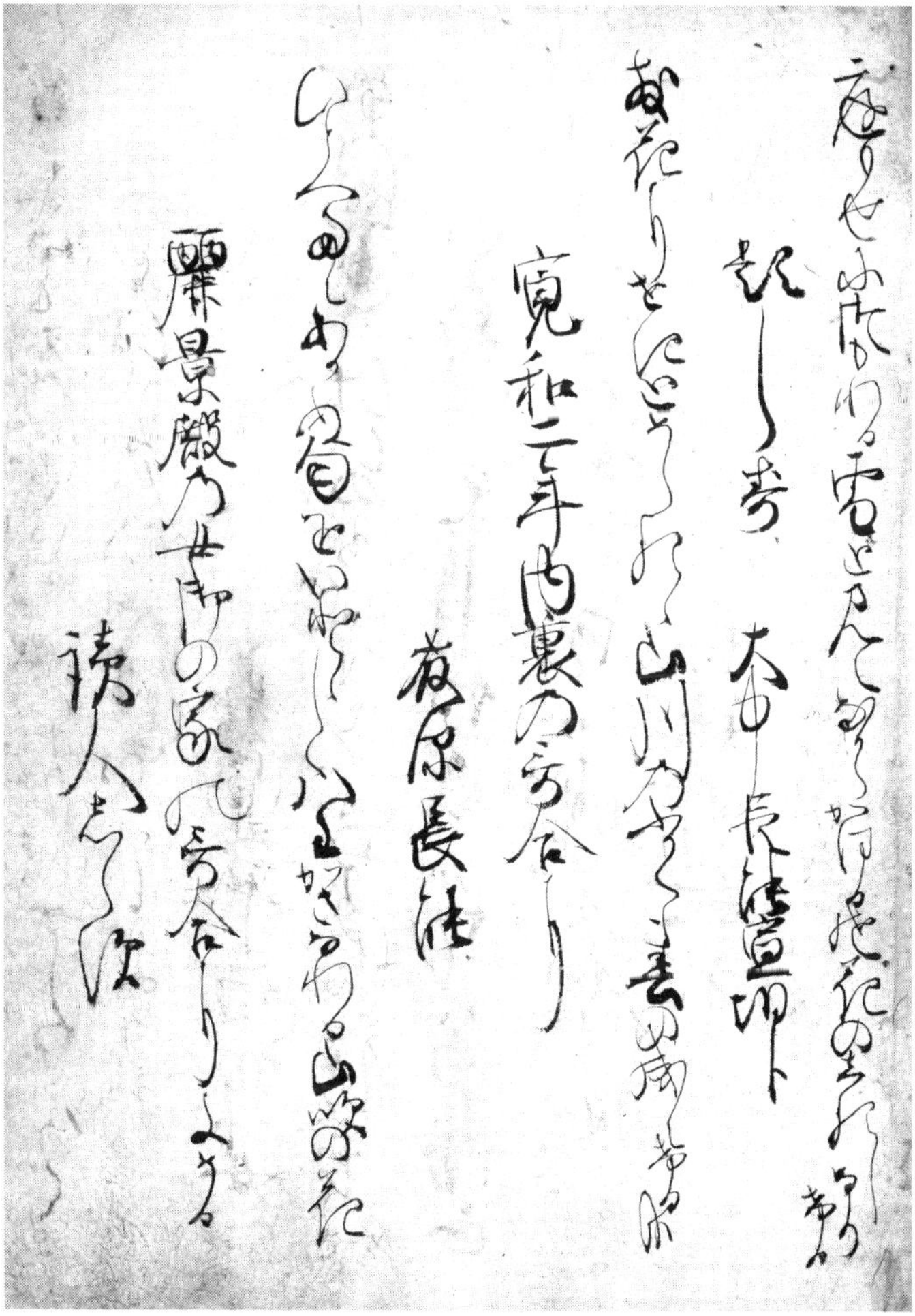
[illegible]
題しらす　太中臣能宣卿
[illegible]
寛和二年内裏の哥合に
藤原長能
[illegible]
麗景殿の女御の家の哥合によめる
読人しらす

やへさけかひしもなく花数ならぬかたちらしひとへにおもしろきかな

堀川院御時百首哥たてまつりけるによめる

太皇太后宮肥後

ちる人をまちの山のよつこもりなれはいふなるしにそすゝ

新院位おりまし〳〵ける時牡丹をよ

ませ給ひけるによみ侍りける

関白前太政大臣

さきしよりちるまてみしほとに花のもとにて廿日へにけり　もう

老人惜春といへることをよめる

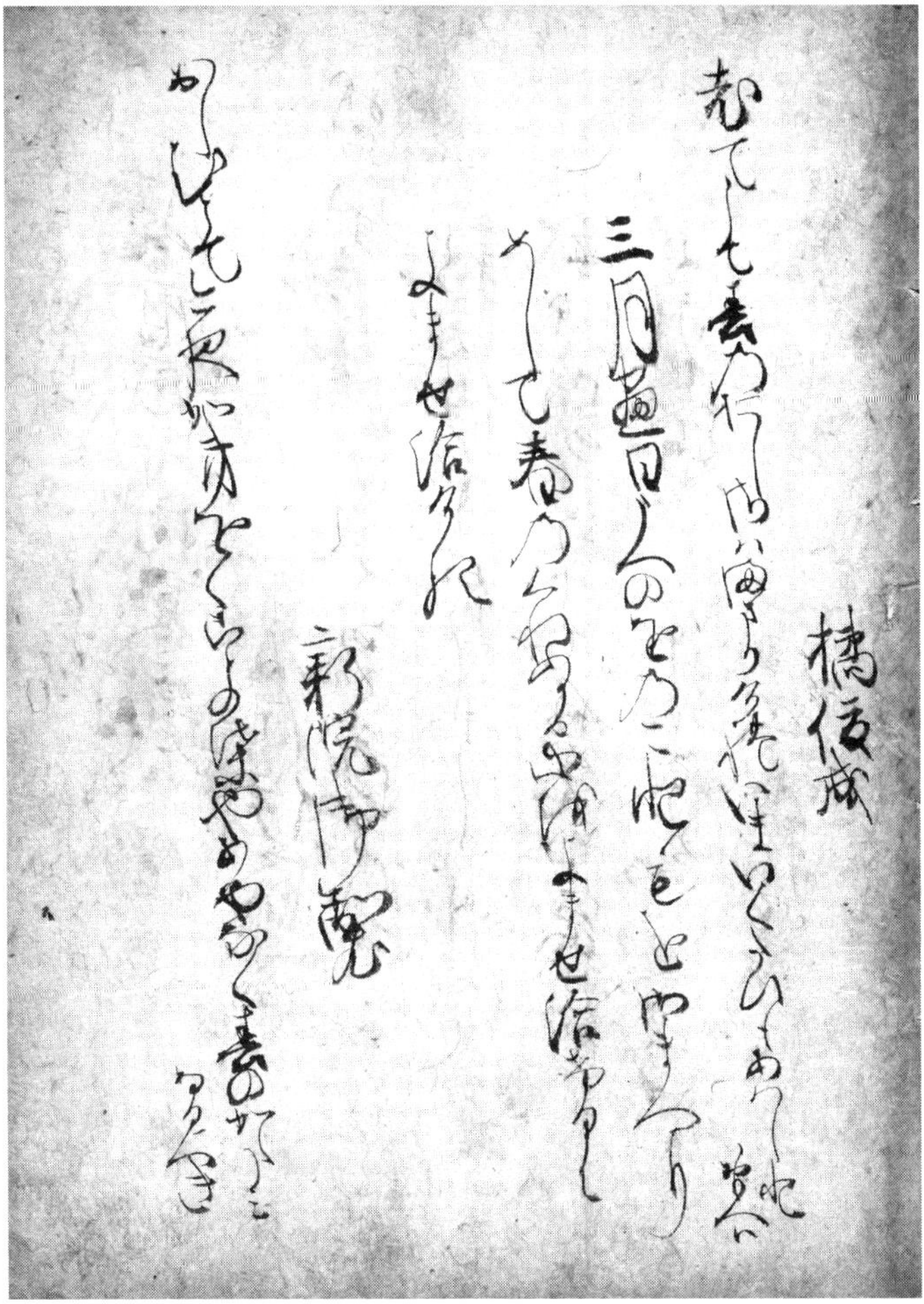

詞花和歌集巻第二

夏

卯月一日比よめる

増基法師

はるくれは夏むすくひとおもひしとのこやまやまて山
さくらん咲

源俊頼朝臣

雪乃色をぬすみてさける卯のはなはさえてや人にうたかはるらん

斎院長官にて侍りける少将ありて

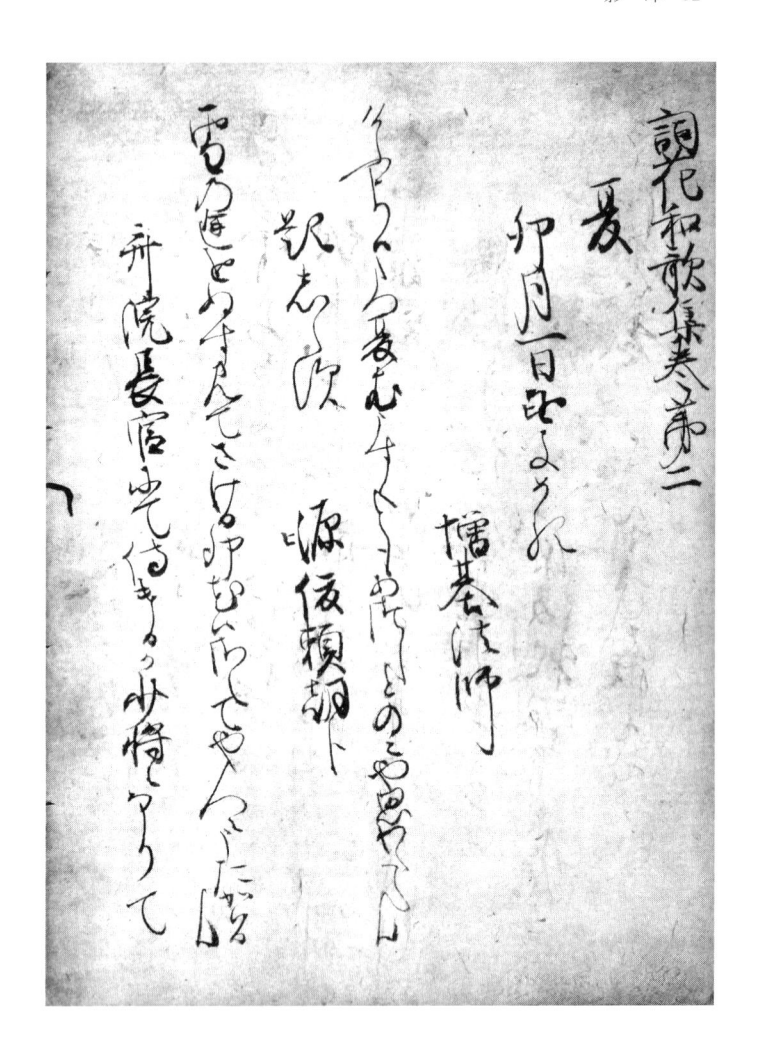

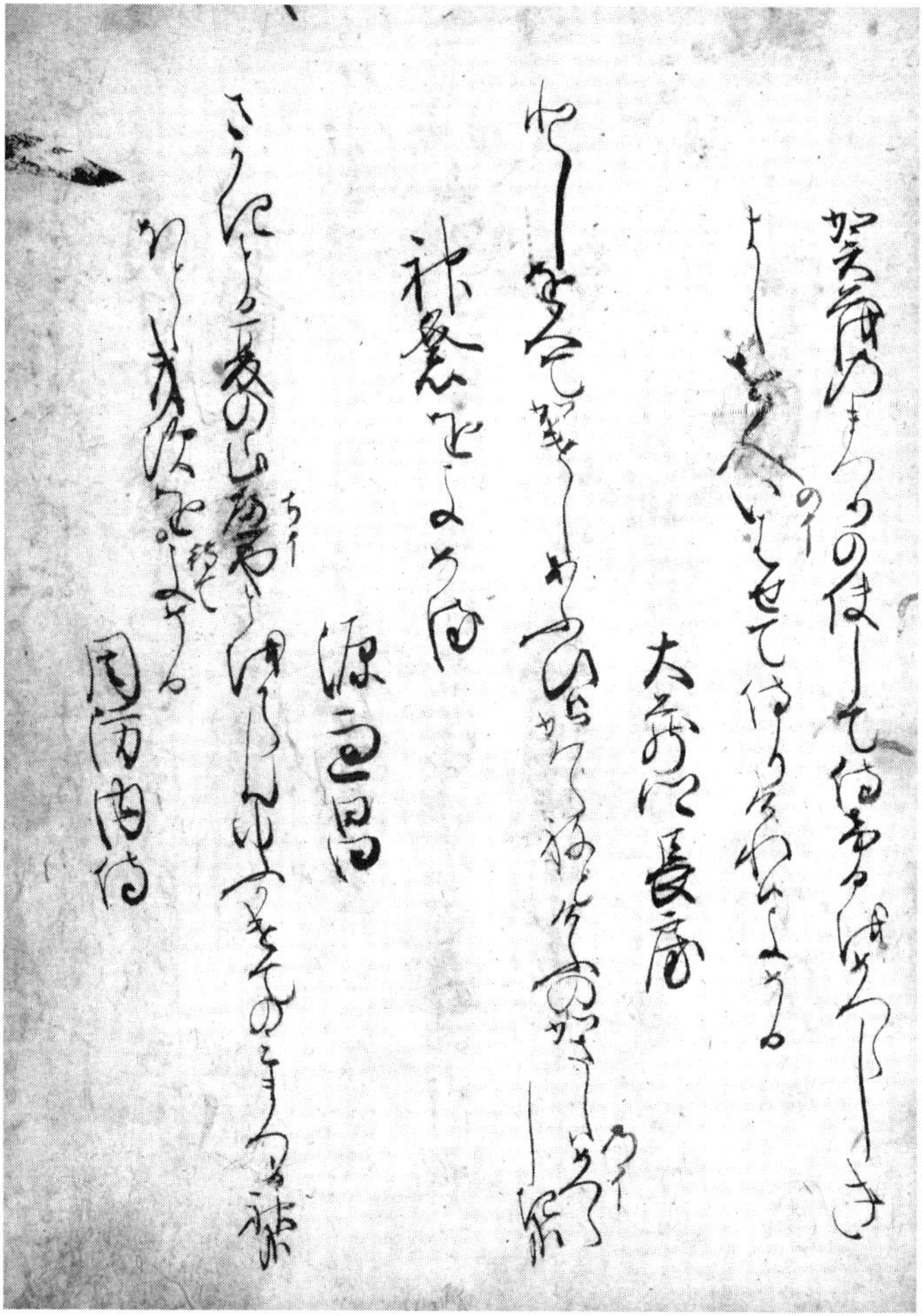

しみてよしあるわきりあきまんもやくゝかくれ
関白太政大臣の家にてうたとの
十首歌よませ侍りしによめる
藤原忠兼
みるかくて住みてそ世間もわかみゆきみちありけり
題しらす　花山院御製
こゝろみにほかの月をもみてしかなわかやとからのあはれなるかと
山寺にこもりて侍りけるに嵐のはけしきを

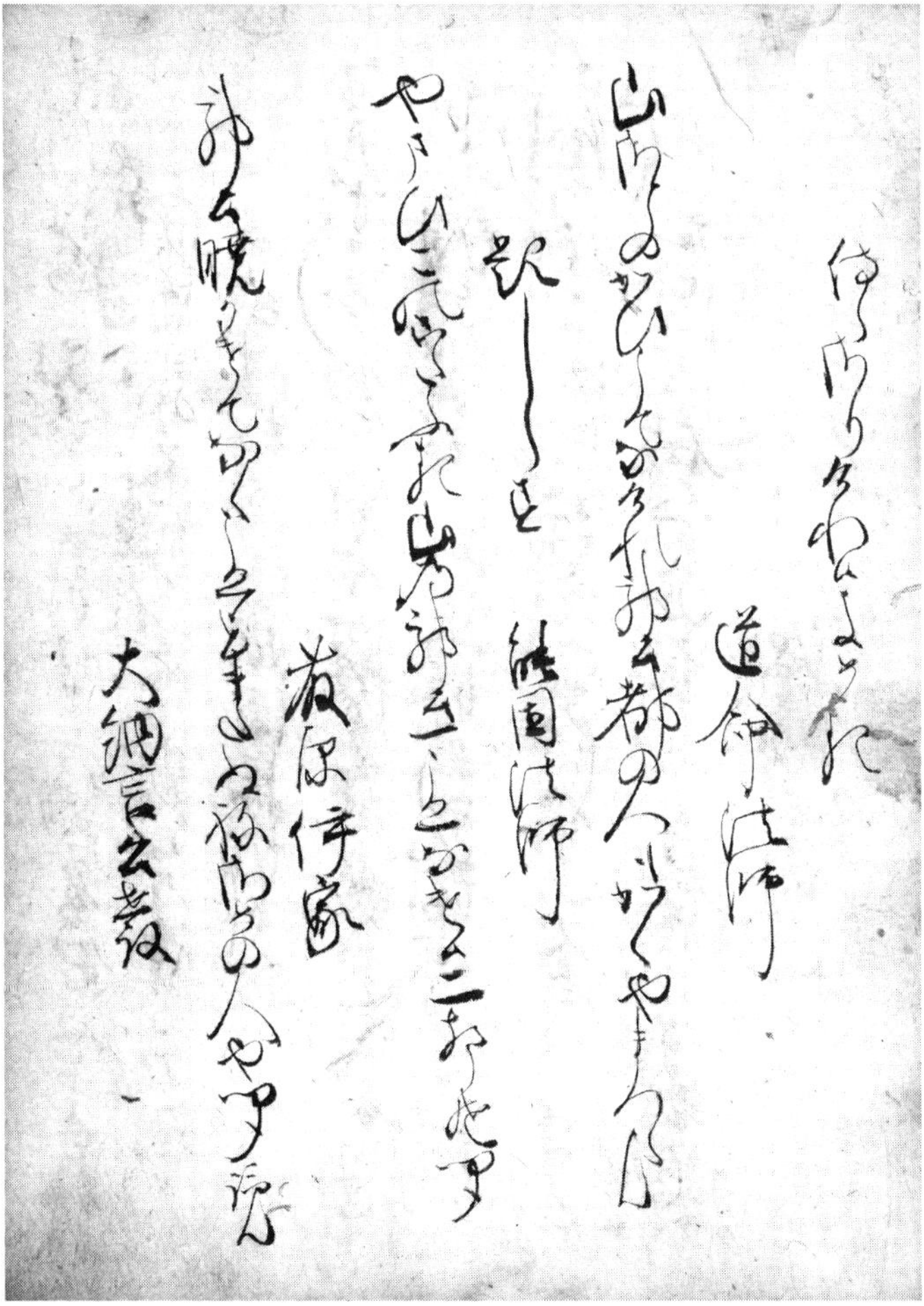

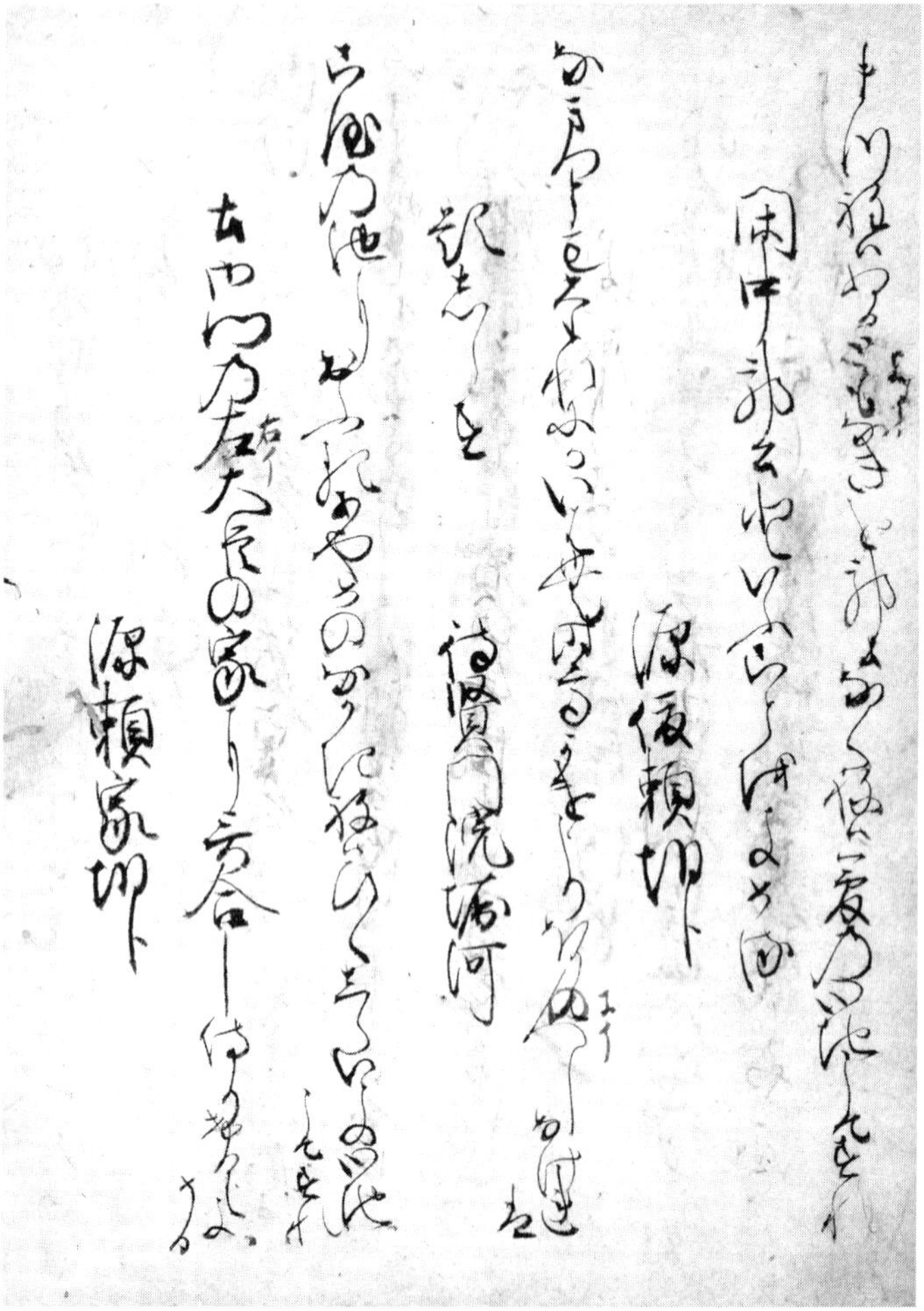
源俊頼朝臣
源頼家朝臣

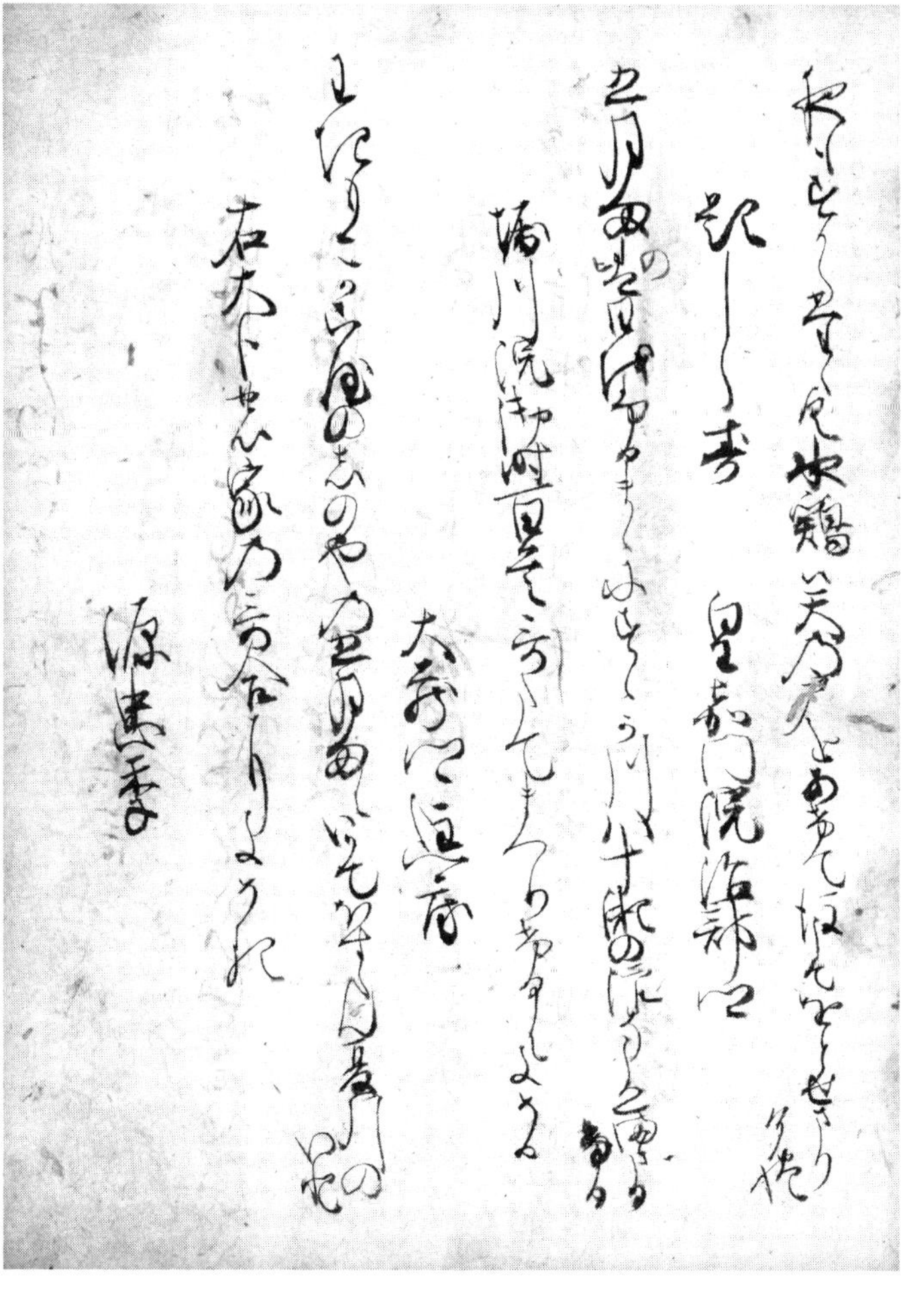

ありのまゝにかりにかへりはつかんとあやや水の面さかなし
郁芳門院乃菖蒲せん爲あはせよみ侍る
中納言通俊
かりしあやめ草千代へんためしにもひきつそしてはしめやさへ世の恋
藤原通宗朝臣家合し侍りしよみける
良暹法師
ありやさくら花しらるかにさきちるをたゝ里まて色見ん
世をうしと思ひを猶てはなれらぬかと思えして

よませ給ける

花山院御製

宿ちかくはなたちはなはほりうへし　むかしをしのふつまとなりけり

をそしこの花はみてそよめる

藤原通衡

よすからくかしなれてきかそこの花のにほひあやなかりける

贈左大臣の家にて歌合し侍りしに

よめる

修理大夫顕季

そなたにせし桜の花はいとく散落ぬと見へ侍る
寛和二年内裏の歌合によみ侍る
大貮高遠
かくしてきさらにふかきもみぢ葉のいろぞ思ひのかなしかりける
六条右大臣の家に歌合し侍りけるに
よみ人
読人しらず
あづまぢの橋はなごりもなかりけりかすかなるすさきのわたりなりけり
水島道済納涼といふことをよみ侍る

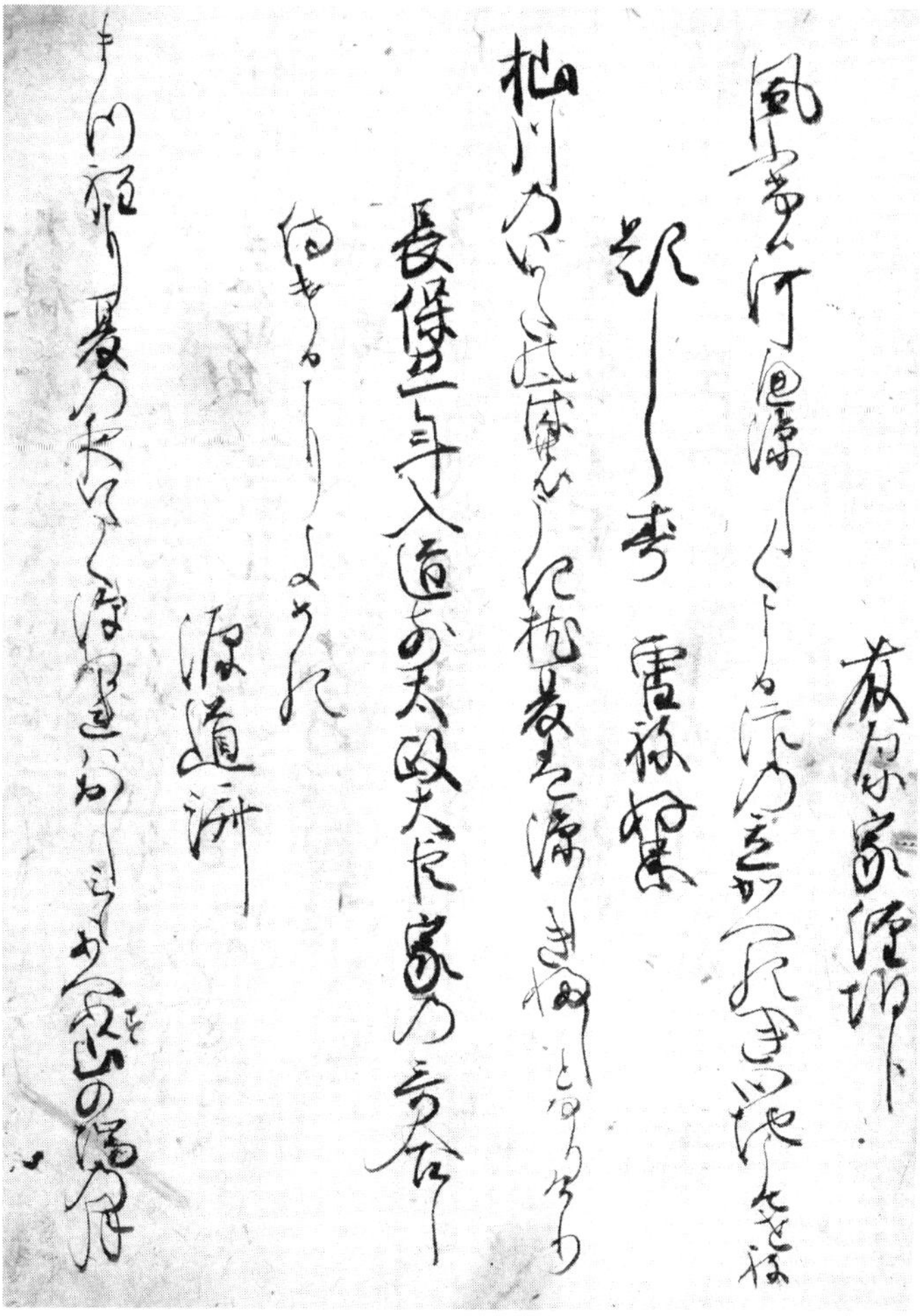

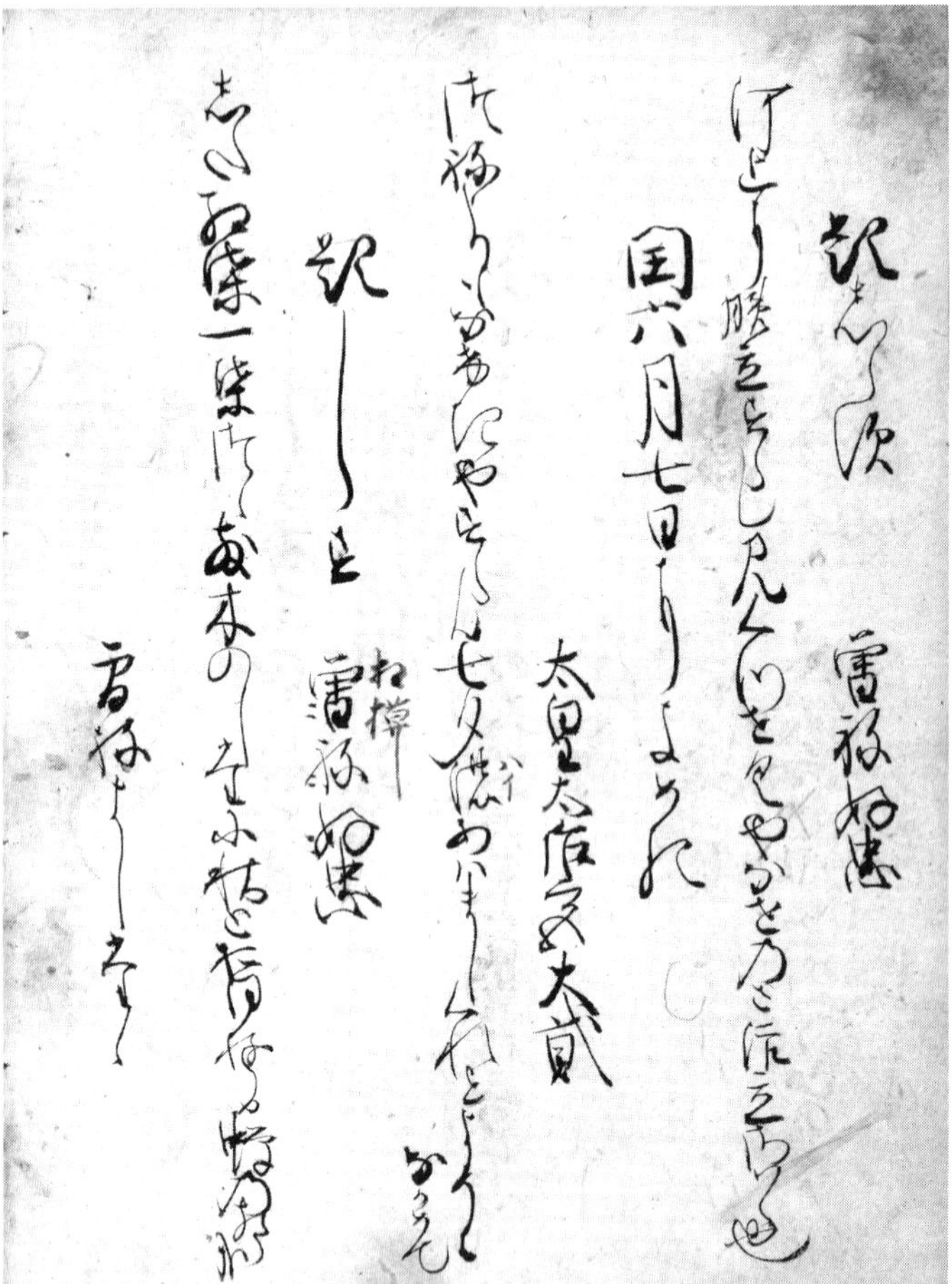

一七オ

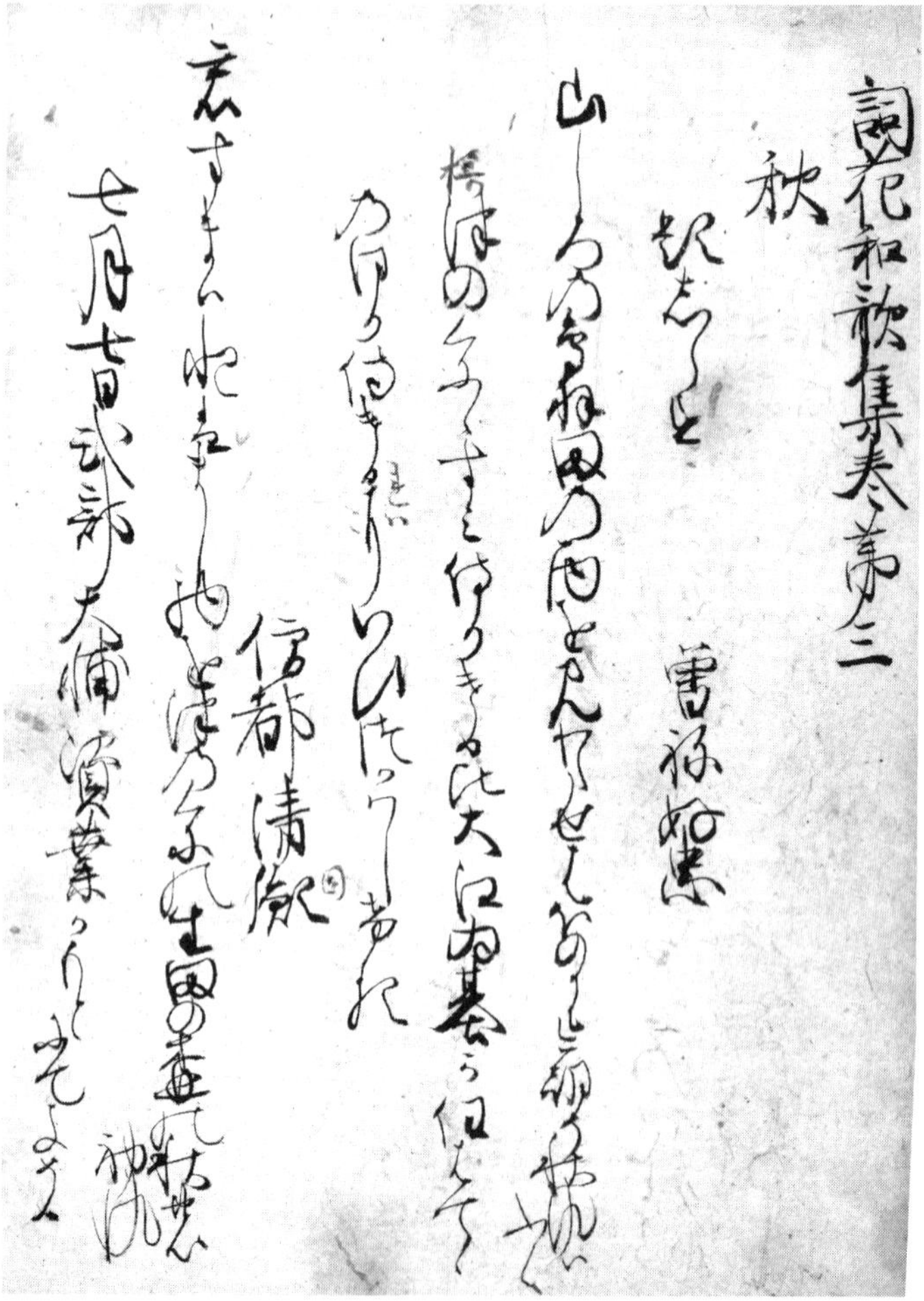
詞花和歌集巻第三
秋
曾禰好忠
山しろのとはたのおもをみわたせはほのかにけさそ秋かせはふく
七月七日式部大輔資業

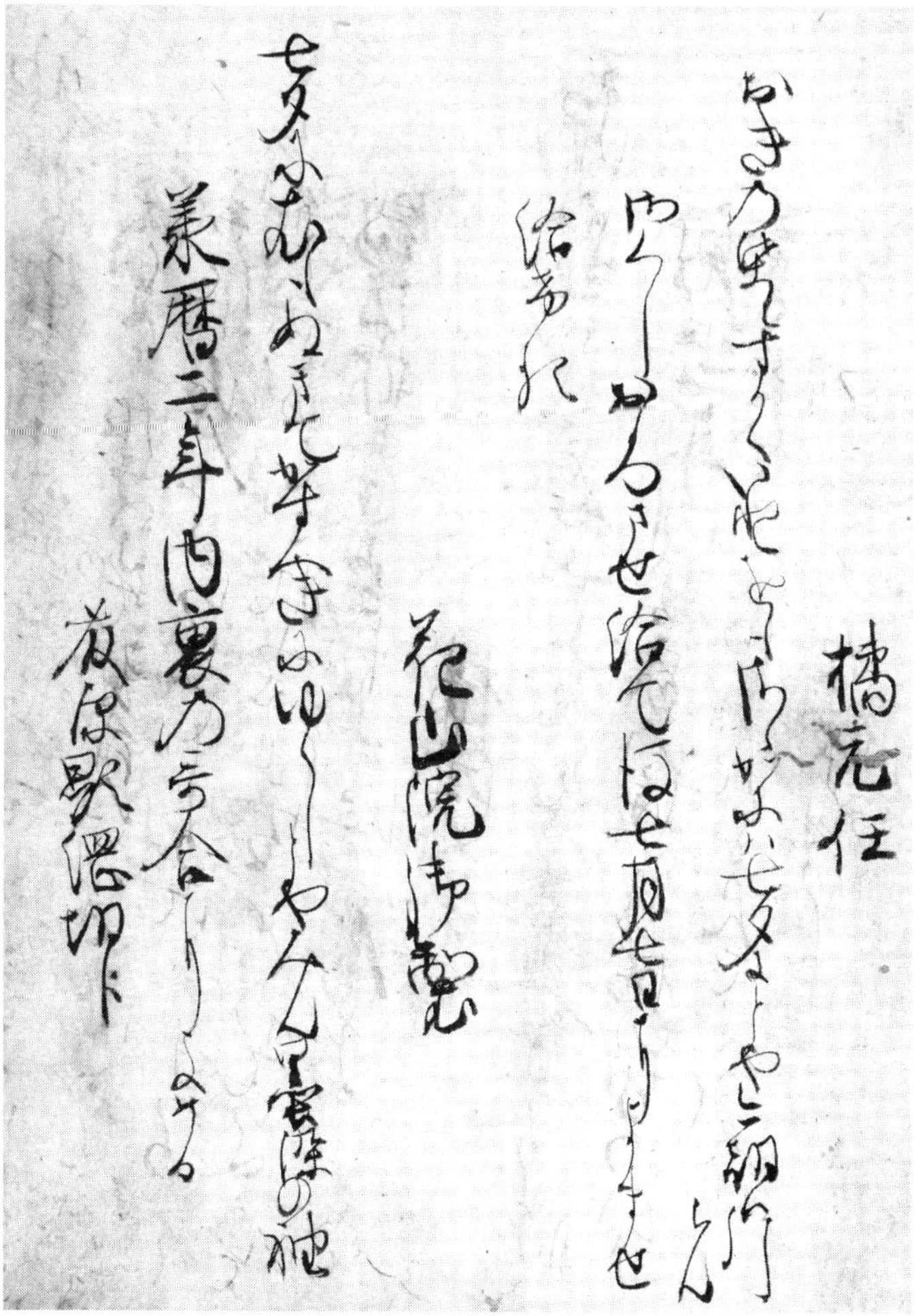

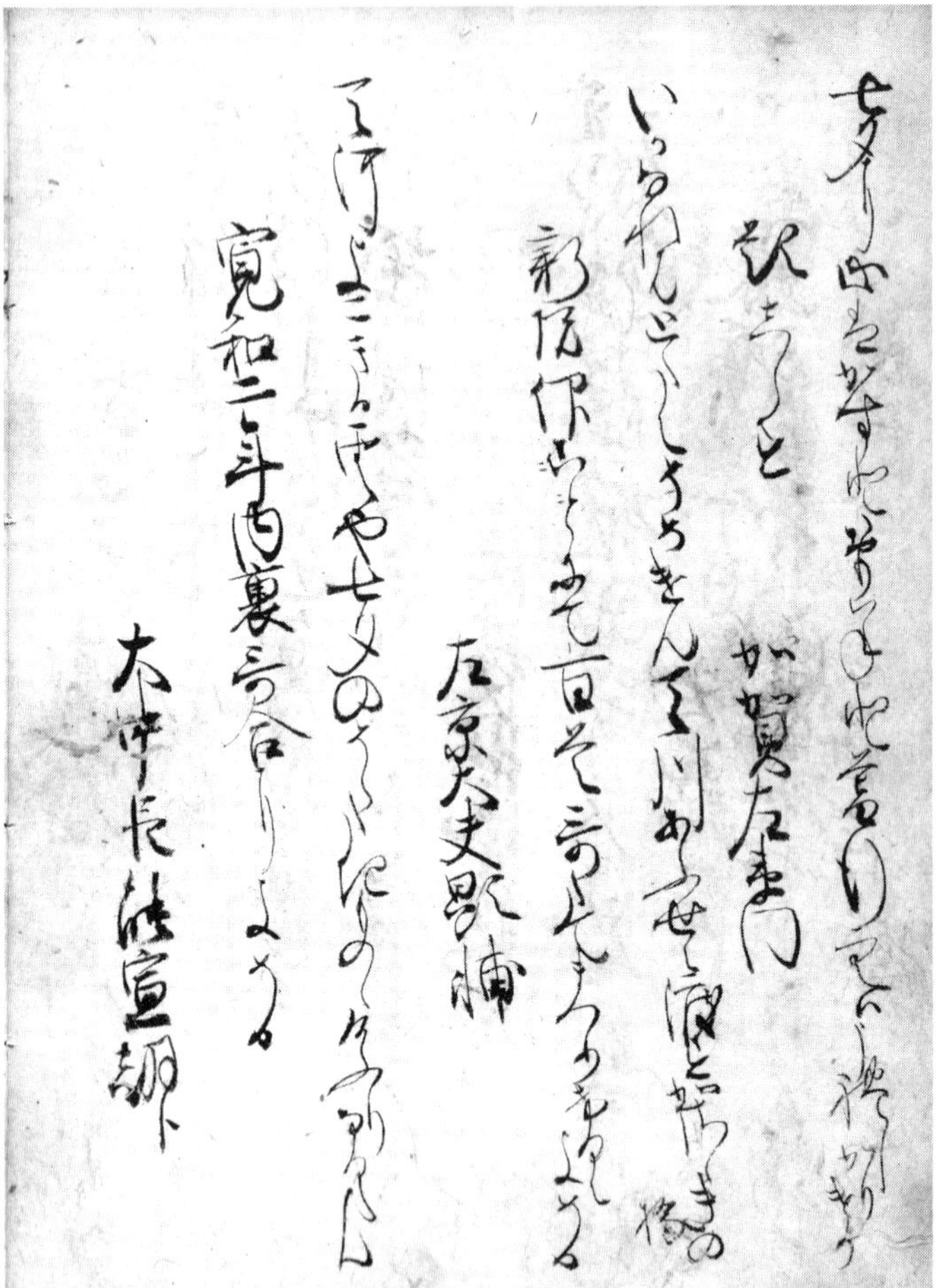
左京大夫顕輔
寛和二年内裏歌合によめる
大中臣能宣朝臣

待つのかからぬやましかは天河としにひとたひわたるなるせを

七夕をよめる

修理大夫顕季

天河玉橋いそきわたさなんあさせたとるも夜のふけゆくに

橋わたしつるのかひなくかの山底りて

七夕後朝の心をよめる

良暹法師

あさ深きとふにはさはきしの七夕のあかぬ別のかなしかりける

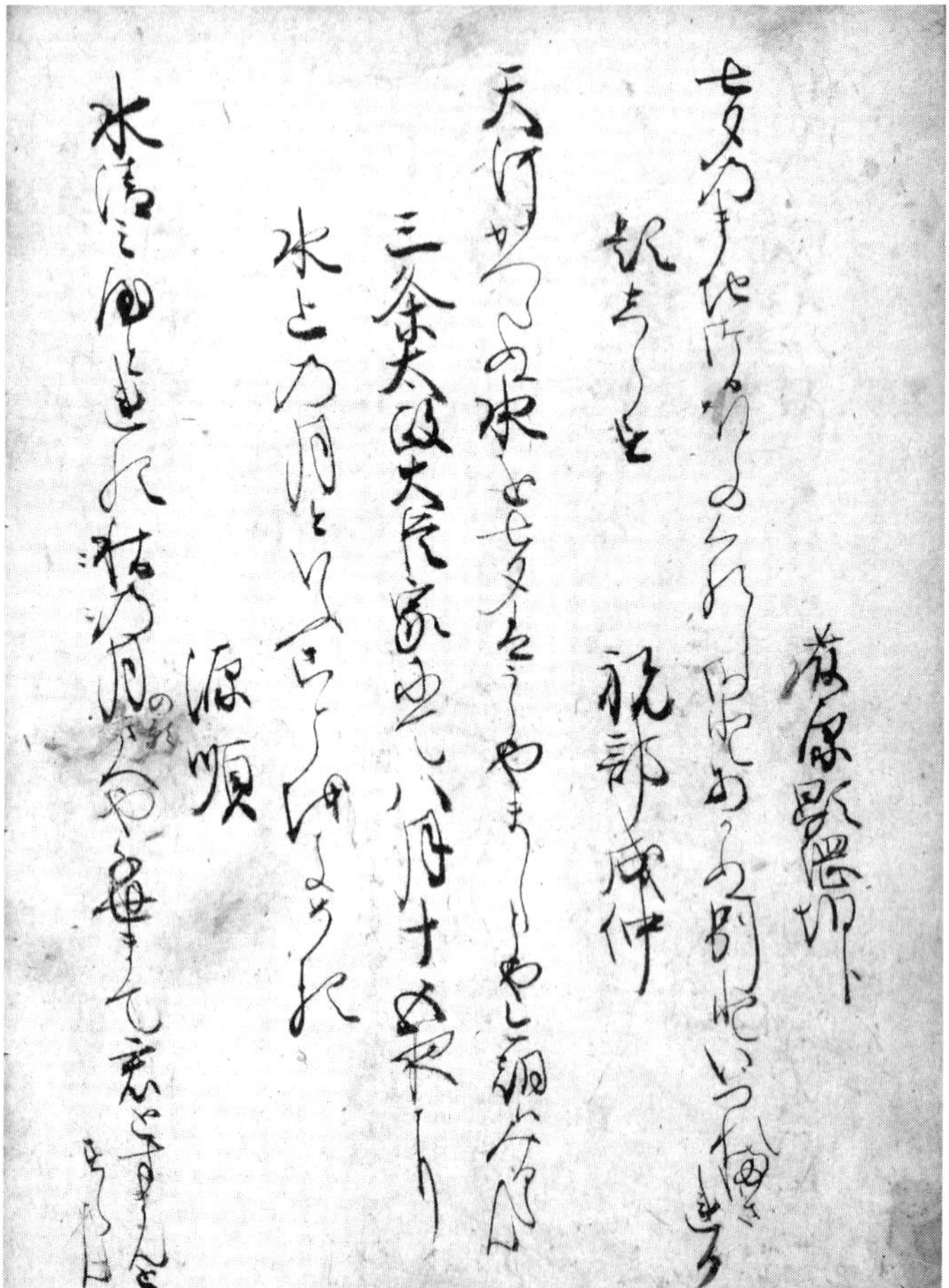

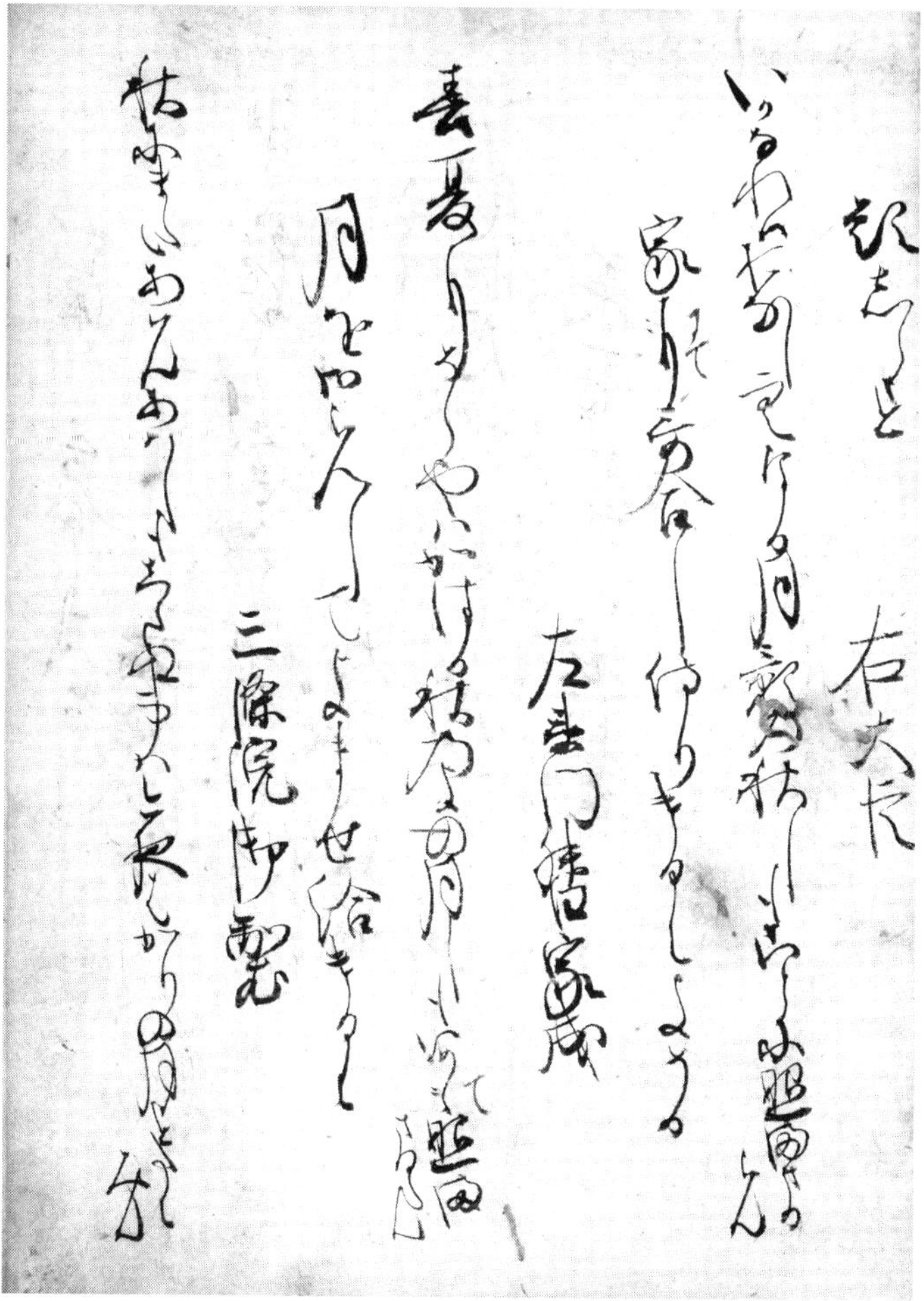
右大臣
左衛門督家成
三条院御製
秋にまたあはんあはしもしらぬ身はこよひはかりの月をたに見む

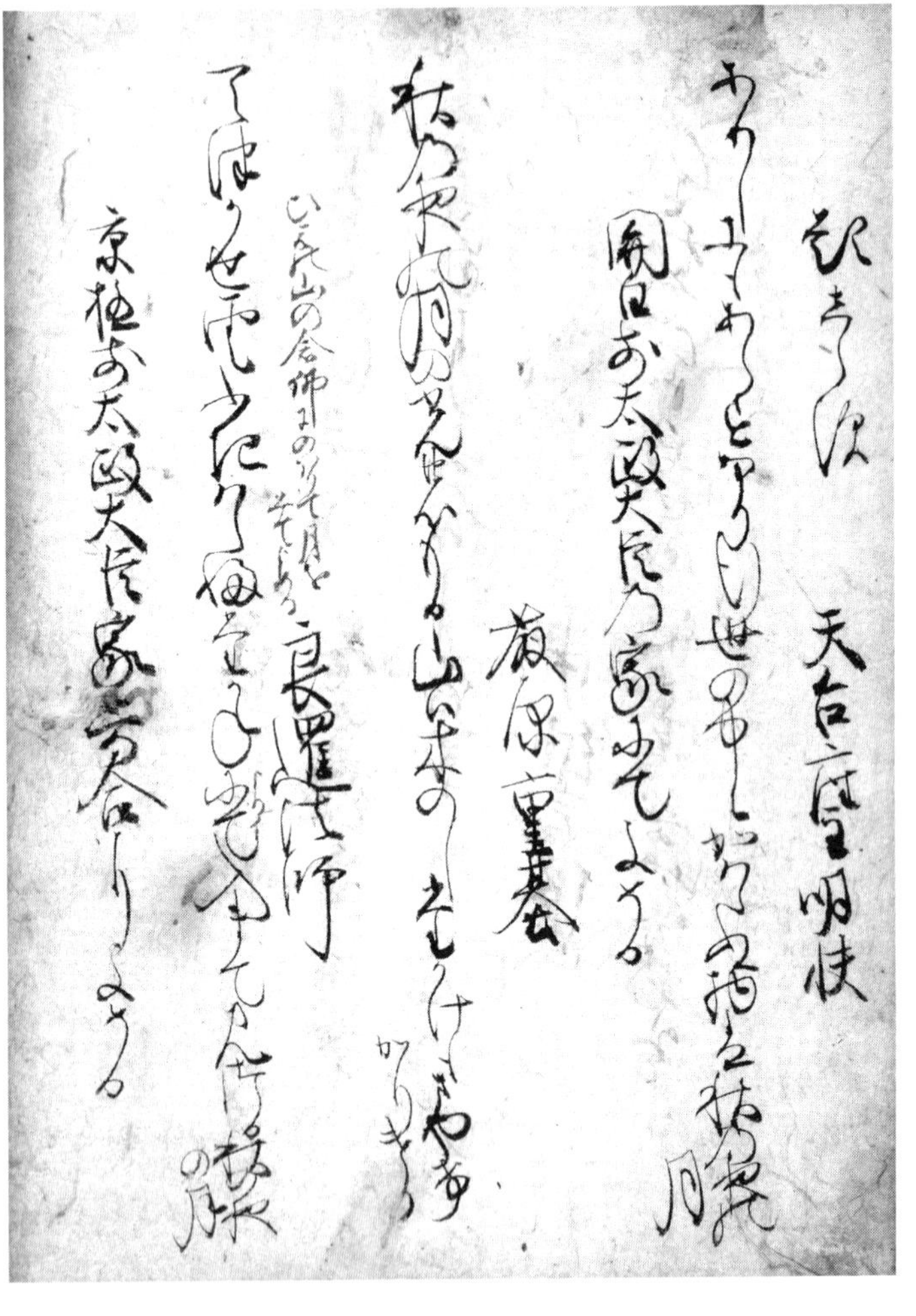

源頼綱朝臣　藤原□綱朝臣

なか[illegible]

関白前太政大臣の家にて八月十五夜の心をよめる

藤原顕隆卿

[illegible]夜の空[illegible]

左衛門督家成か家にて歌合しけるによめる

澄源法師

[illegible]

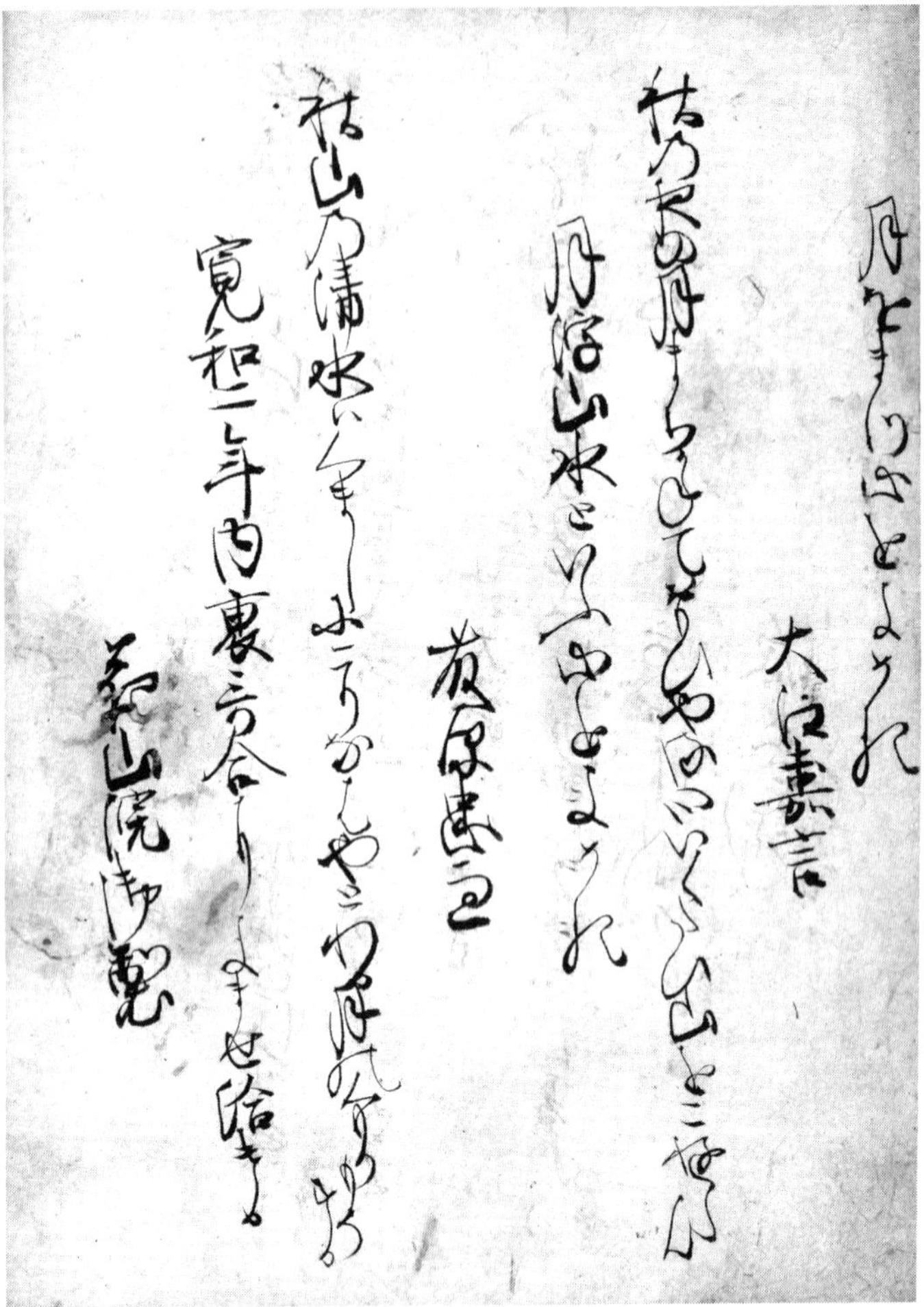
月まつ山とよまれ
大納言
秋乃夜の月まちえてやさやかにかゝる山とこそきけ
月浮山水といふ事をよまれ
藤原惟成
秋山乃清水ハくましにこりなはやとれる月のくもりもそする
寛和二年内裏之歌合によませ給ける
花山院御製

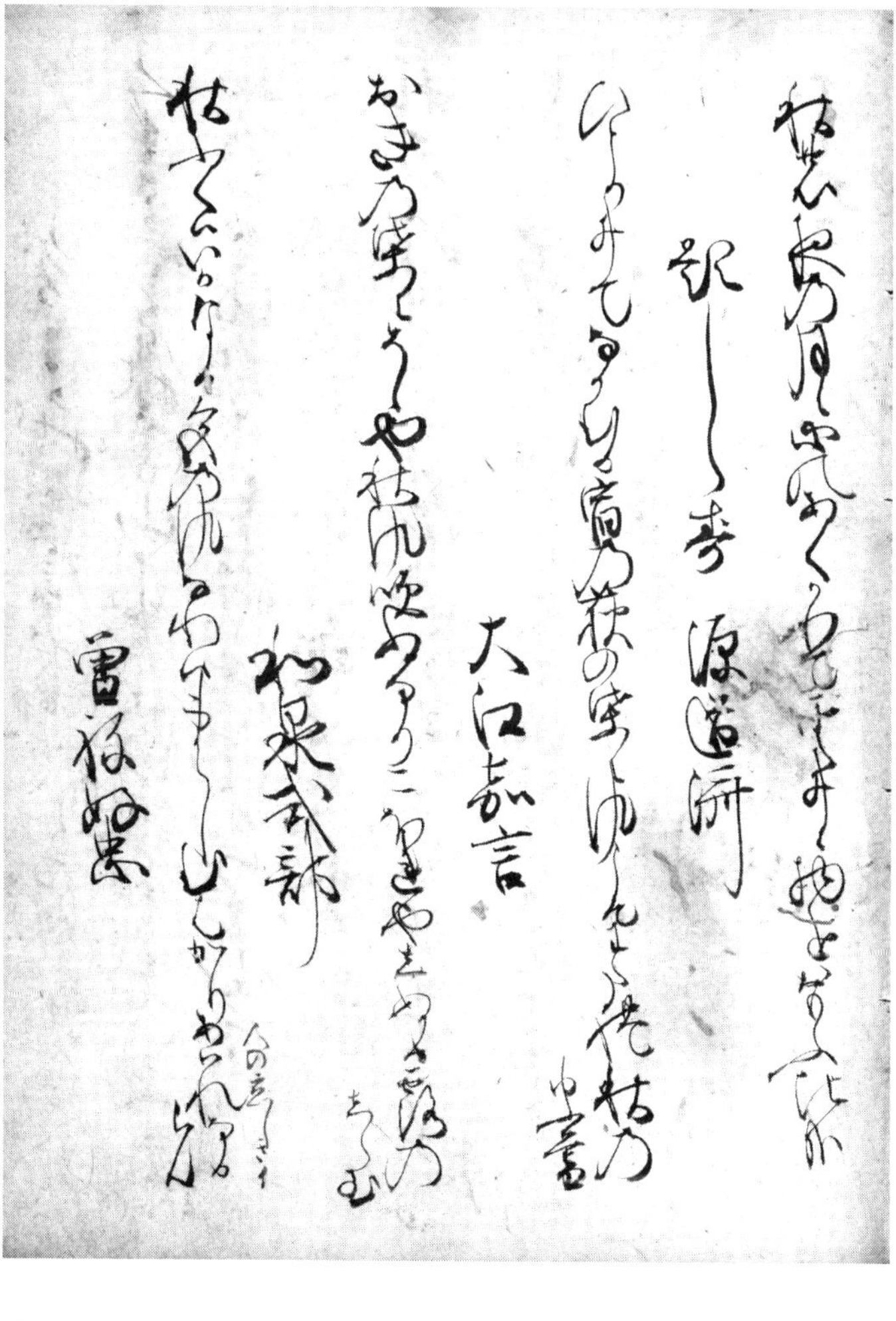
題しらず　源道済
ひとりゐてなかむる宿の荻の葉に風こそわたれ秋の夕暮
大江嘉言
おきの葉にそよや秋風ふきぬなりこほれやしぬる露のしら玉
和泉式部
秋ふくはいかなる色の風なれは身にしむはかりあはれなるらん
曾禰好忠

たなしのくきさ山法りくてる枝いく枝ゆ越る成さし
藤原顕隆卿
やまの葉も落は吹はらふ木のしたかとしも深しよあり風
霧をよめる　源雅昌
ゆふ霧も梢もへたつ泊瀬山入あひの鐘の音はかりして
花摘へまかりてよめる所々の花をり
さうてはの名わ(ほと)らんそよめる
赤染衛門
枝乃野も花みる程やむかしともしやかんとまつやいる

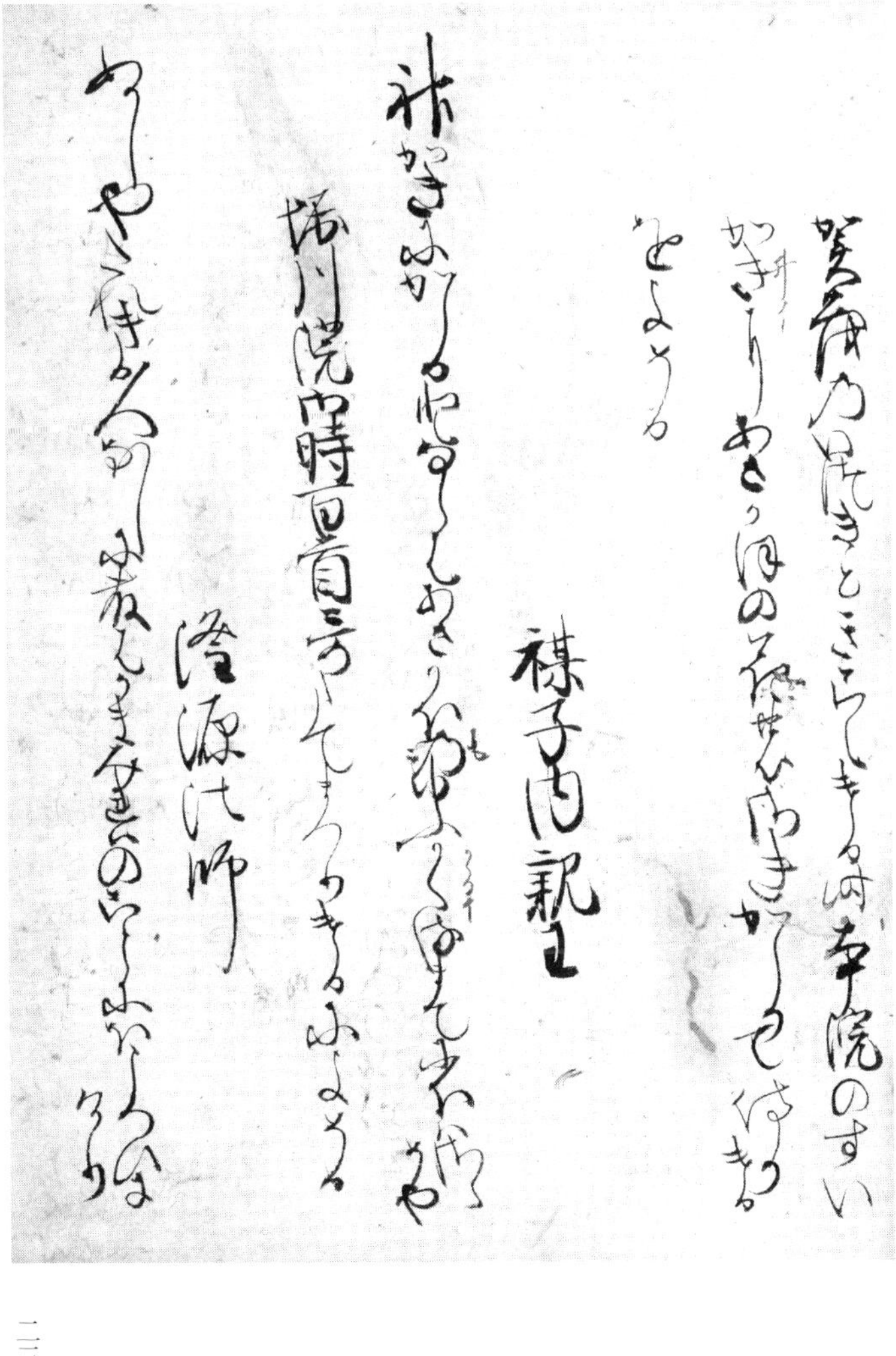

嵯峨野の前栽ほりてこころみにたてまつらせたまひける本院のすい
かきにありしあきの野の花せむかきりしとはまる
をよめる
禖子内親王
袮かきぬかしるやとしあきりおもふくれゆくをしたはるなりや
堀川院御時百首歌たてまつりけるによめる
隆源法師
めつらしやさきたつかくれしみなしきなへのこゝしぬひしつはかり

白川院鳥羽殿にて前栽合をさせ給けるによめる

周防内侍

あさからぬ契むすへる萩か枝におく露の人のうきてもある

敦輔王

なきのはにきえとそ人のおきしみとひかりてもみつのなことたか

返しをと　源俊頼

萩乃野の草しけりにやたく露はよるそしの風ならし

永源法師

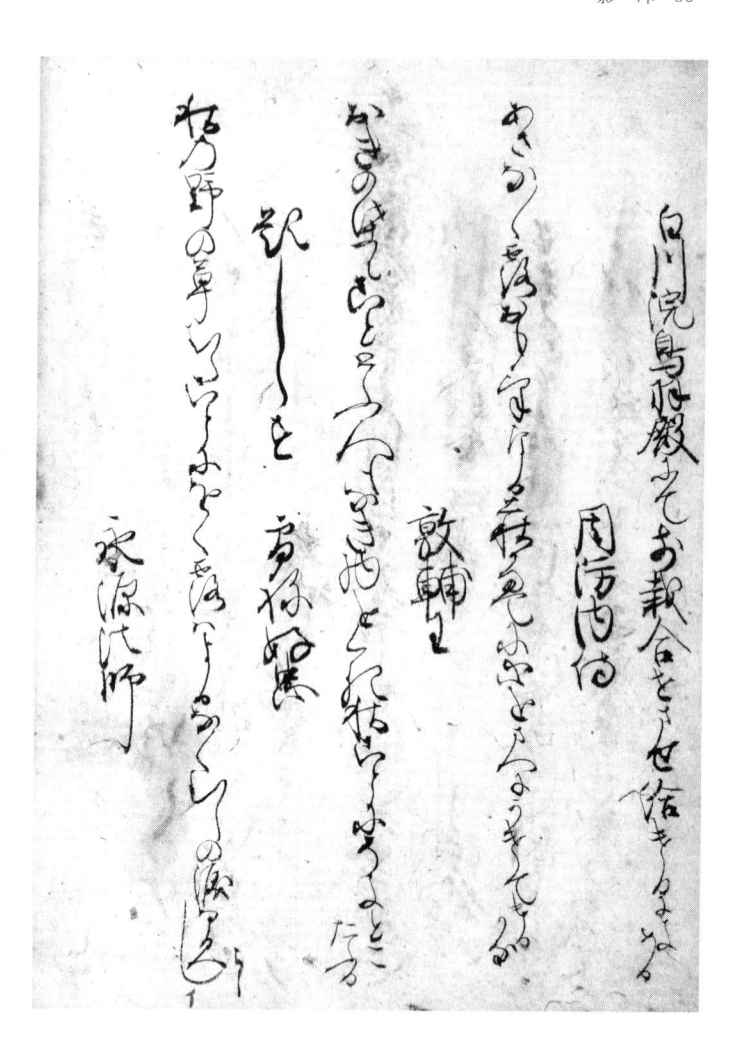

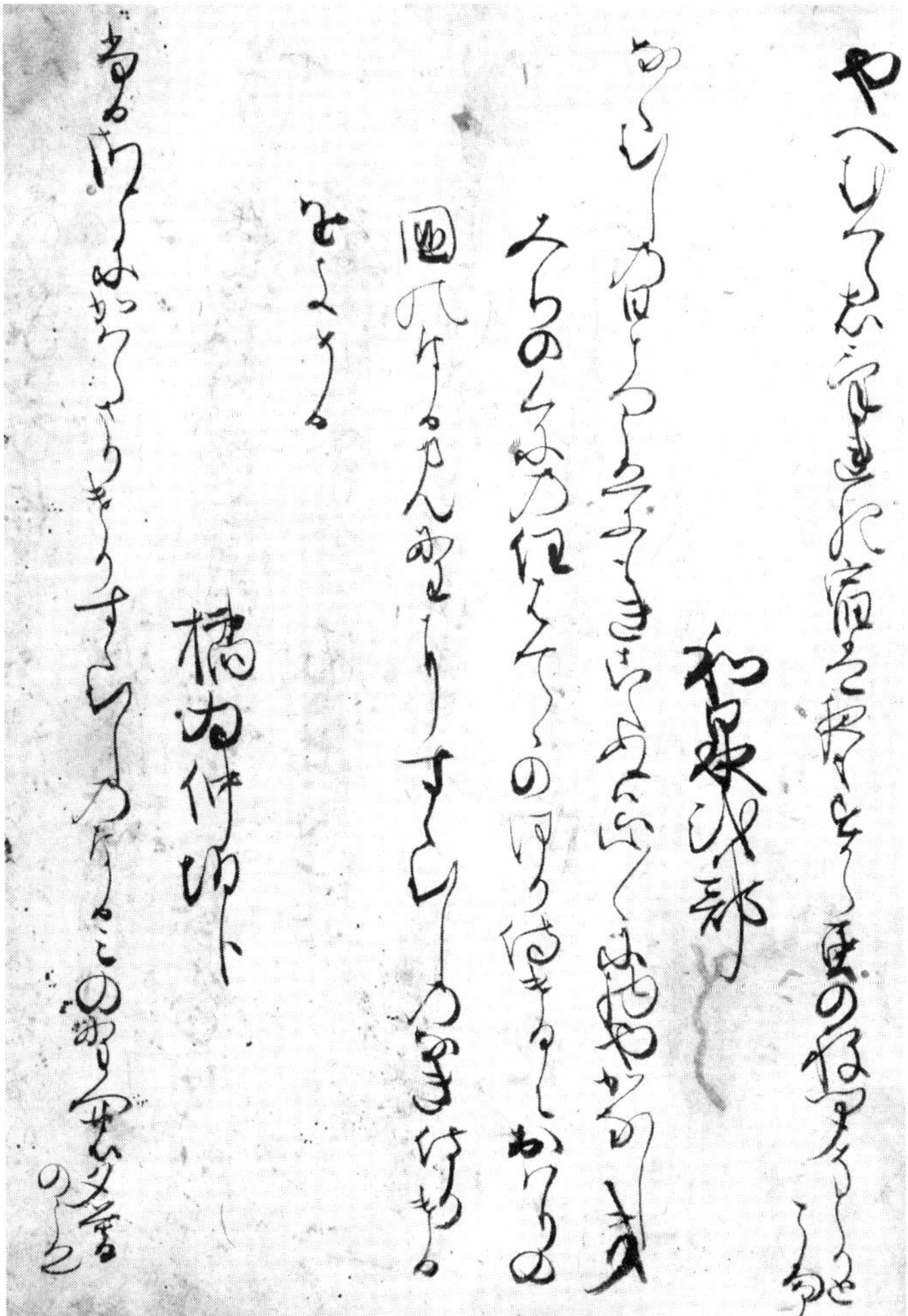

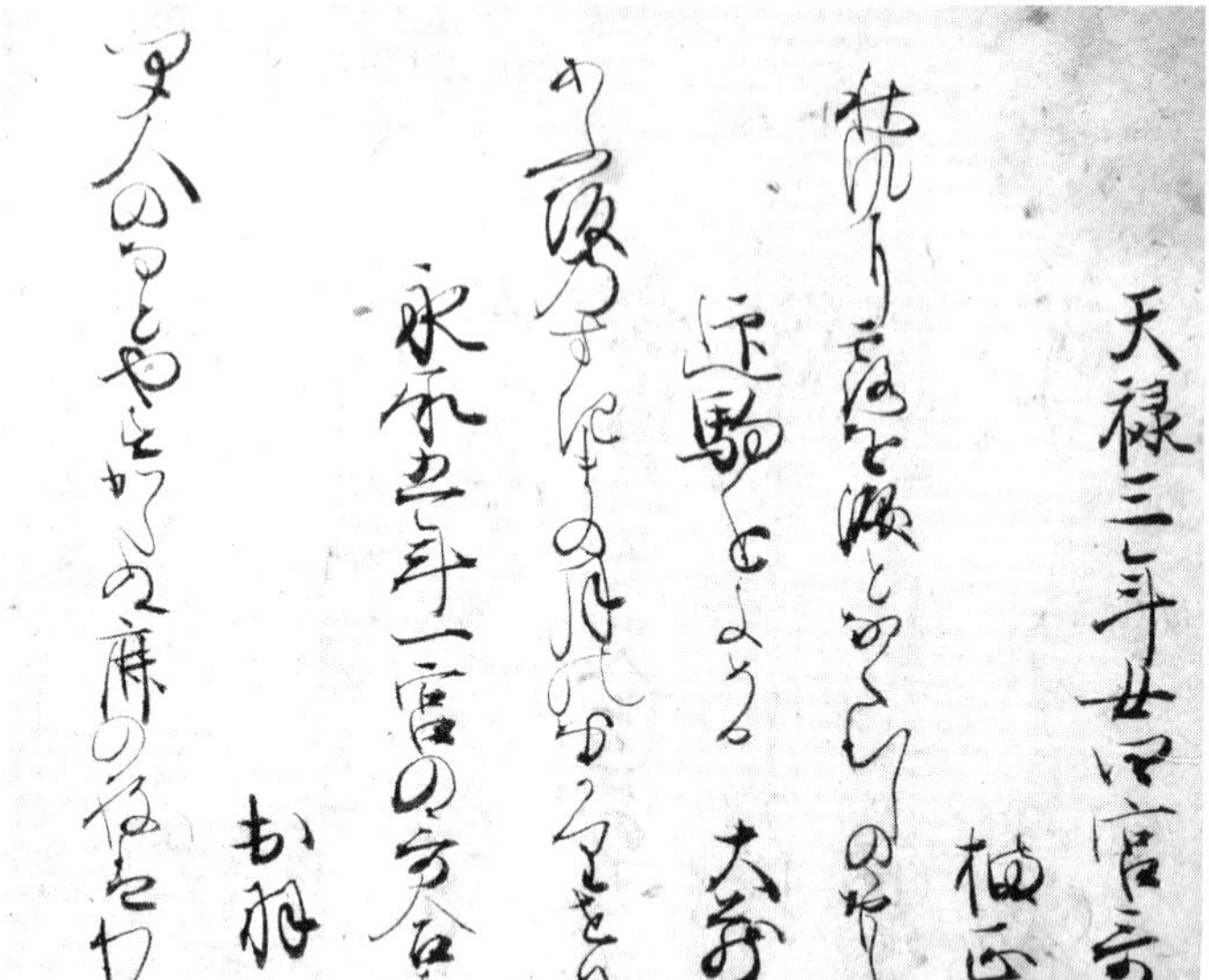

天禄三年女四宮哥合によめる

橘正通朝臣

花ちりし庭をはらはてそのまゝにやとはわれとはまし

返歌をよめる　大斎院

わか夜をすまの月のかゝるをいくよのそらをいてきま

永承五年一宮の哥合によめる

[illegible]

更くるのかとやすかしの麻の夜をもてなしてあはれ

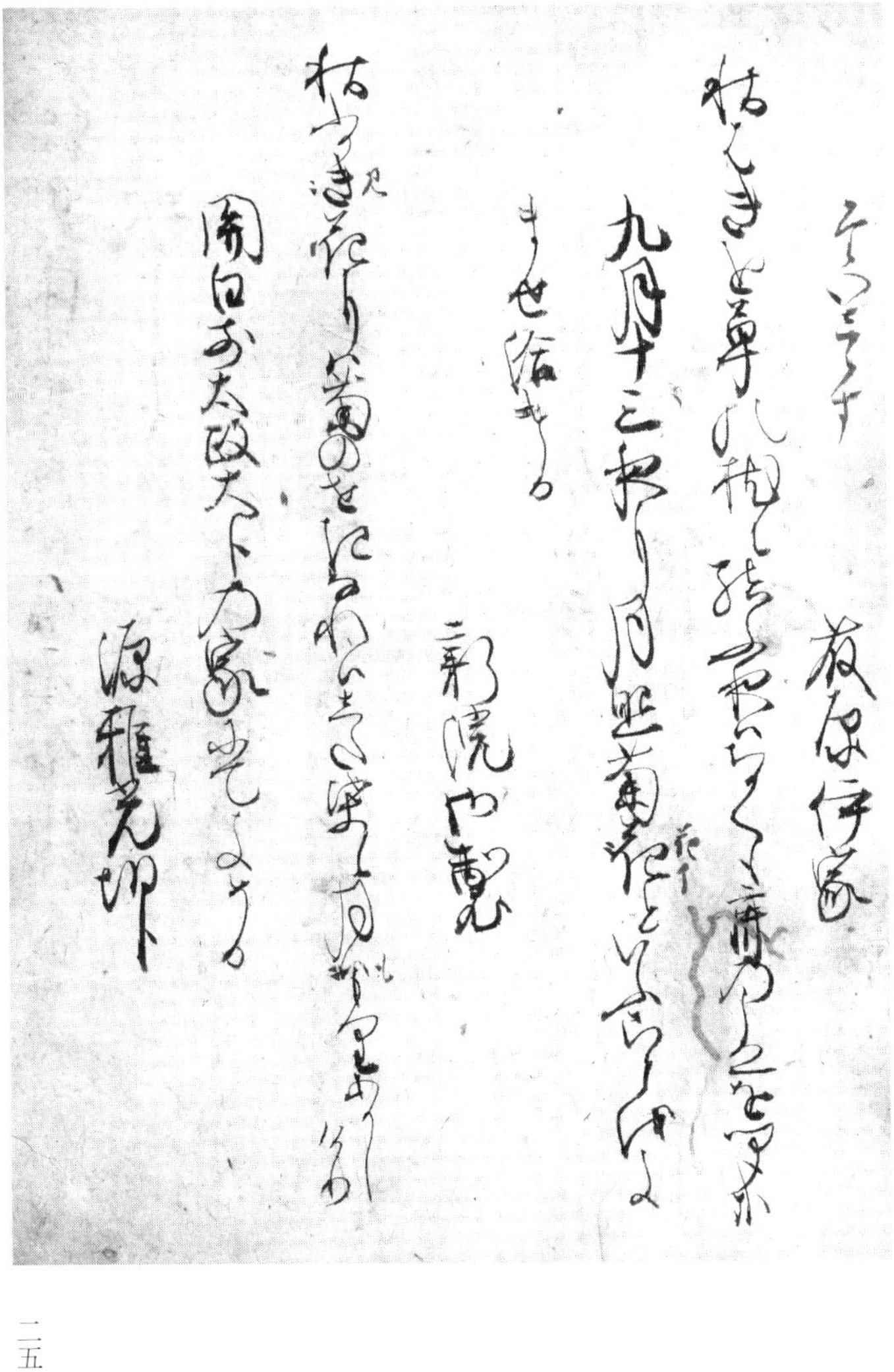
たいしらす　藤原伊家

九月十三夜月照菊花といふことを
よませ給ける
新院御製

関白前太政大臣家にてよめる
源雅光卿

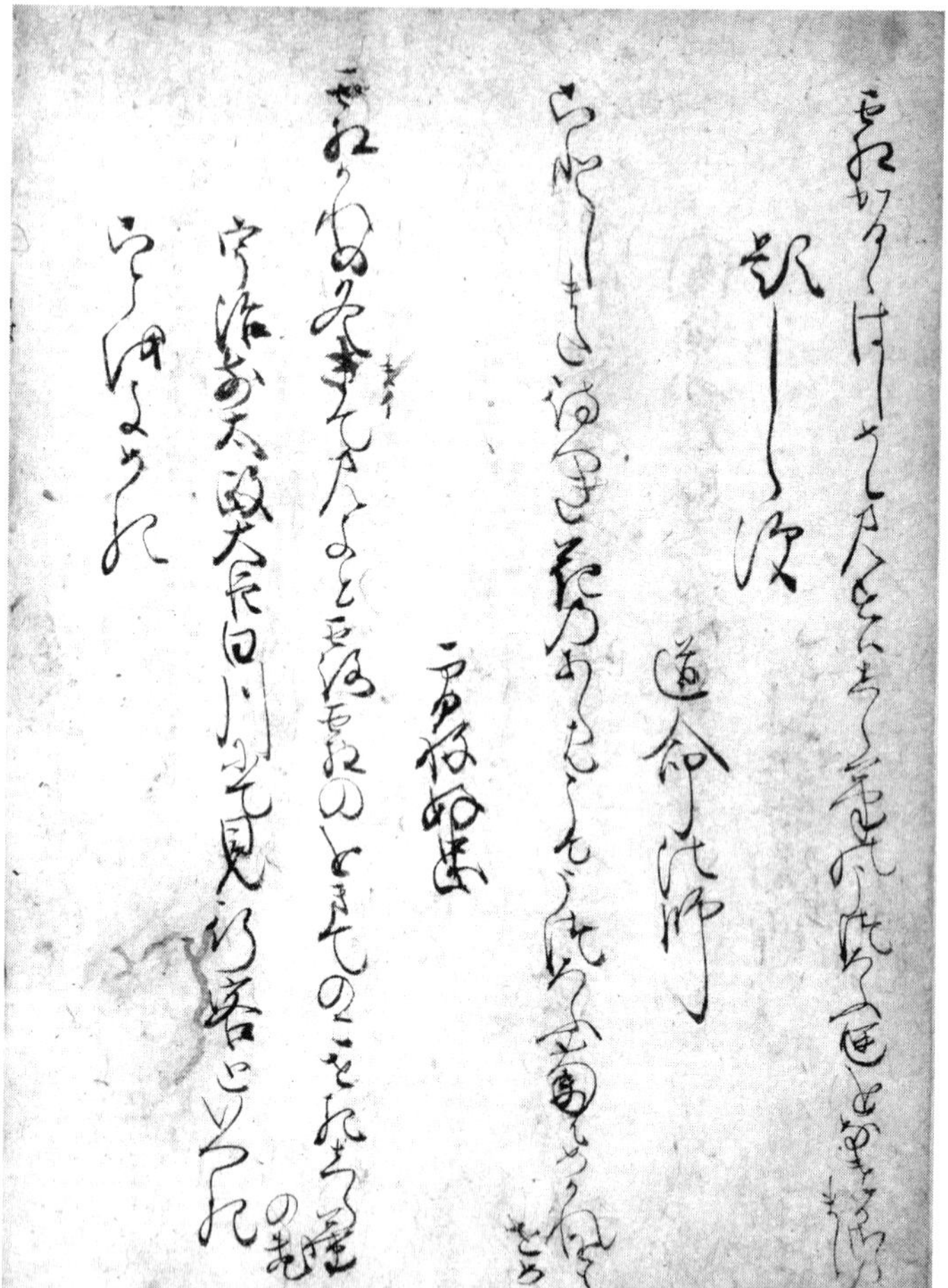

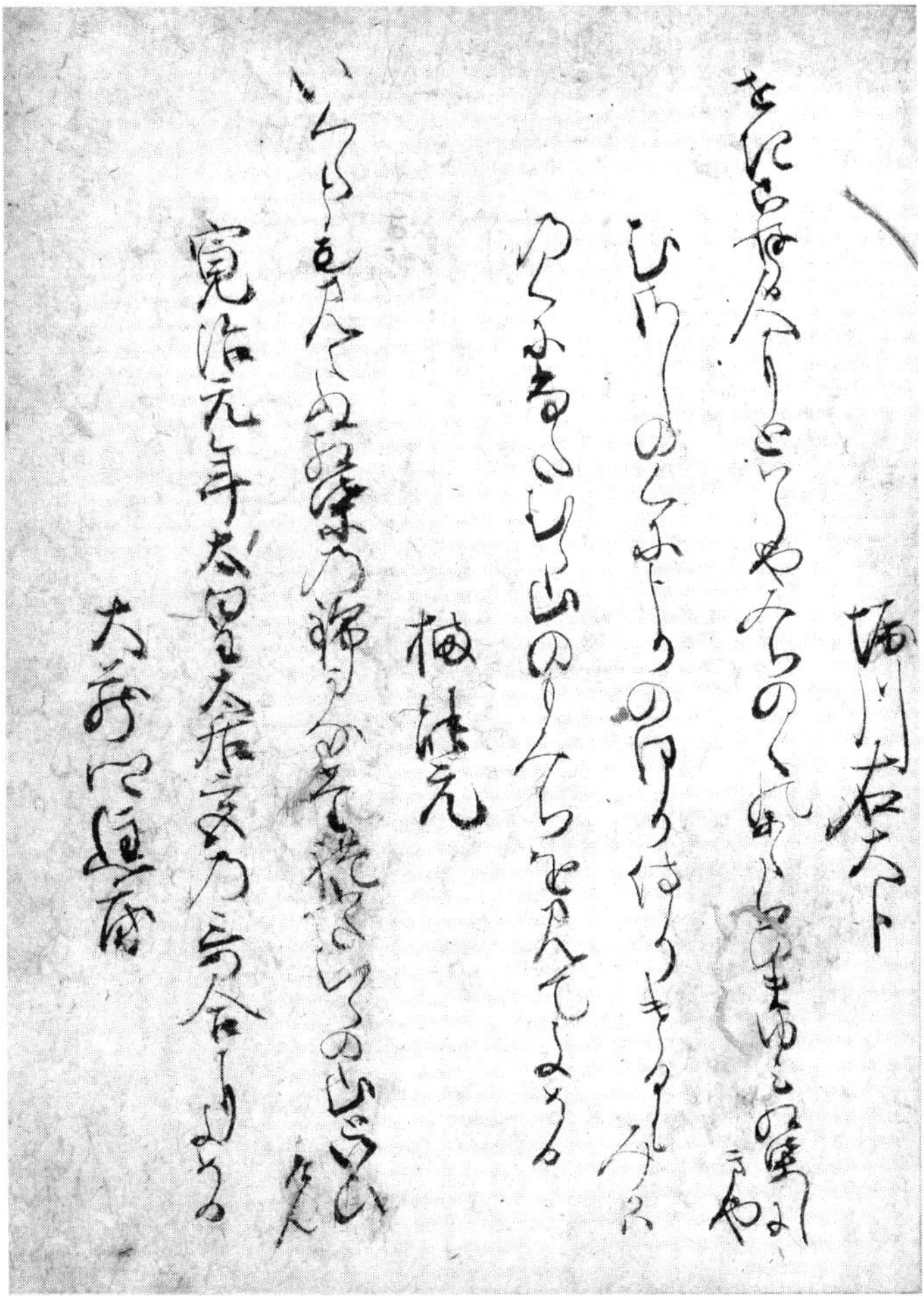
堀川右大臣
寛治元年太皇太后宮の扇合によめる
大蔵卿匡房

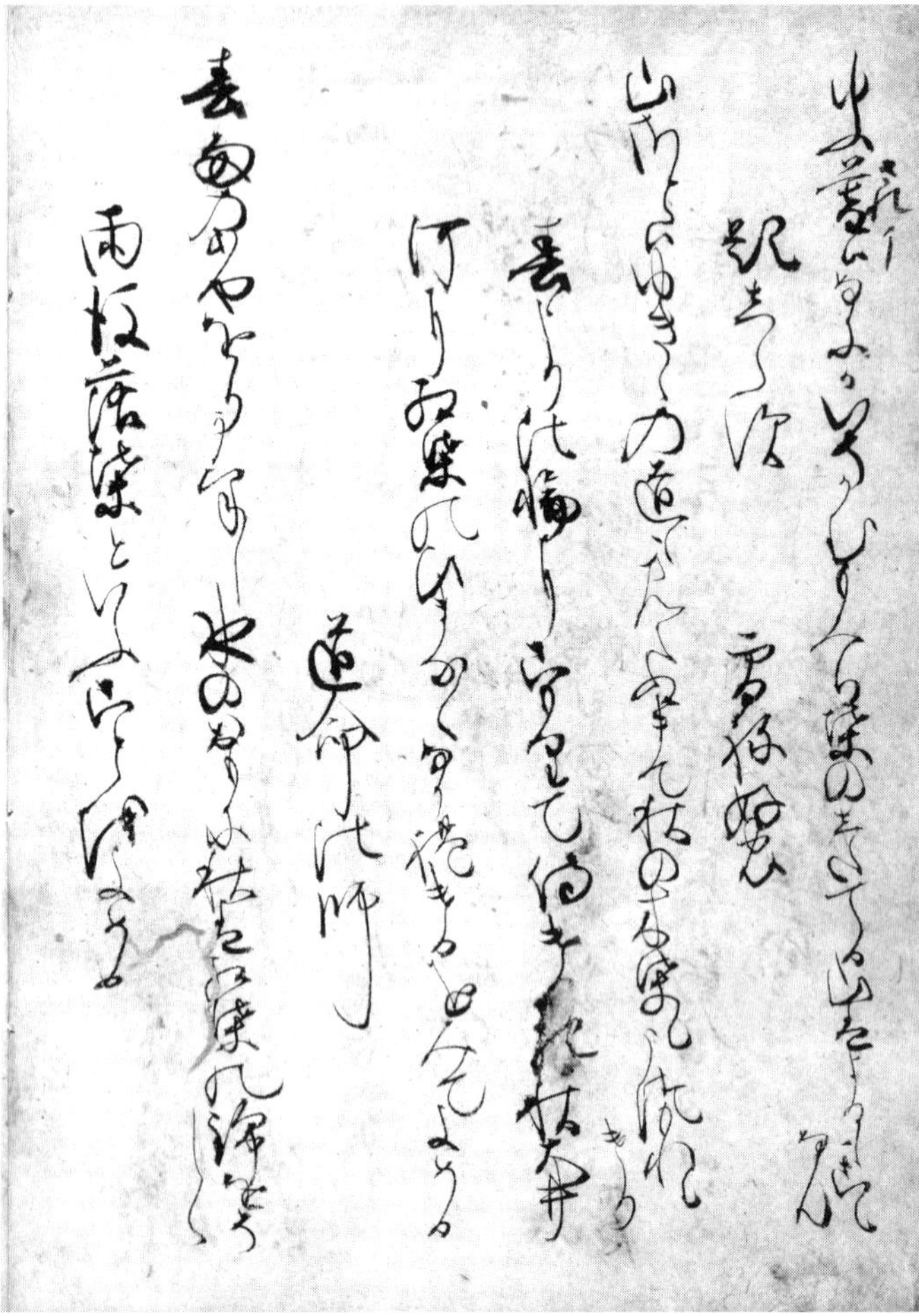

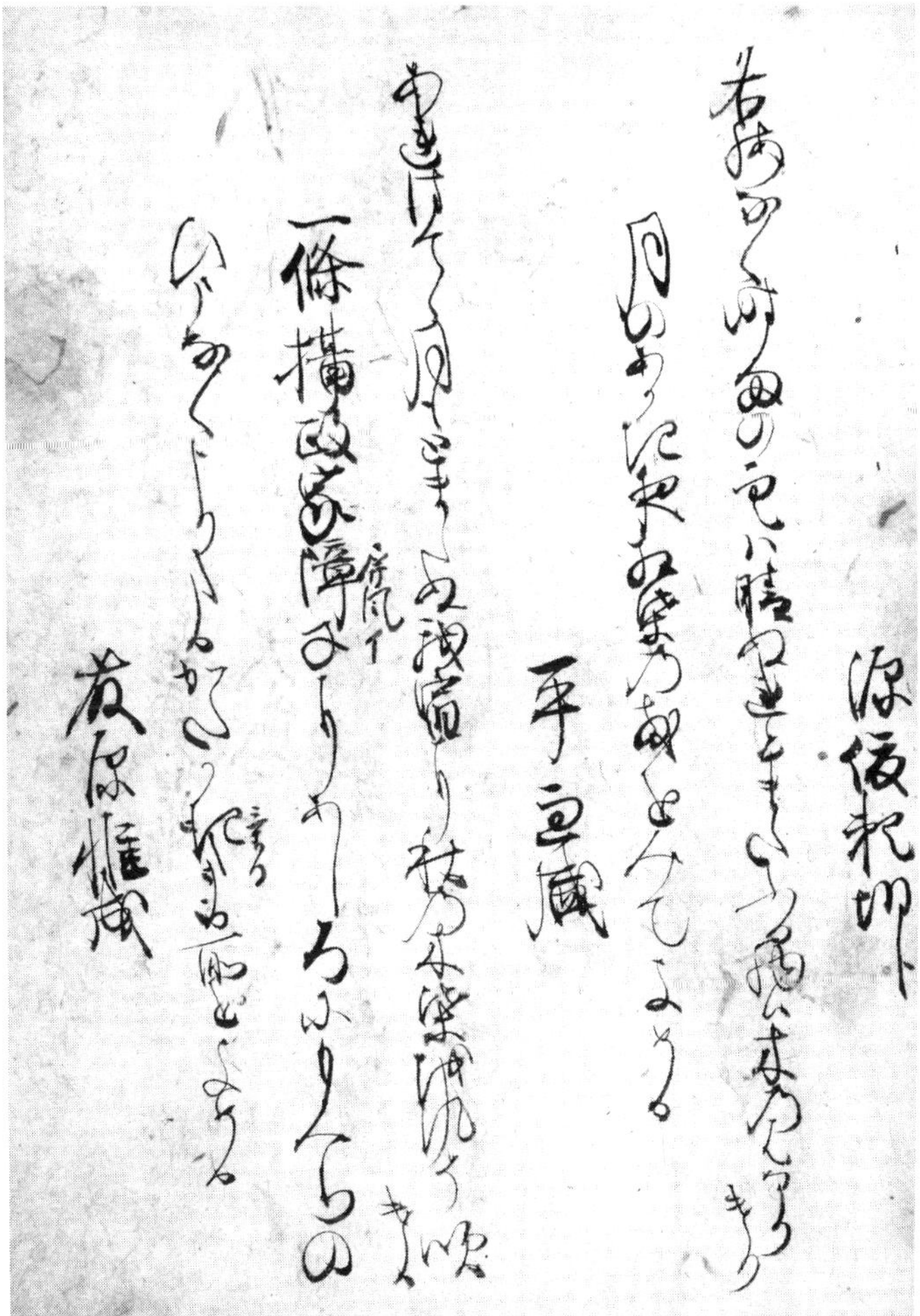
源俊頼朝臣
平兼盛
一條攝政
藤原惟成

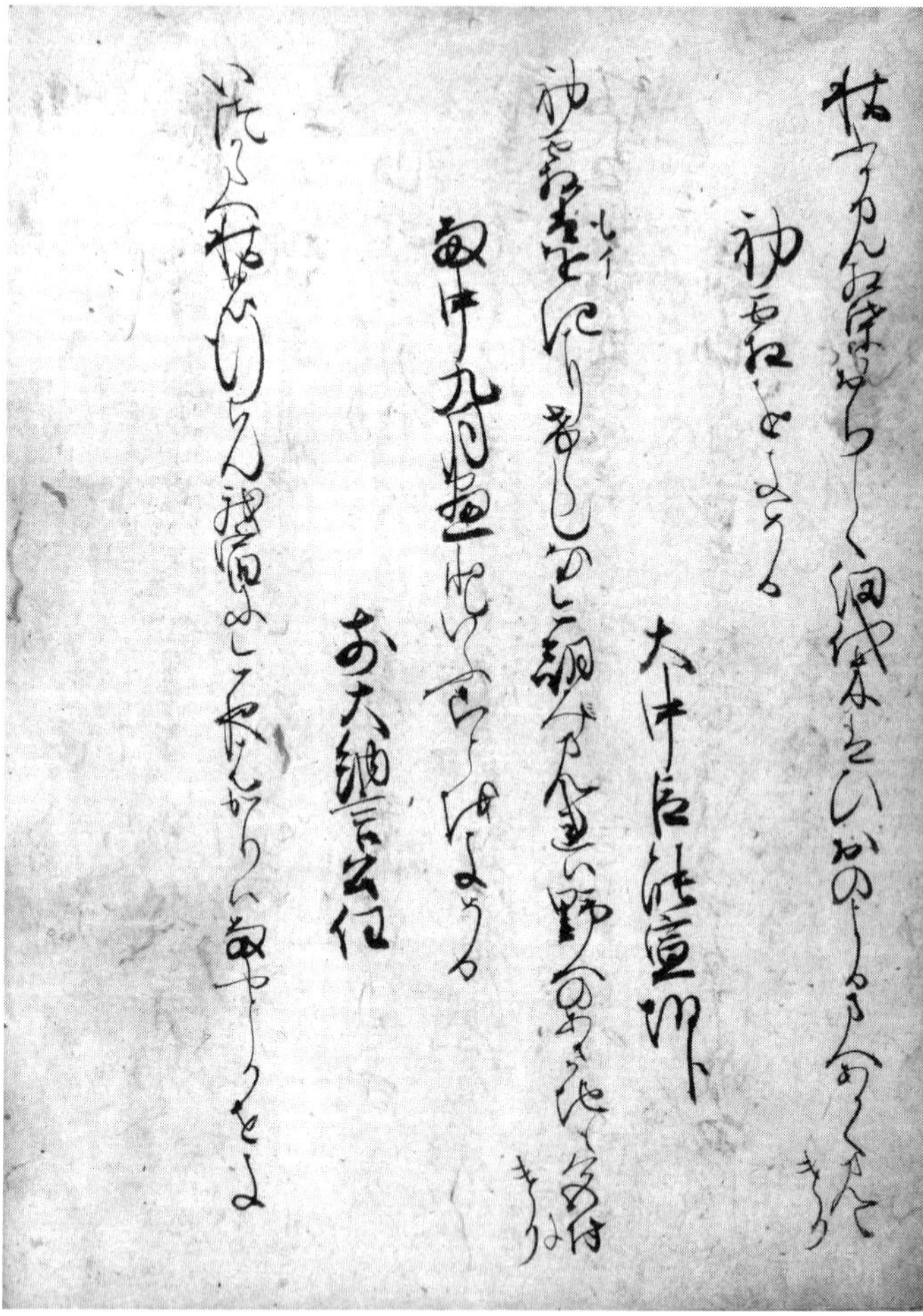
大中臣能宣朝臣
大納言公任

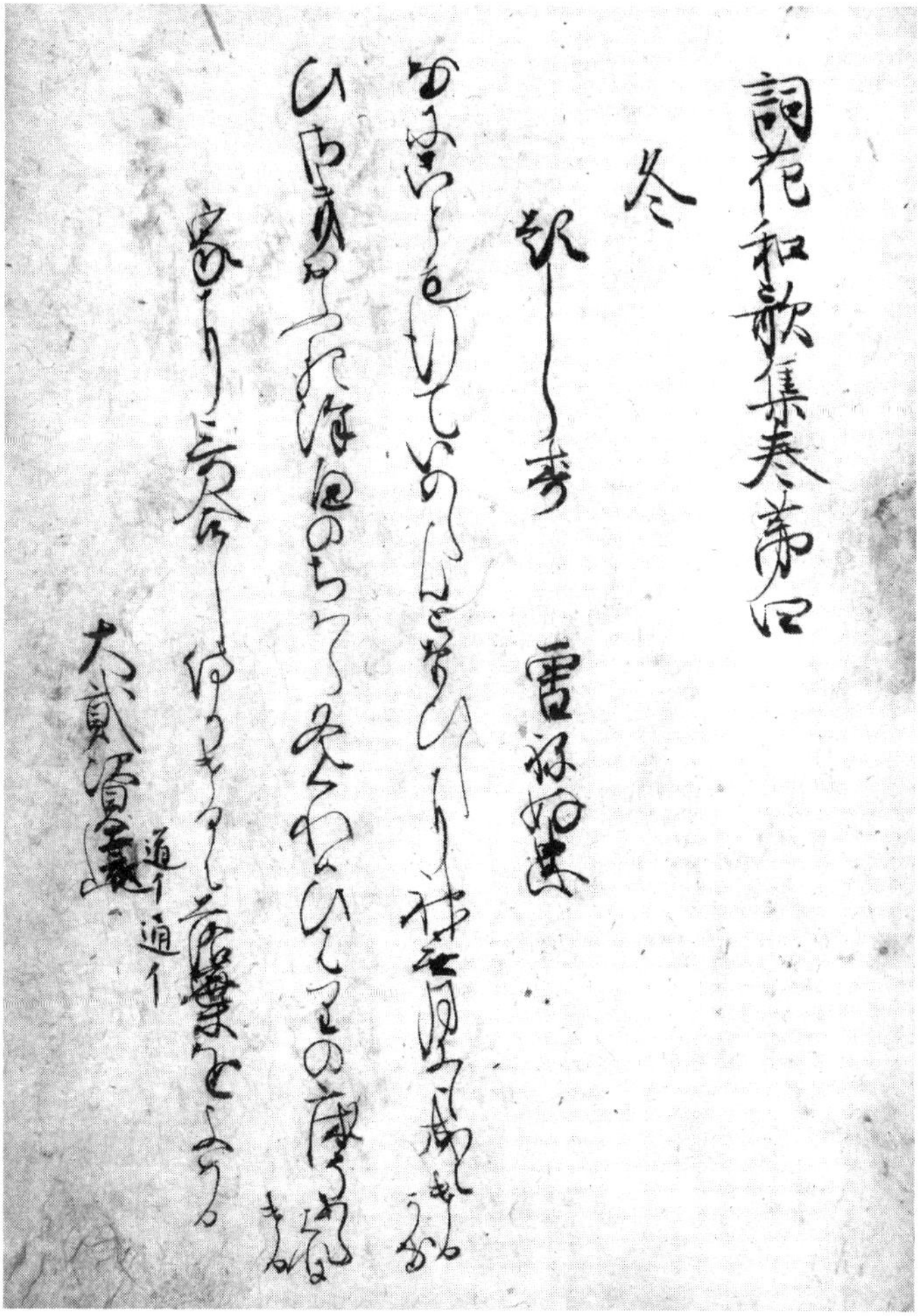

二八オ

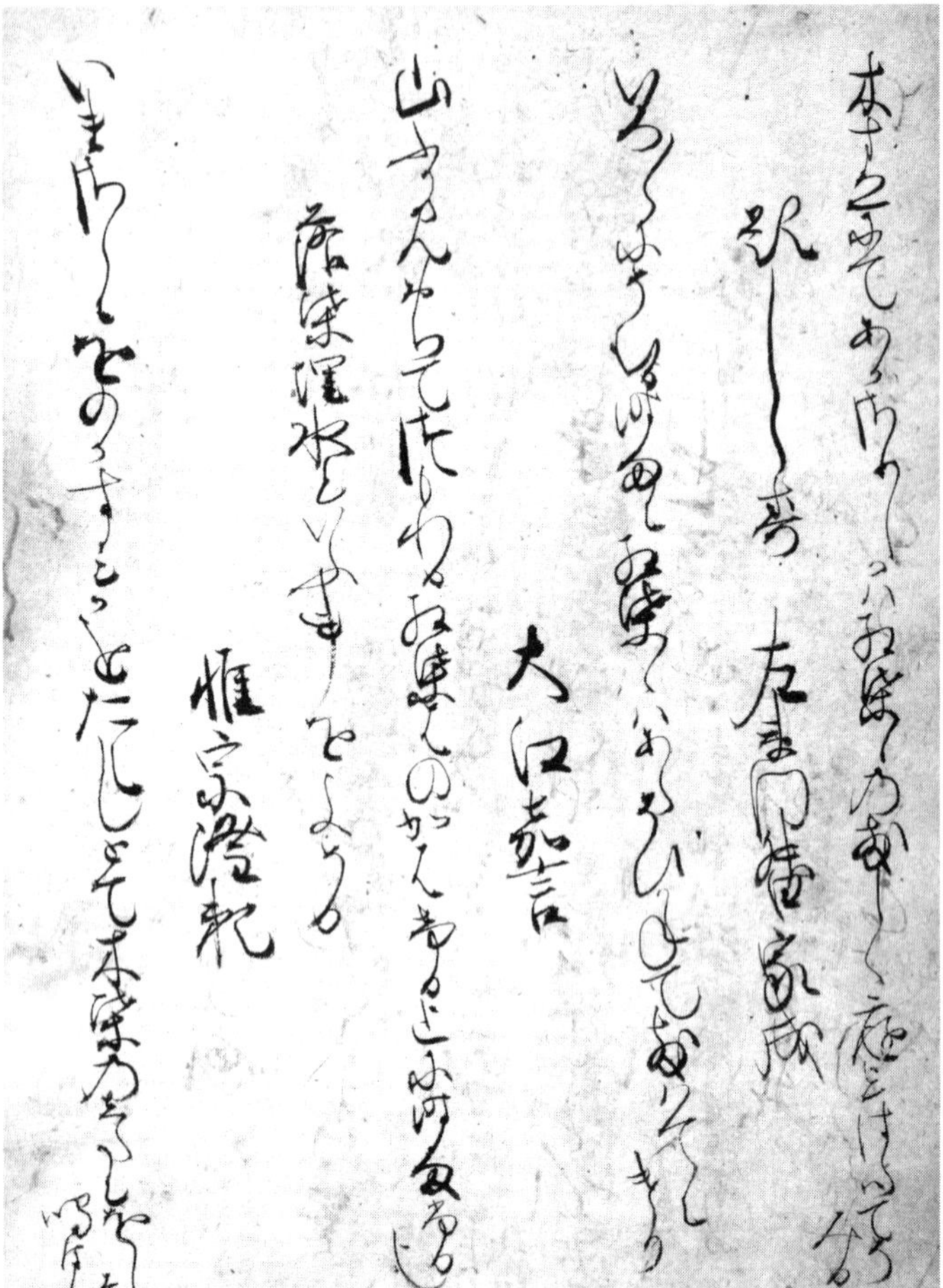
[illegible]
歌一首　左衛門督家成
[illegible]
大江嘉言
[illegible]
落葉隠水といふことをよめる
惟宗[illegible]
[illegible]

落葉有所といふ事をよめる

風ふけらの梢のよそとみあをけいたちあと
　　　　　　　　　　　　　　　　　　　　　　　曽祢好忠

也山りの家いく夜のも音夕たりをそへ

読人しらす

枯たりばなのくれ松かかりきりつきへ

冬山り里寺かりこけふさむしけらん

多かまくろ

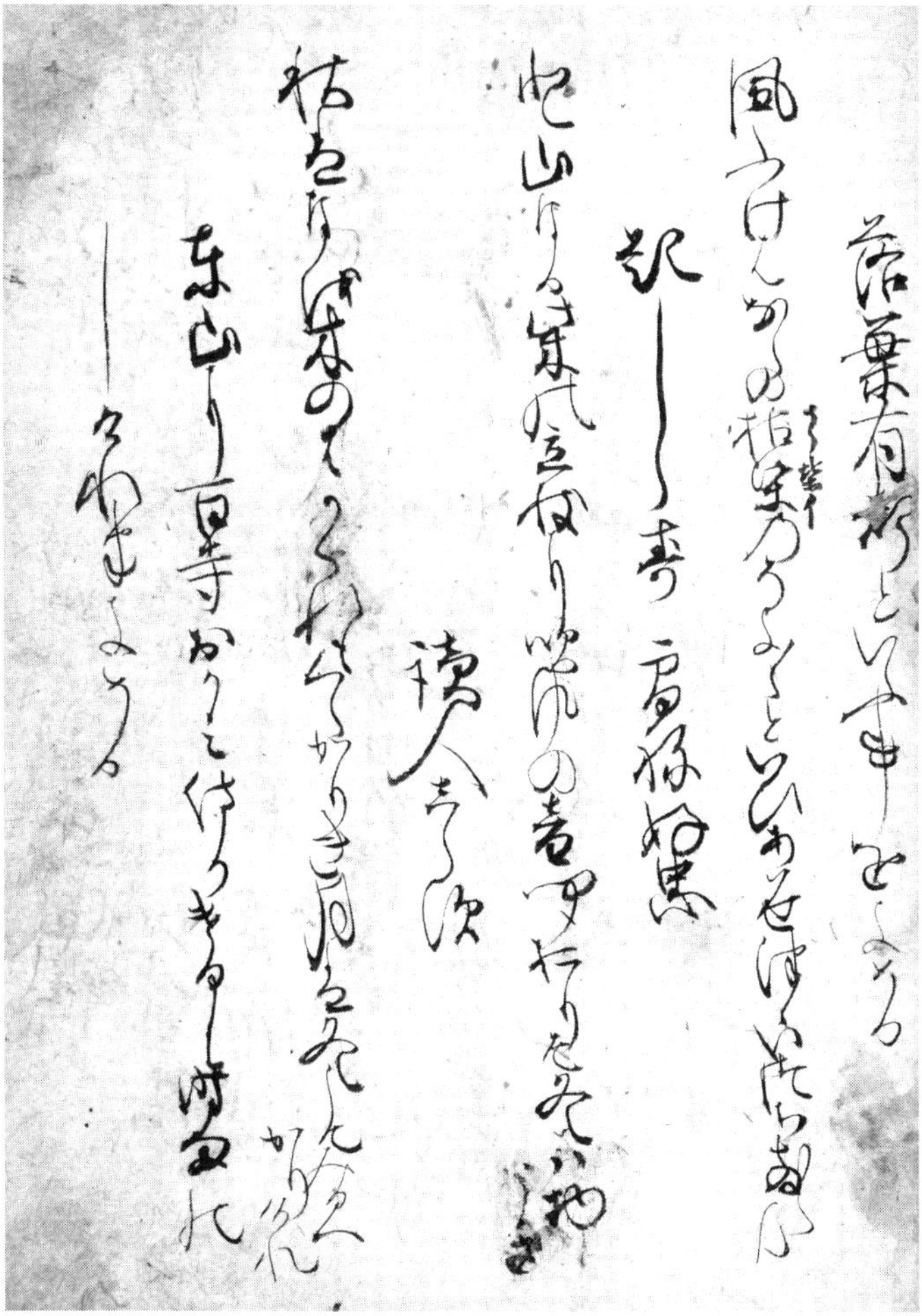

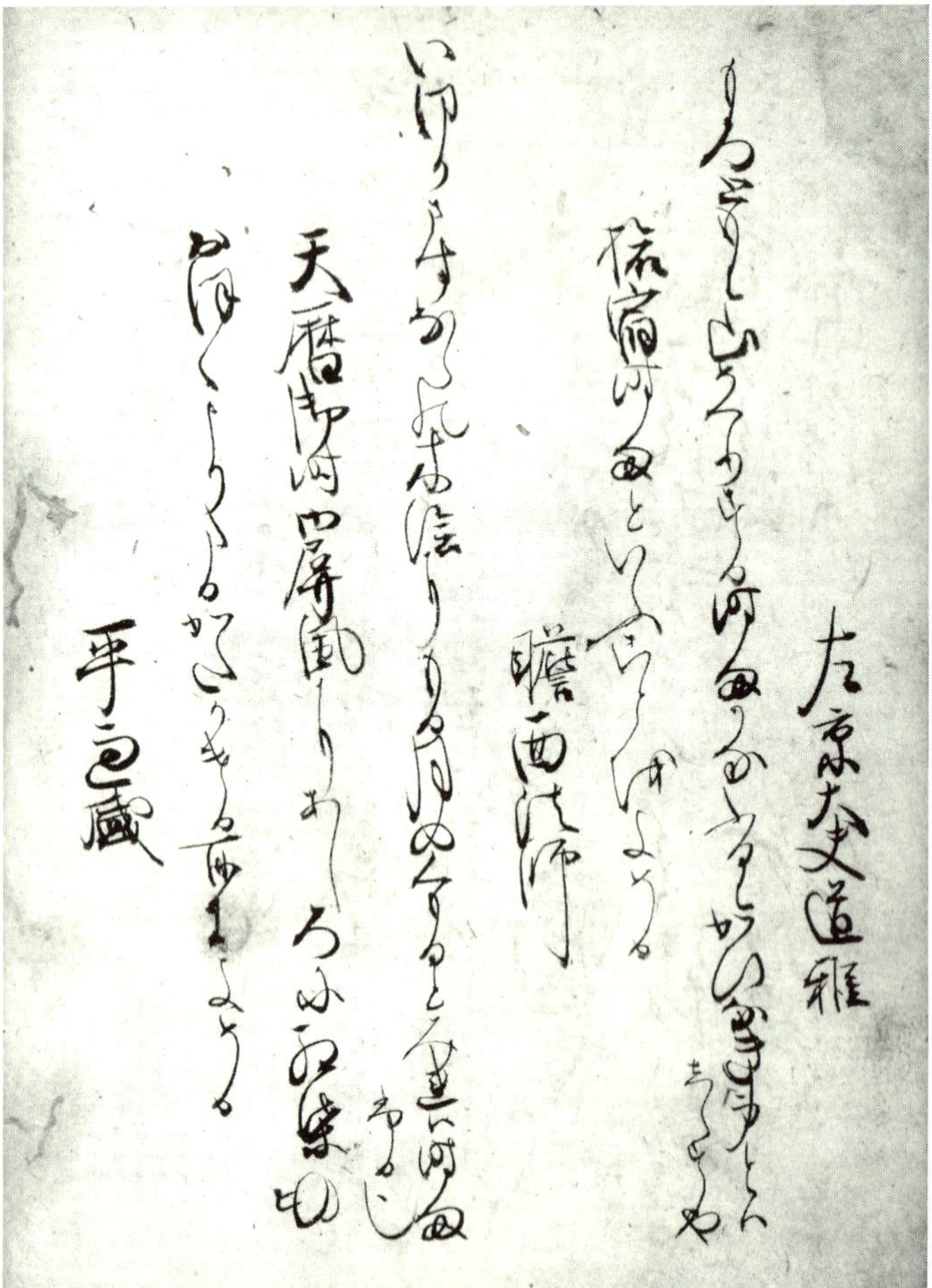

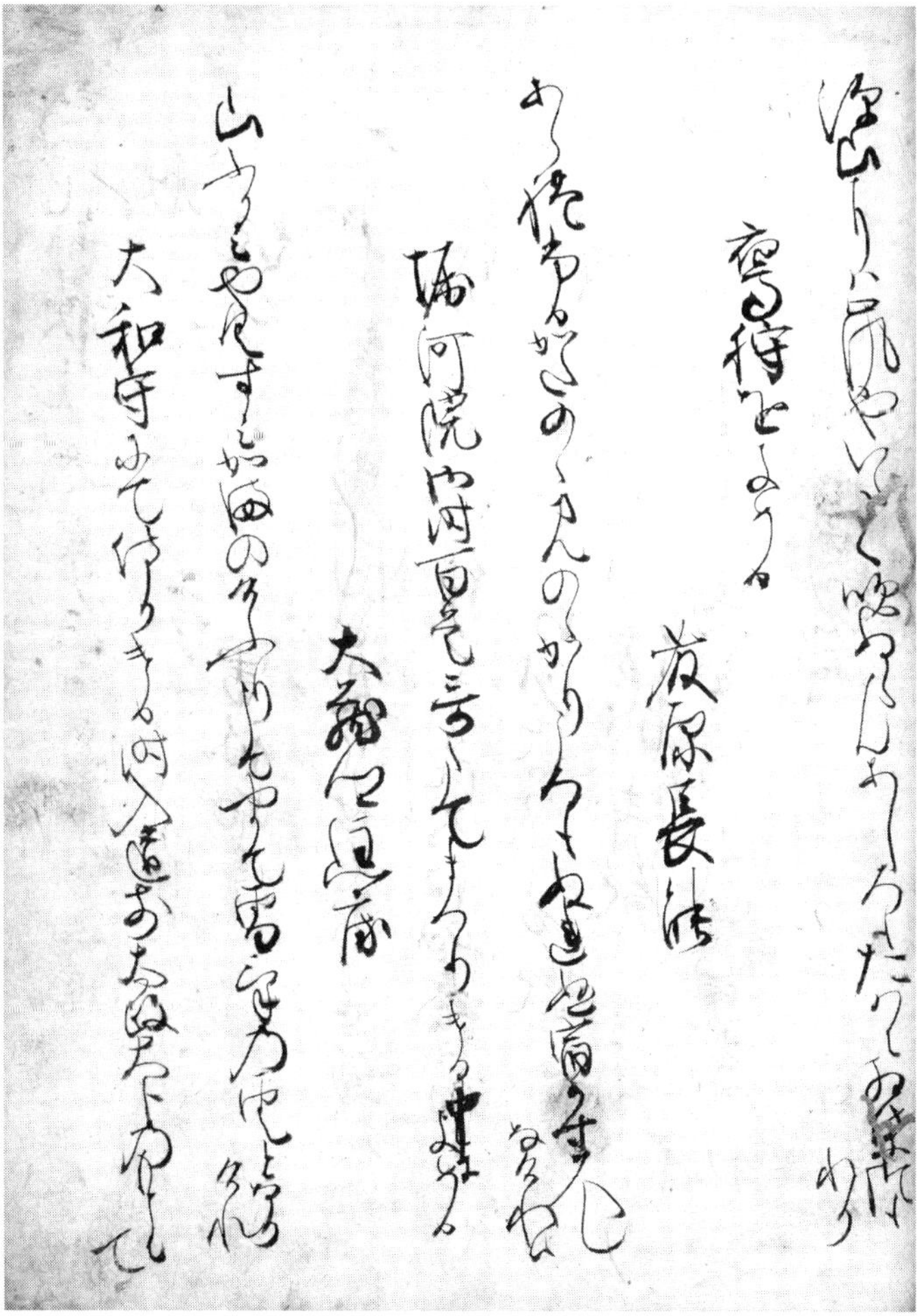

深山よりハ風やいたく吹つらん[illegible]たちて[illegible]

鷹狩をよめる

藤原長能

あられ降るかたのゝみのゝかりころもぬれぬ宿かす人しなけれは

堀河院御時百首歌たてまつりけるによめる

大納言公実

山かつとやなすかゐの[illegible]

大和守にて侍りける時入道[illegible]下向して

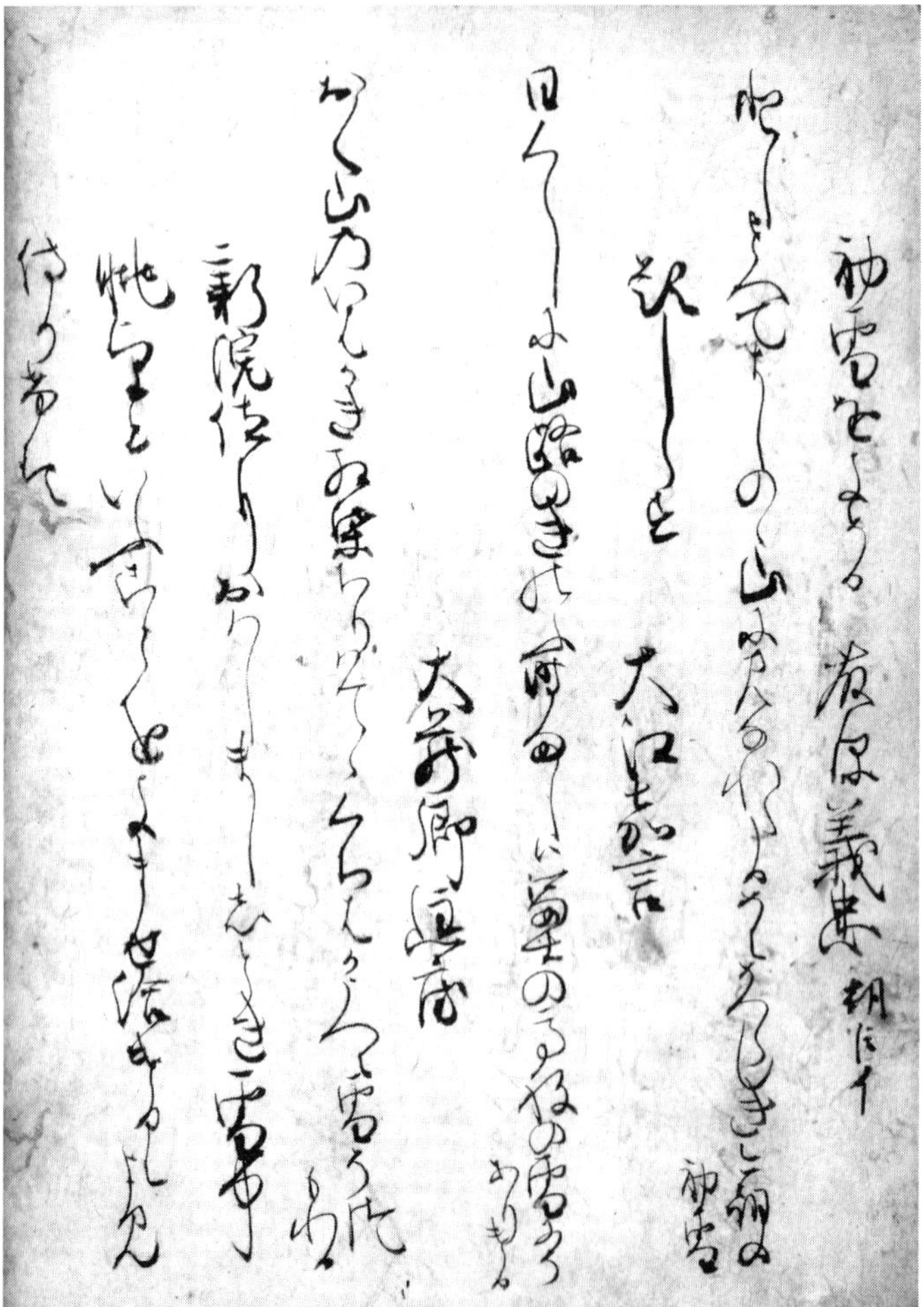

初雪をよめる　藤原義忠朝臣

大江嘉言

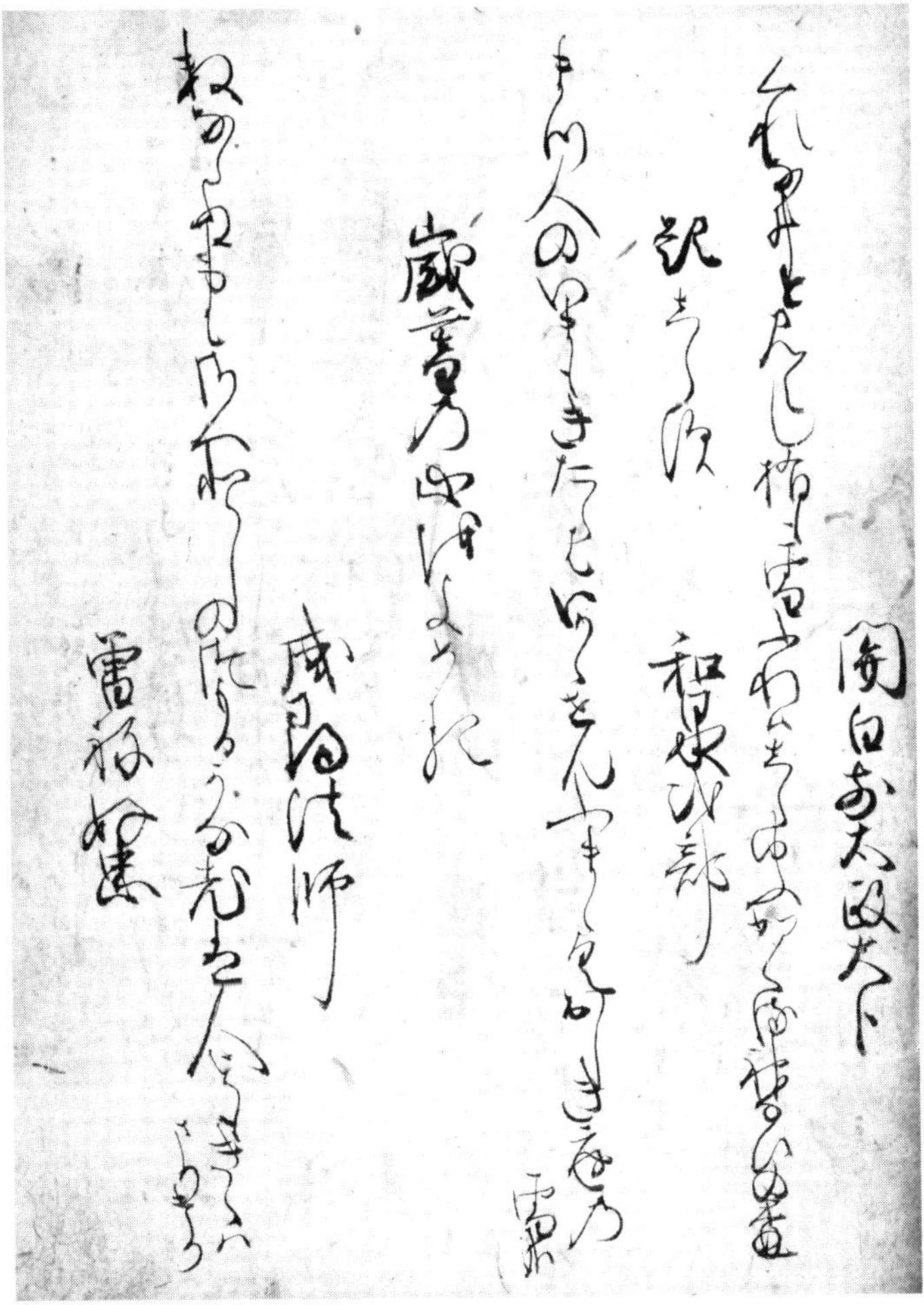

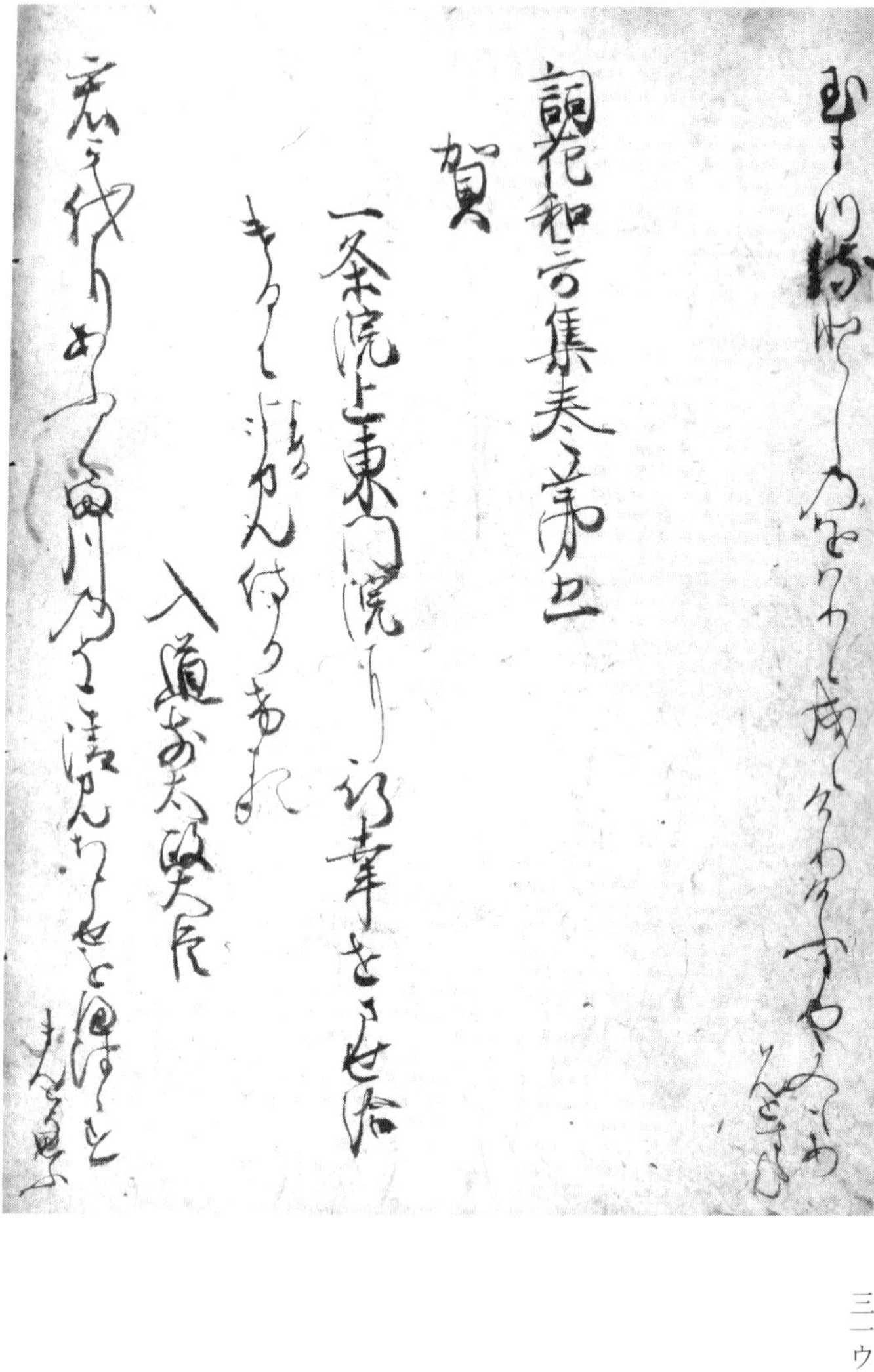
むかし[illegible]
詞花和歌集巻第五
賀
一条院上東門院[illegible]
[illegible]
入道前太政大臣
君か代[illegible]

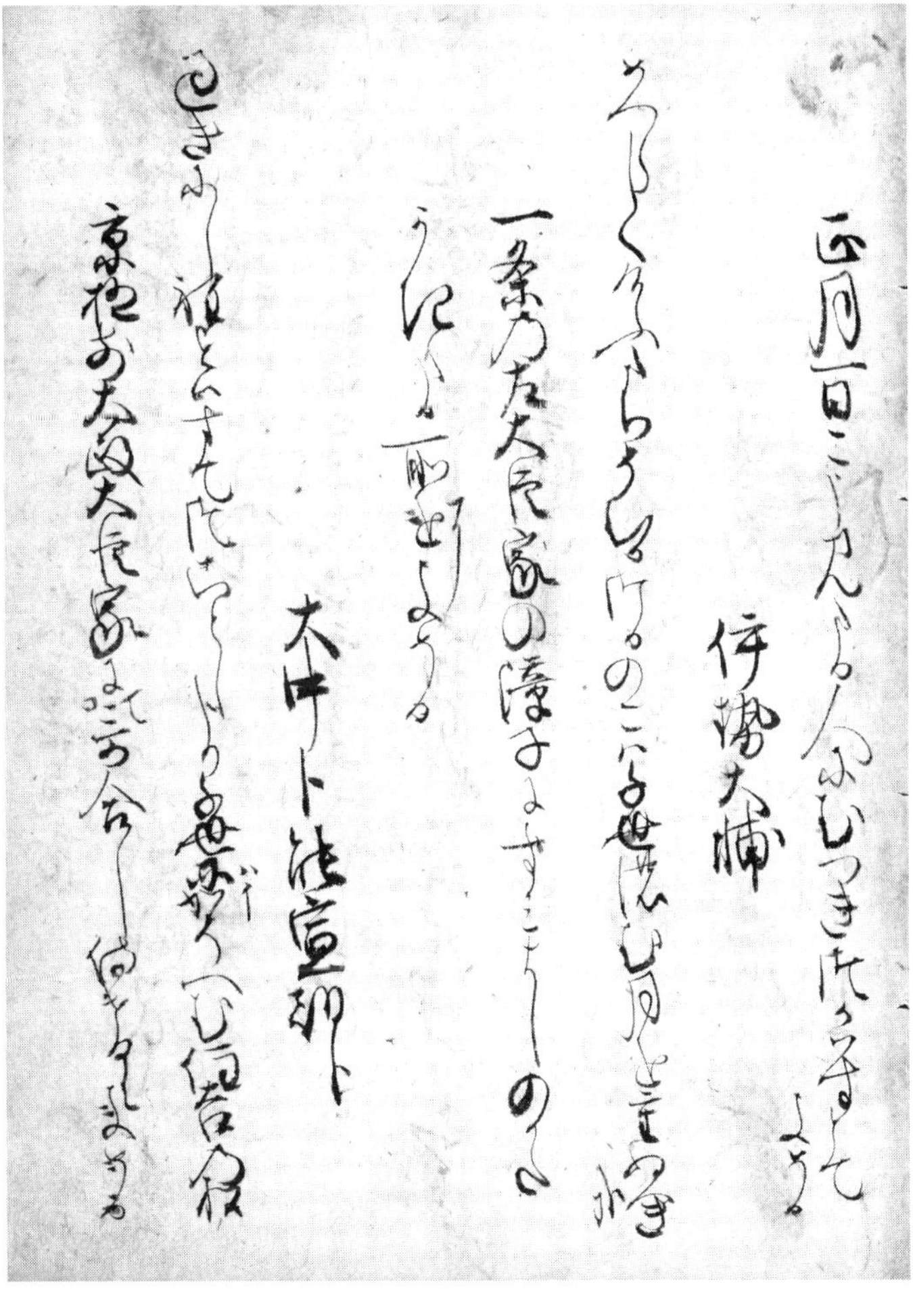

正月一日

伊勢大輔

一条左大臣家の

大江匡房

君か代はかきりもあらしみかさ山みねにあさひのさゝんかきりは

長元八年宇治前太政大臣家歌合によめる

能因法師

君か代はしら雲かゝるつくはねのみねのつゝきの海となるまて

題しらす　　赤染衛門

さかき葉をとりもちそへていのりつる神の世ゝりも久しからなん

三条太政大臣の家の[illegible]屏風乃

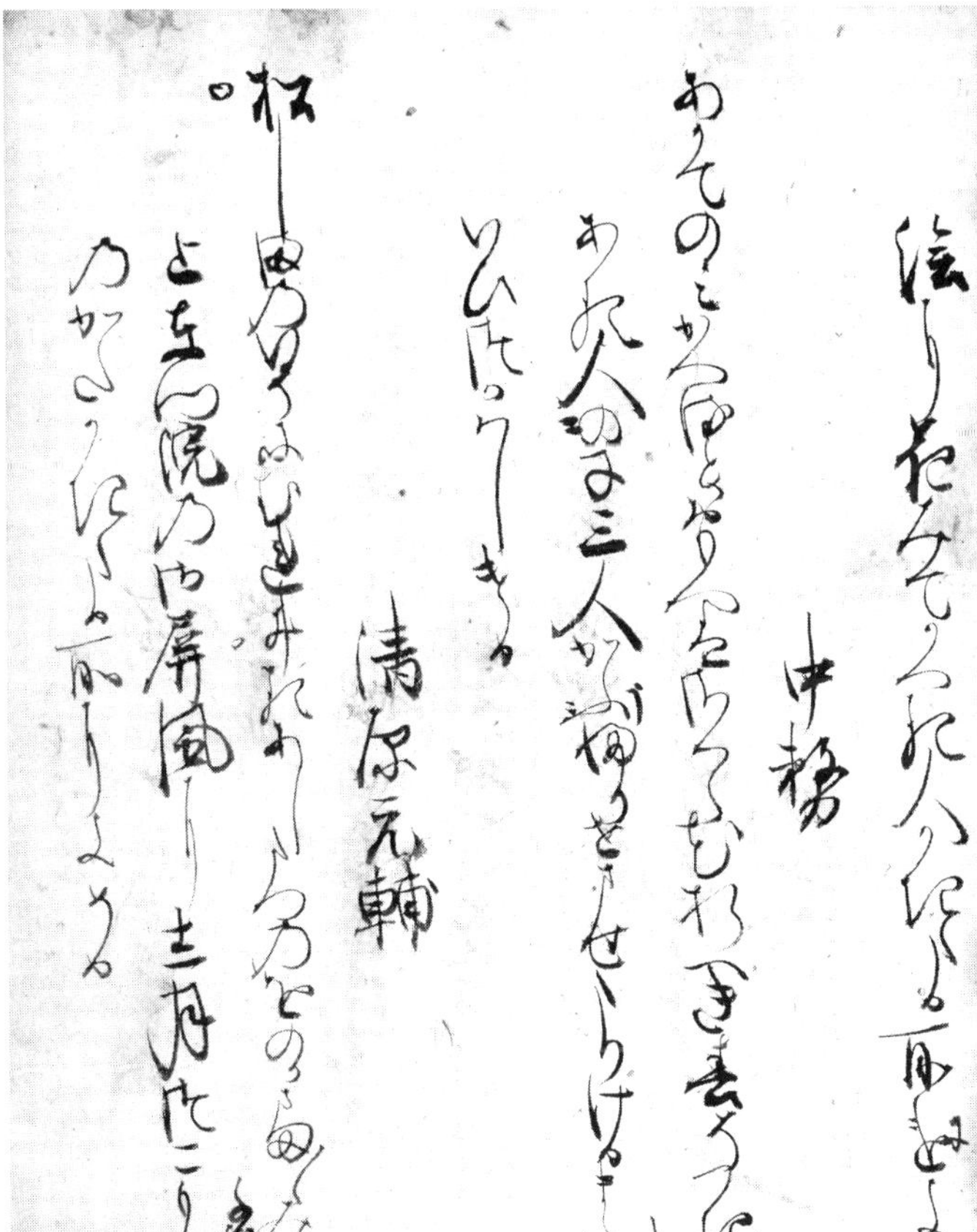
中務
清原元輔

お大納言々征

ひ　をけく仰のにするめつたし心事をのゝ
　けふより入くるわつて云々申し
　松陰池といふ所とゆへる
　　　　　恵慶法師

それし池方すうれんかやうのすめのせ
　は三源院方す大をとしよよる
　　　　　　　　　　よみ人しらす

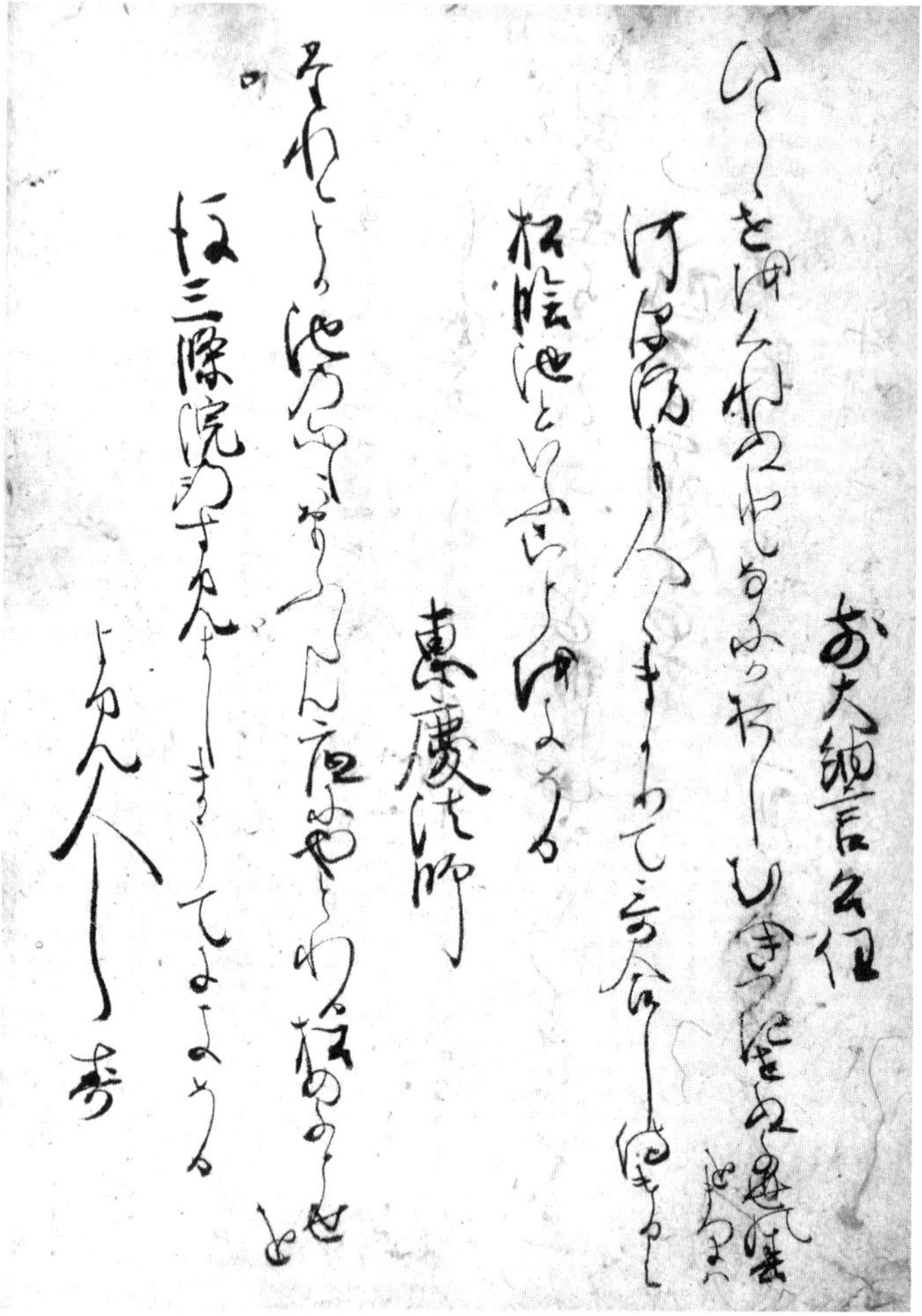

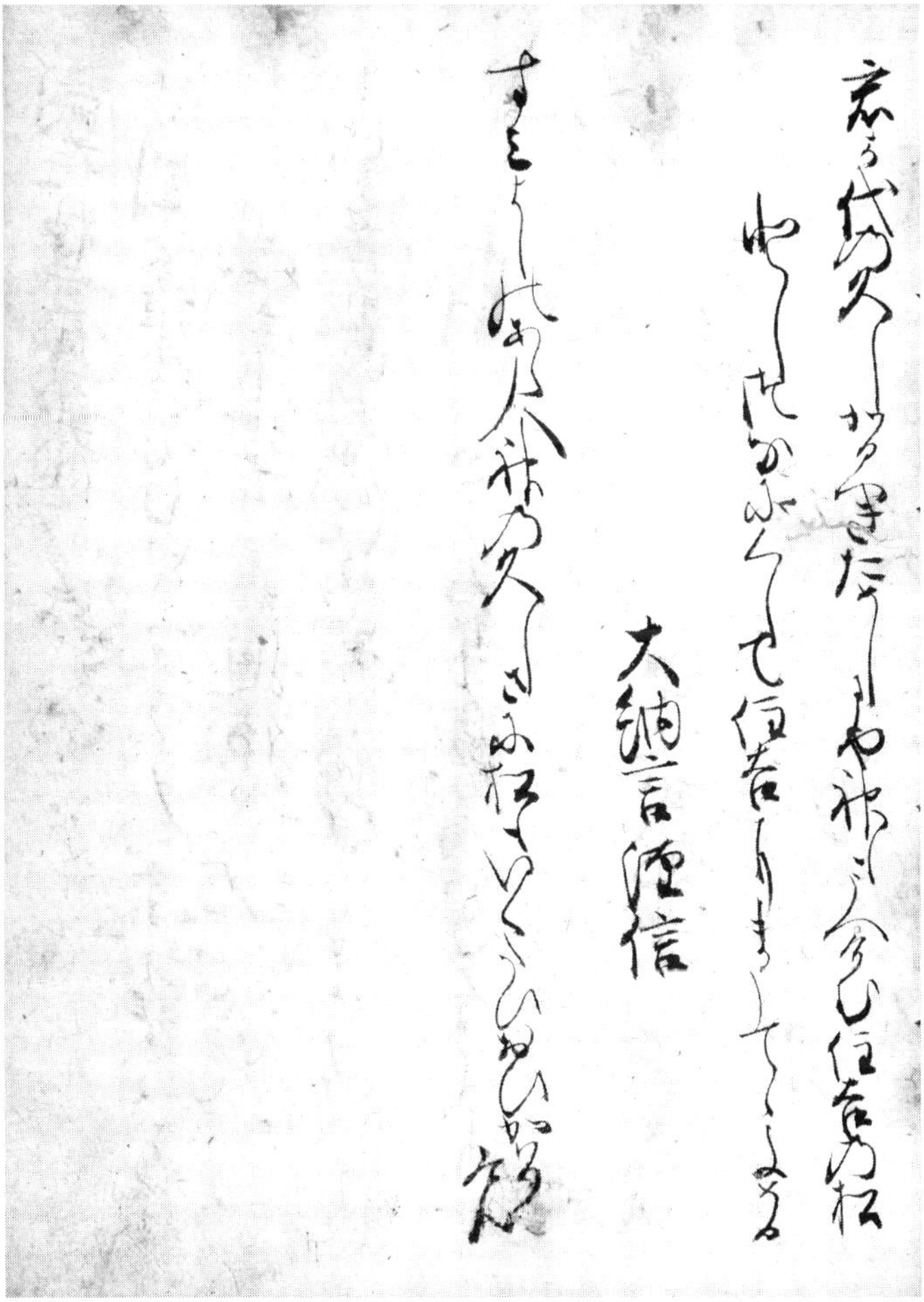

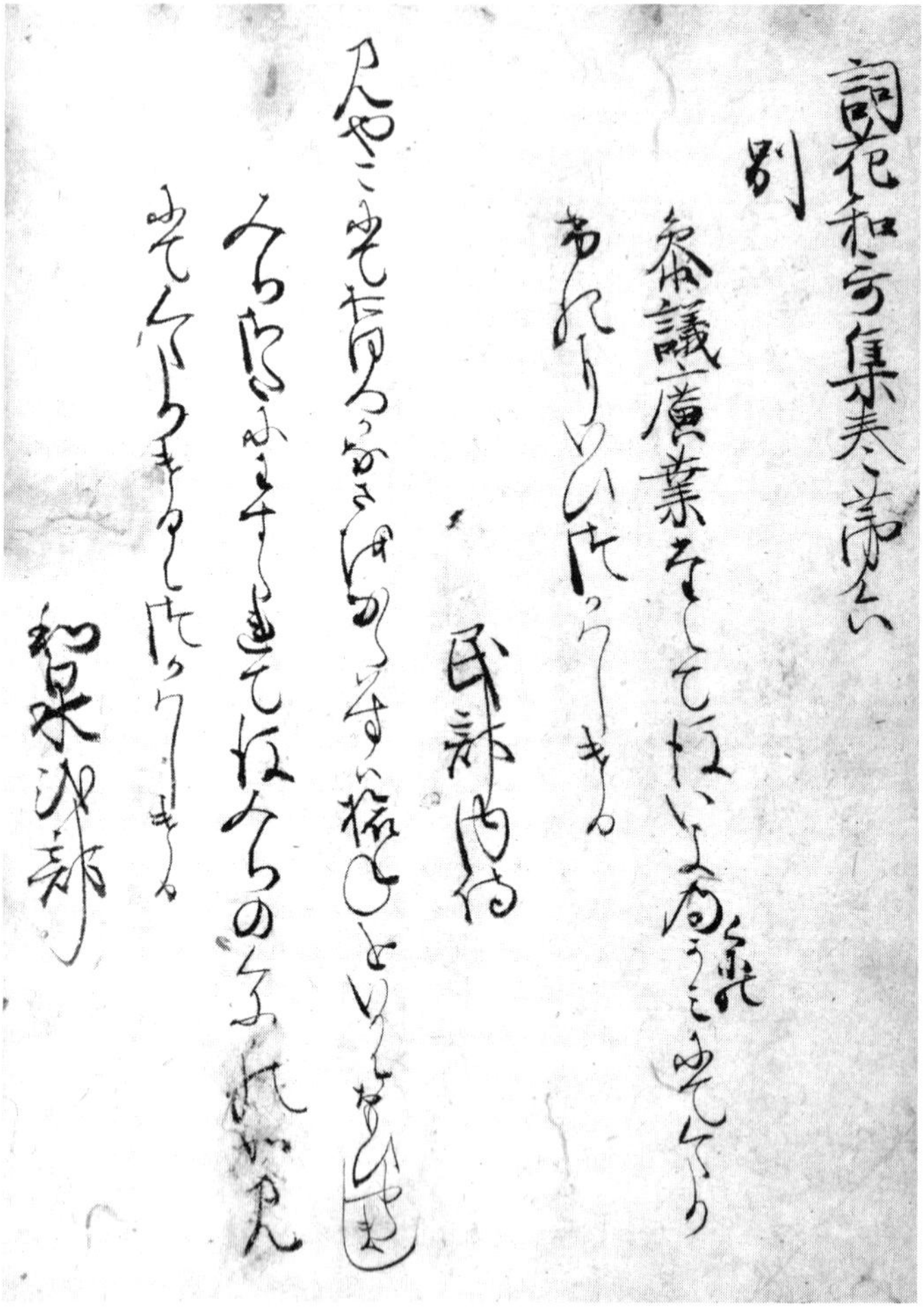

詞花和哥集巻第六

別

参議廣業

民部内侍

和泉式部

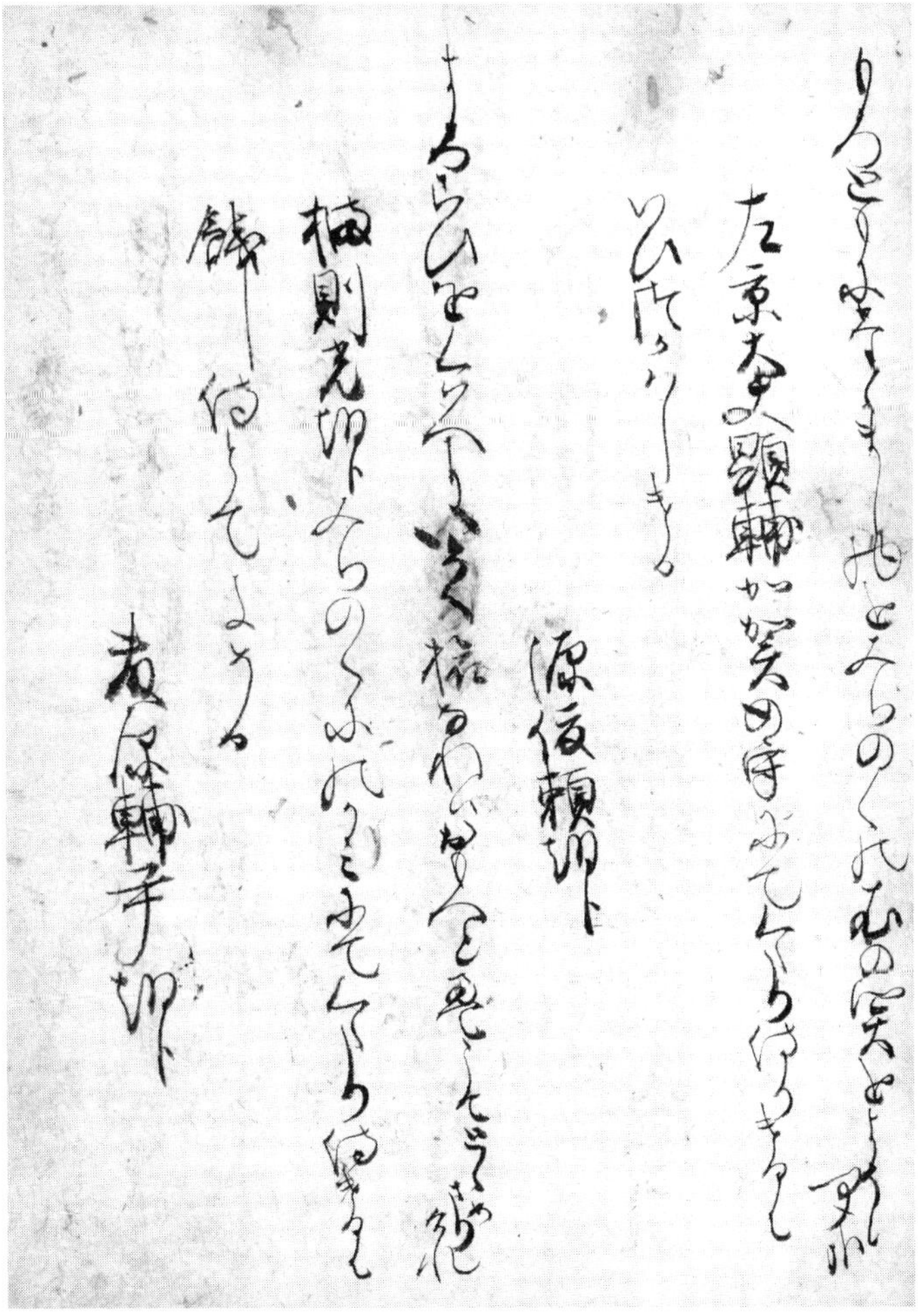

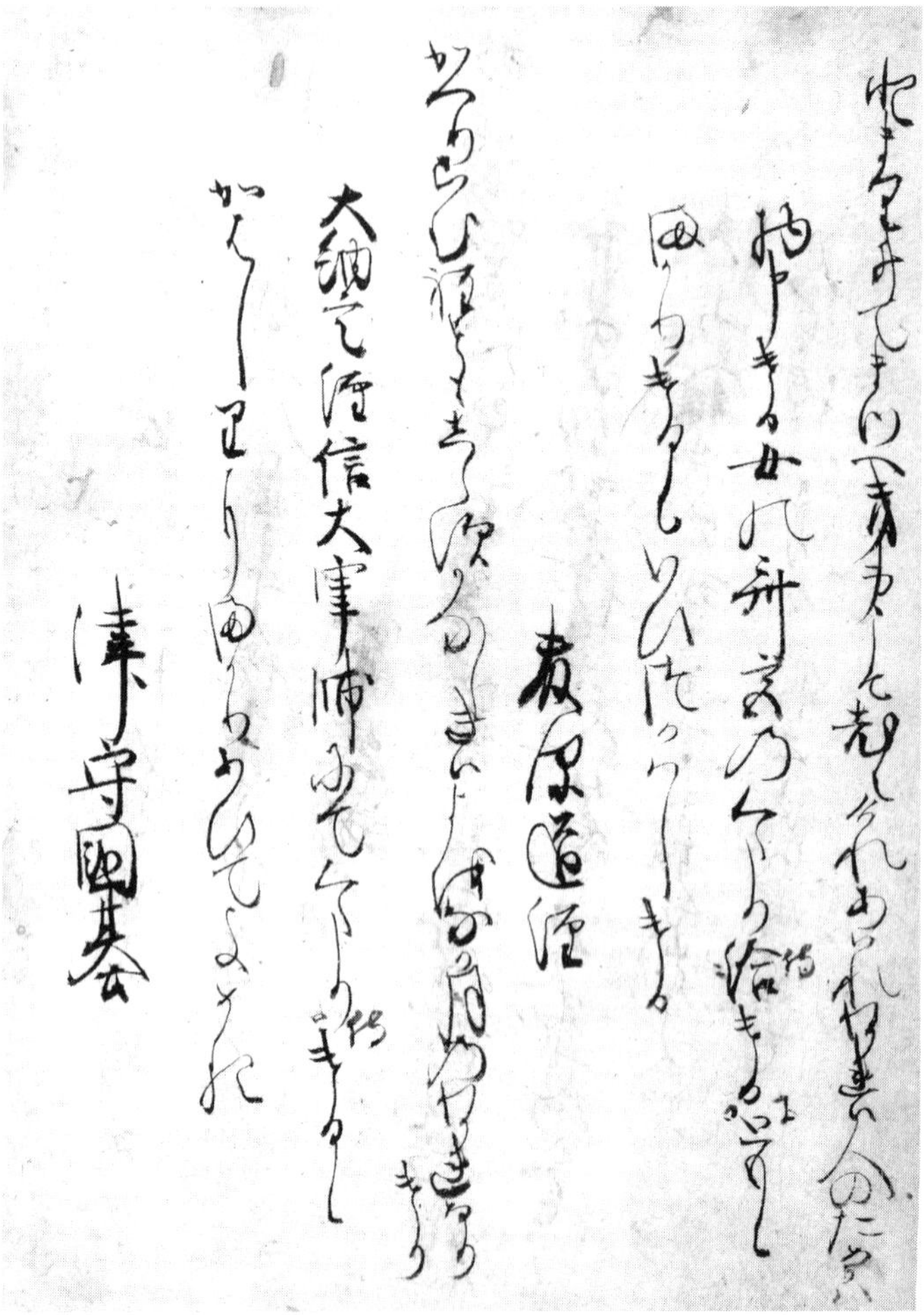

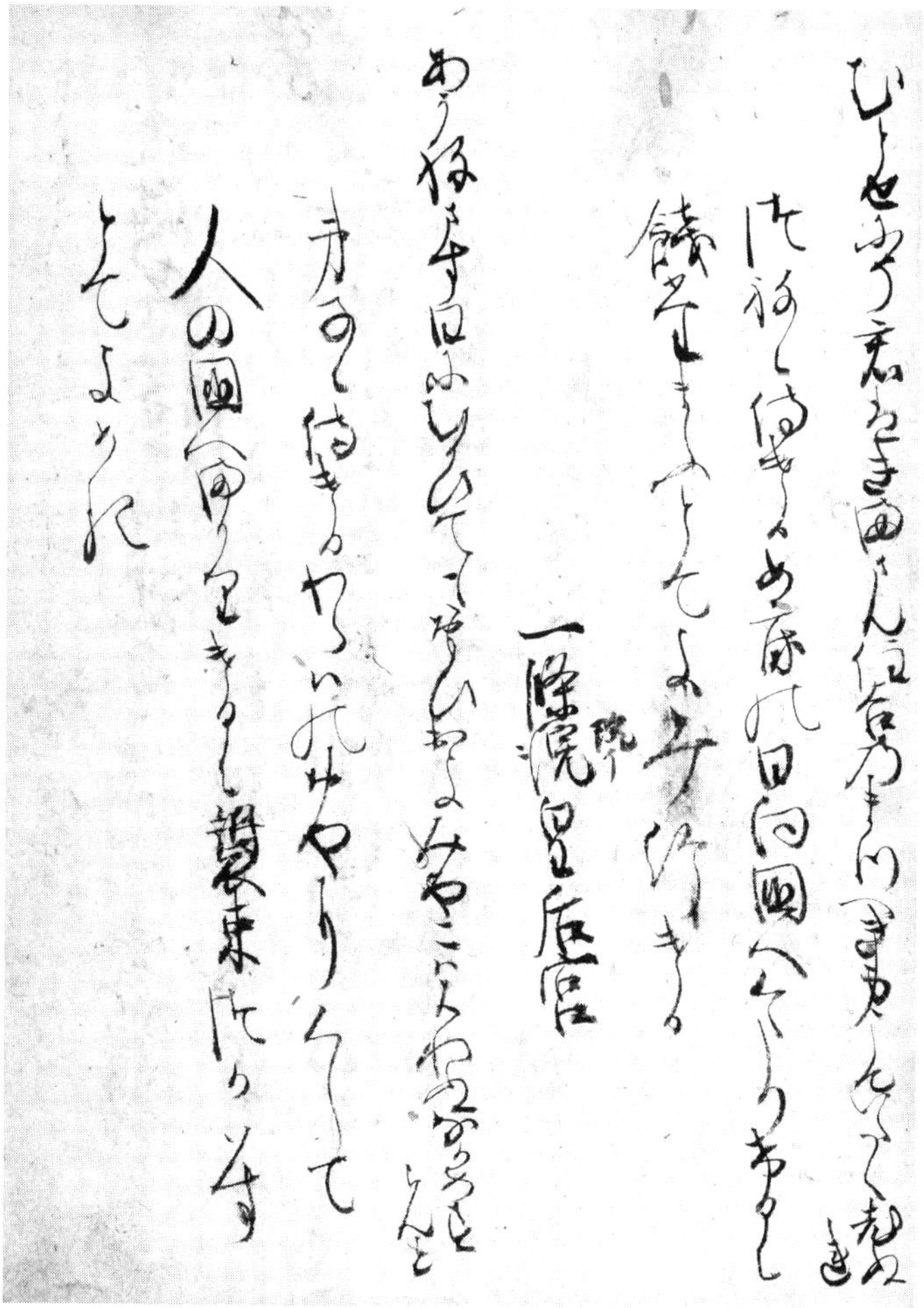
[illegible]
[illegible]日向国へ[illegible]
[illegible]
一條院皇后宮
あかねさす日にむかひてもおもひいでよみやこははれぬながめすらんと
[illegible]
人の国へ[illegible]
[illegible]

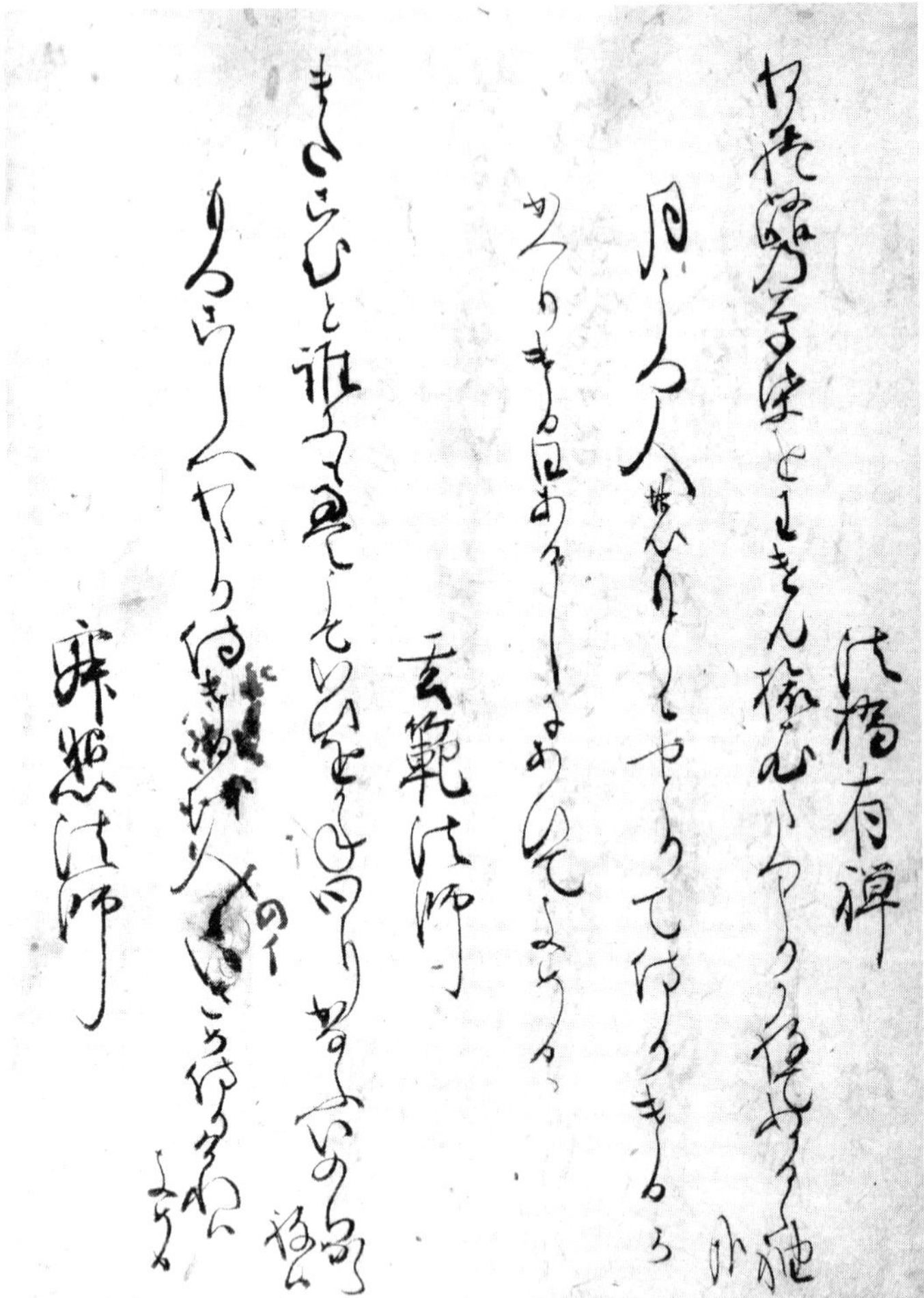

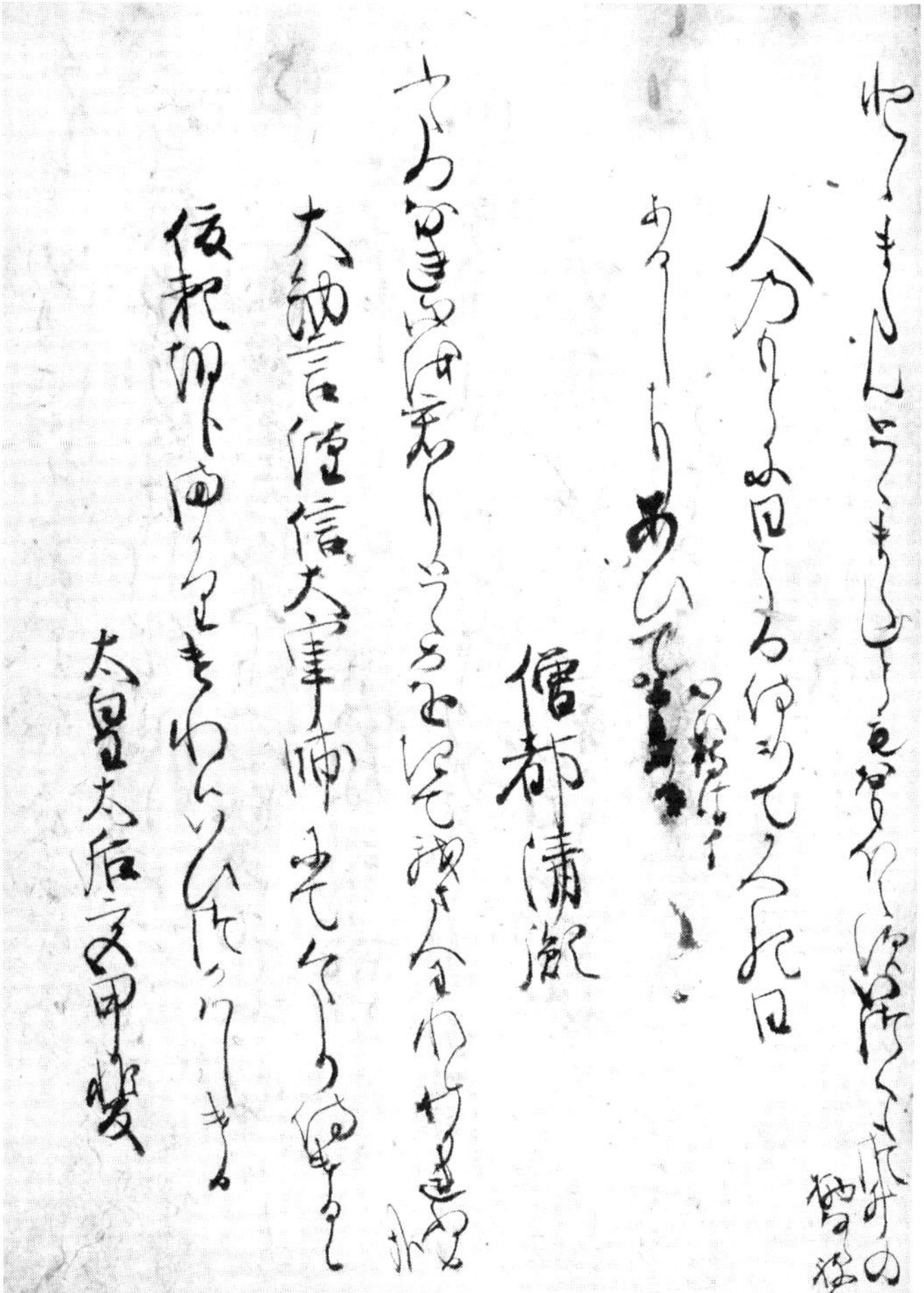

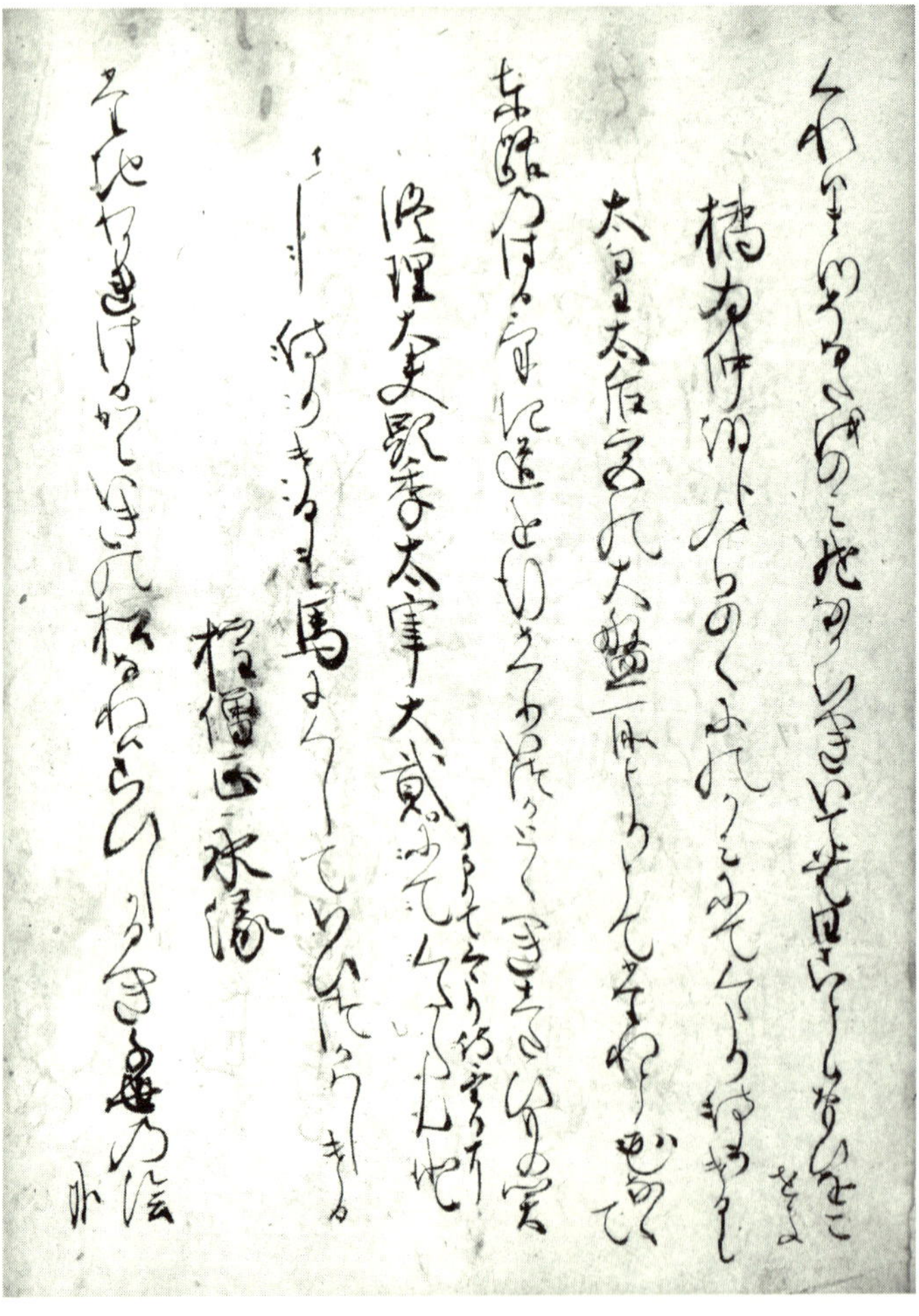

三七ウ

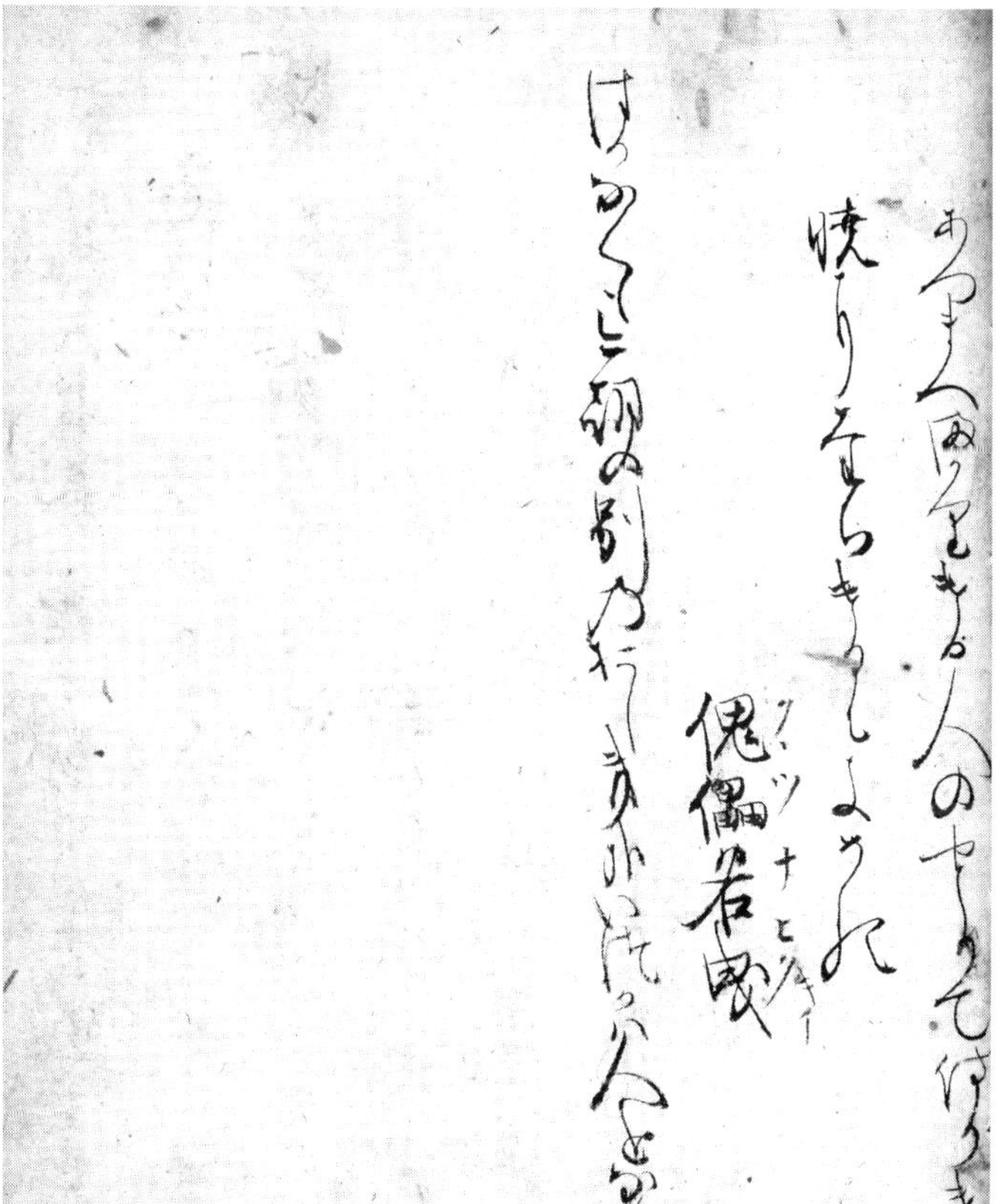

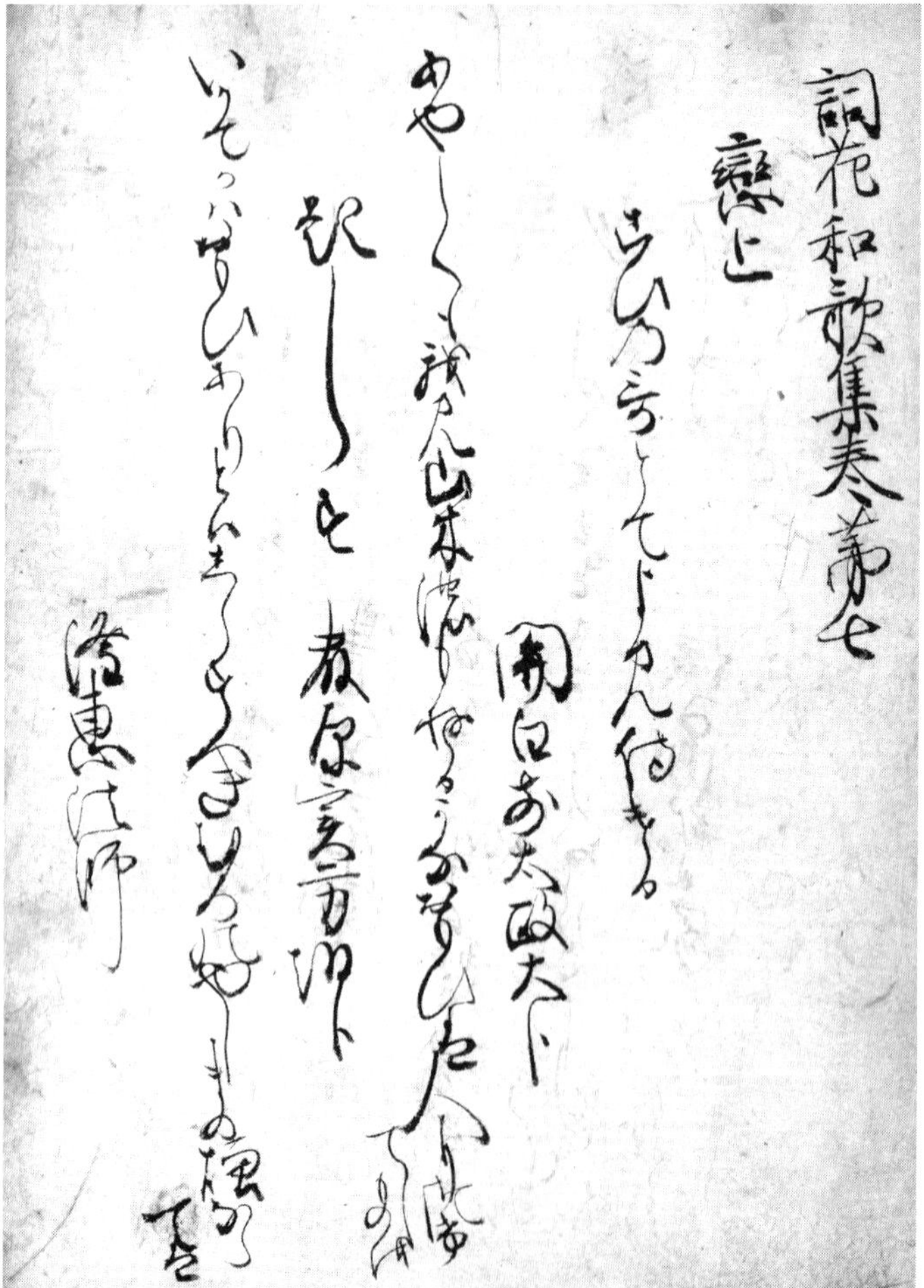

詞花和歌集巻第七

戀上

[illegible]

関白前太政大臣

[illegible]

春宮大夫公実

[illegible]

[illegible]

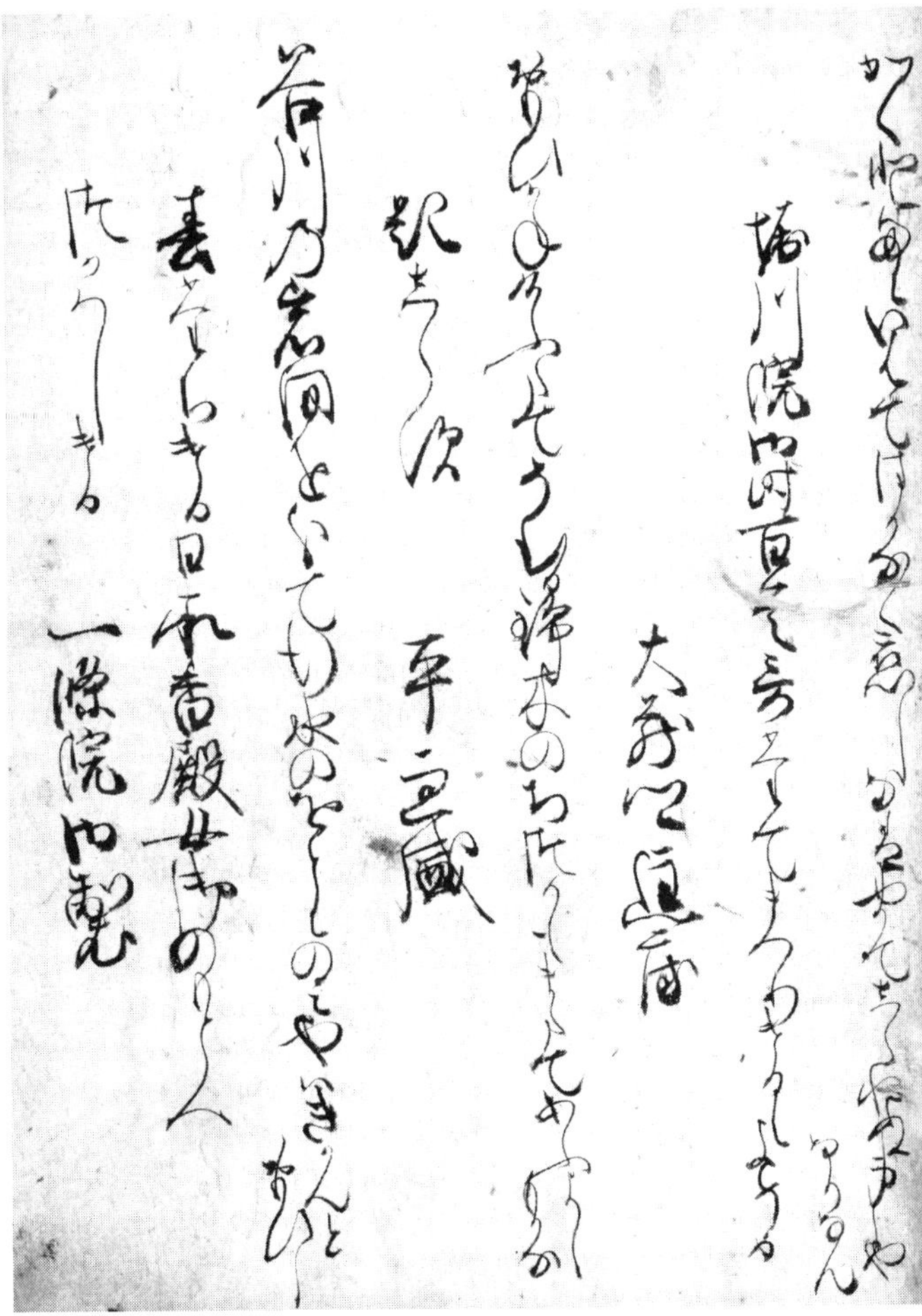

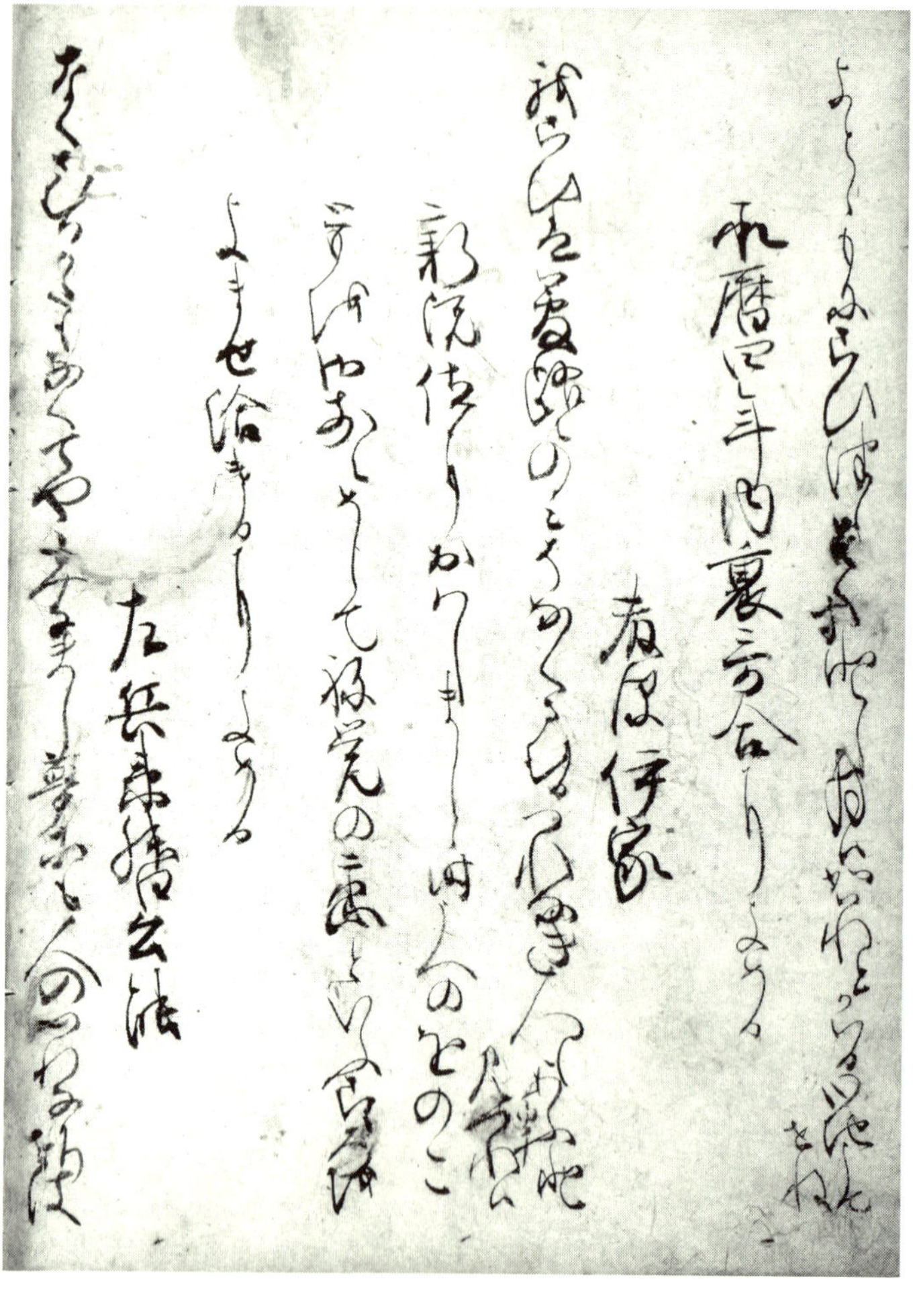
よしさらは[illegible]
永暦元年内裏哥合によめる
藤原伊家
[illegible]
新院位におはしましける時[illegible]
[illegible]
よませ給ひけり[illegible]
左兵衛督公能
[illegible]

三九ウ

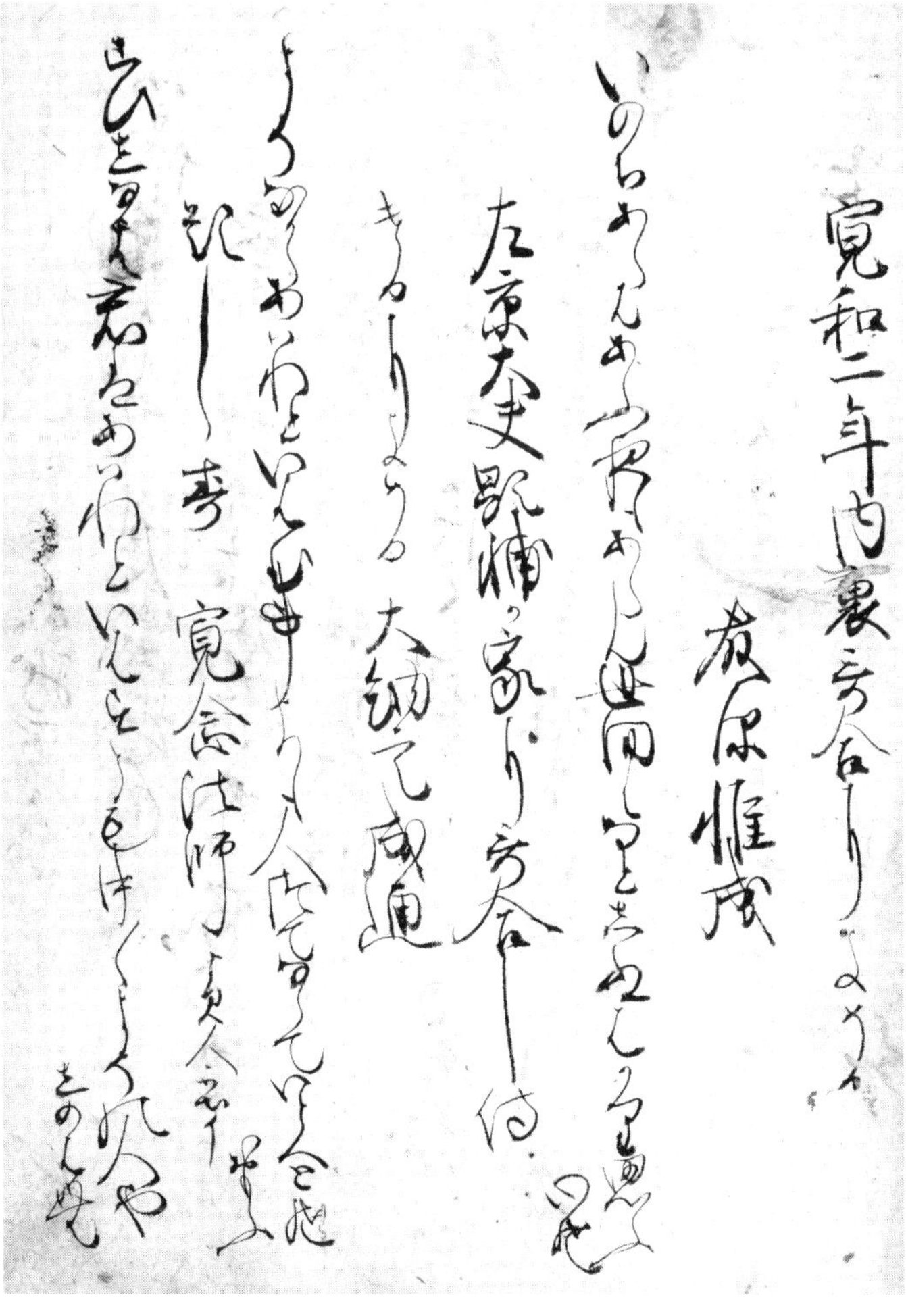

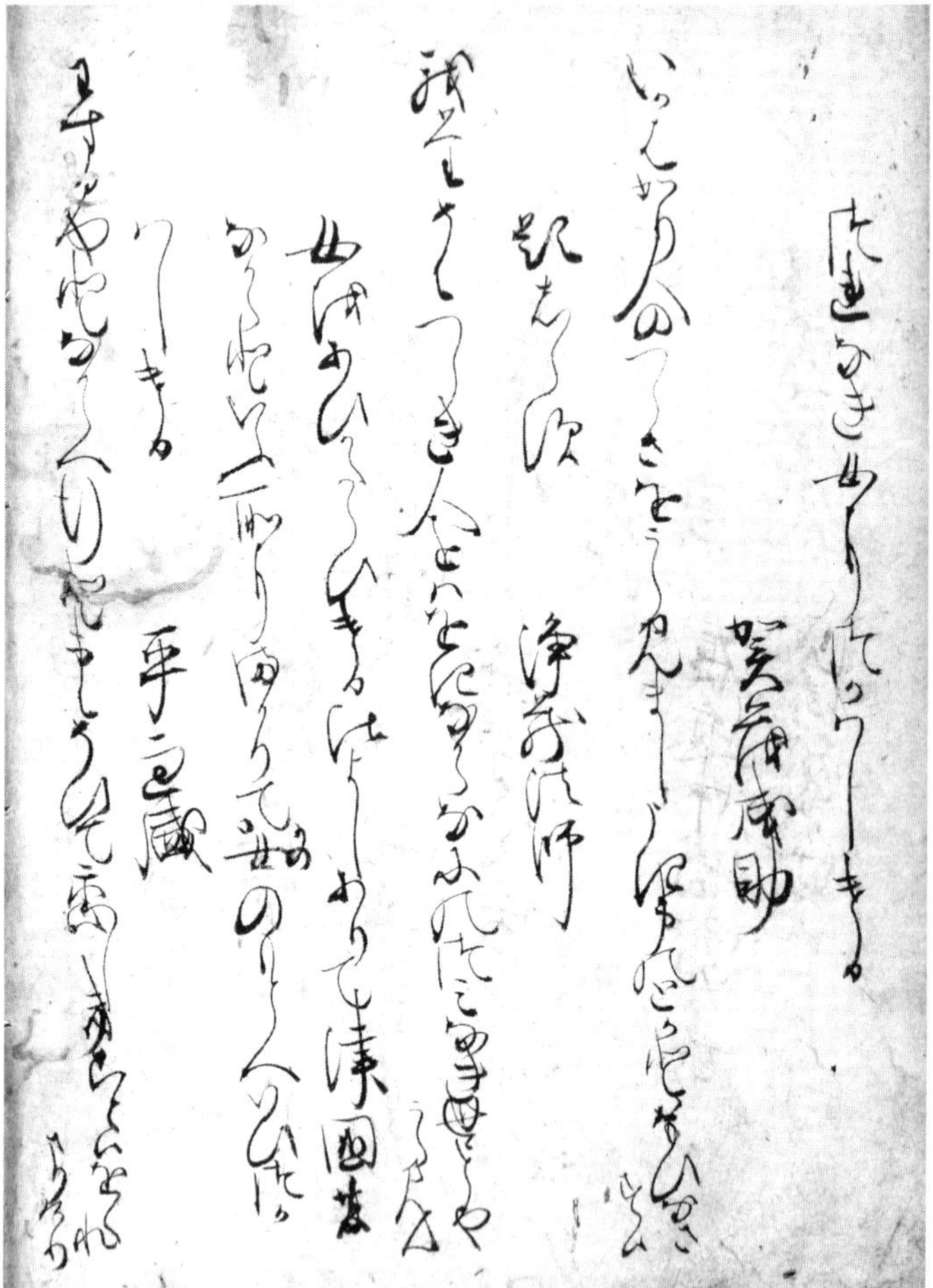

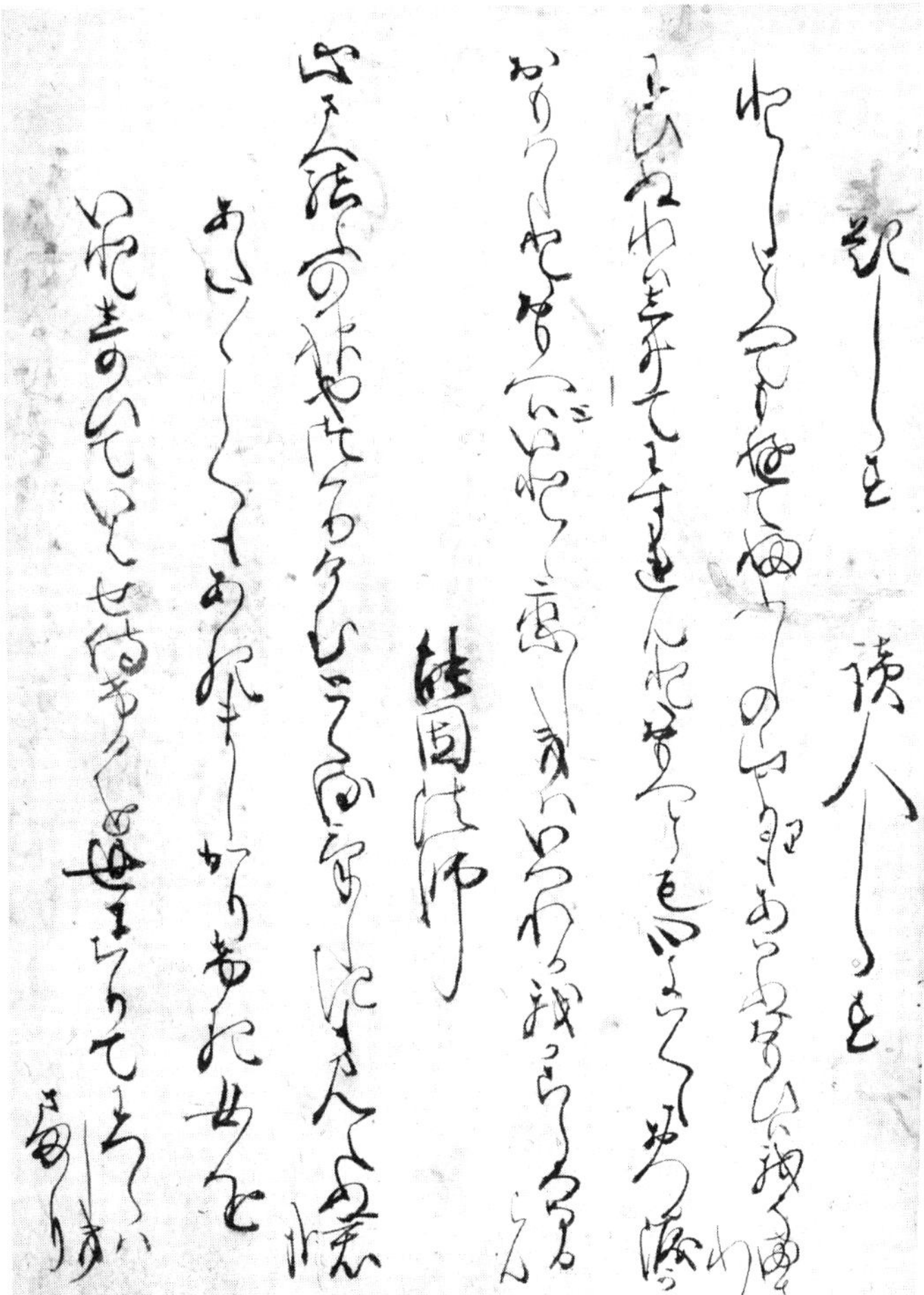

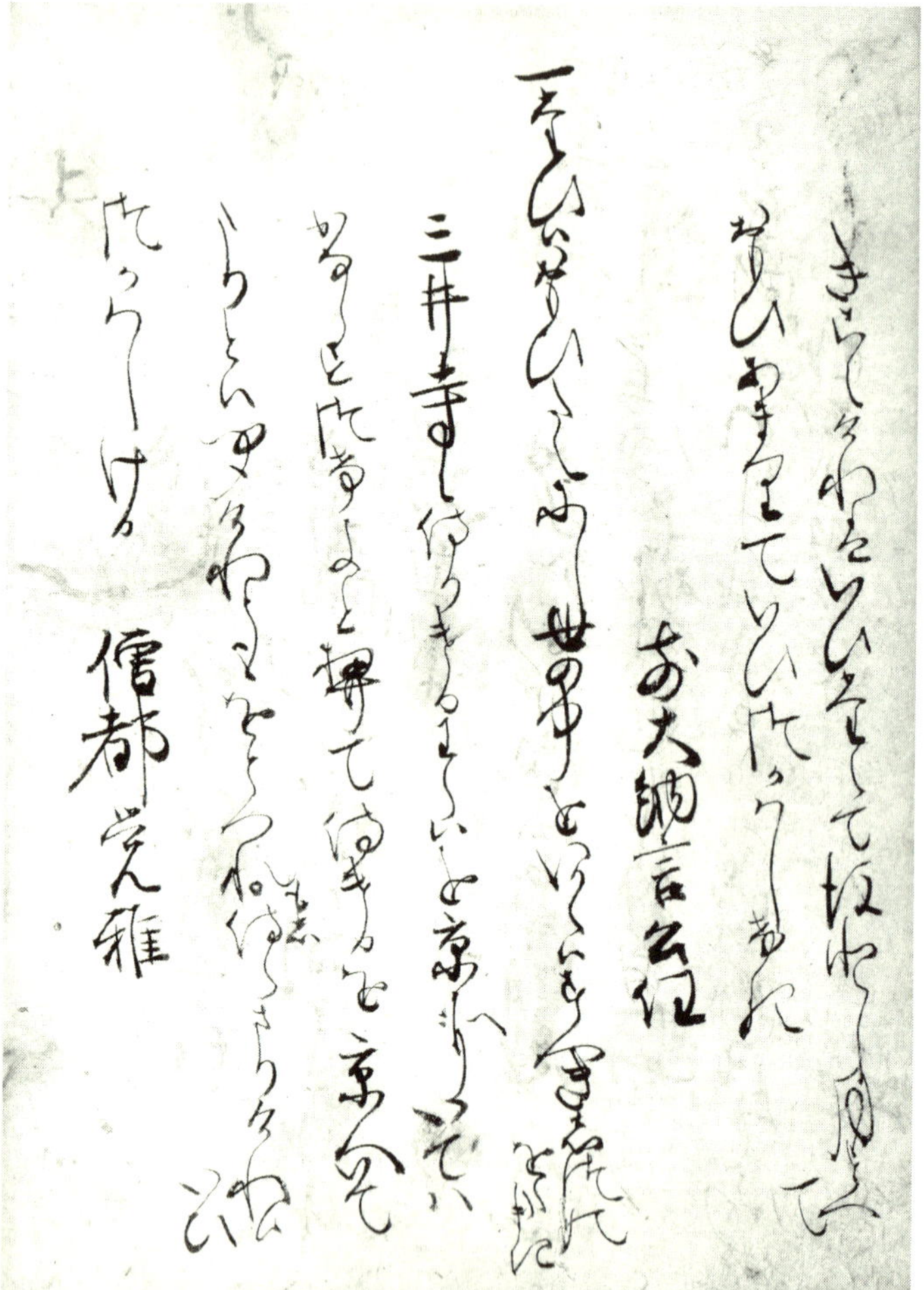

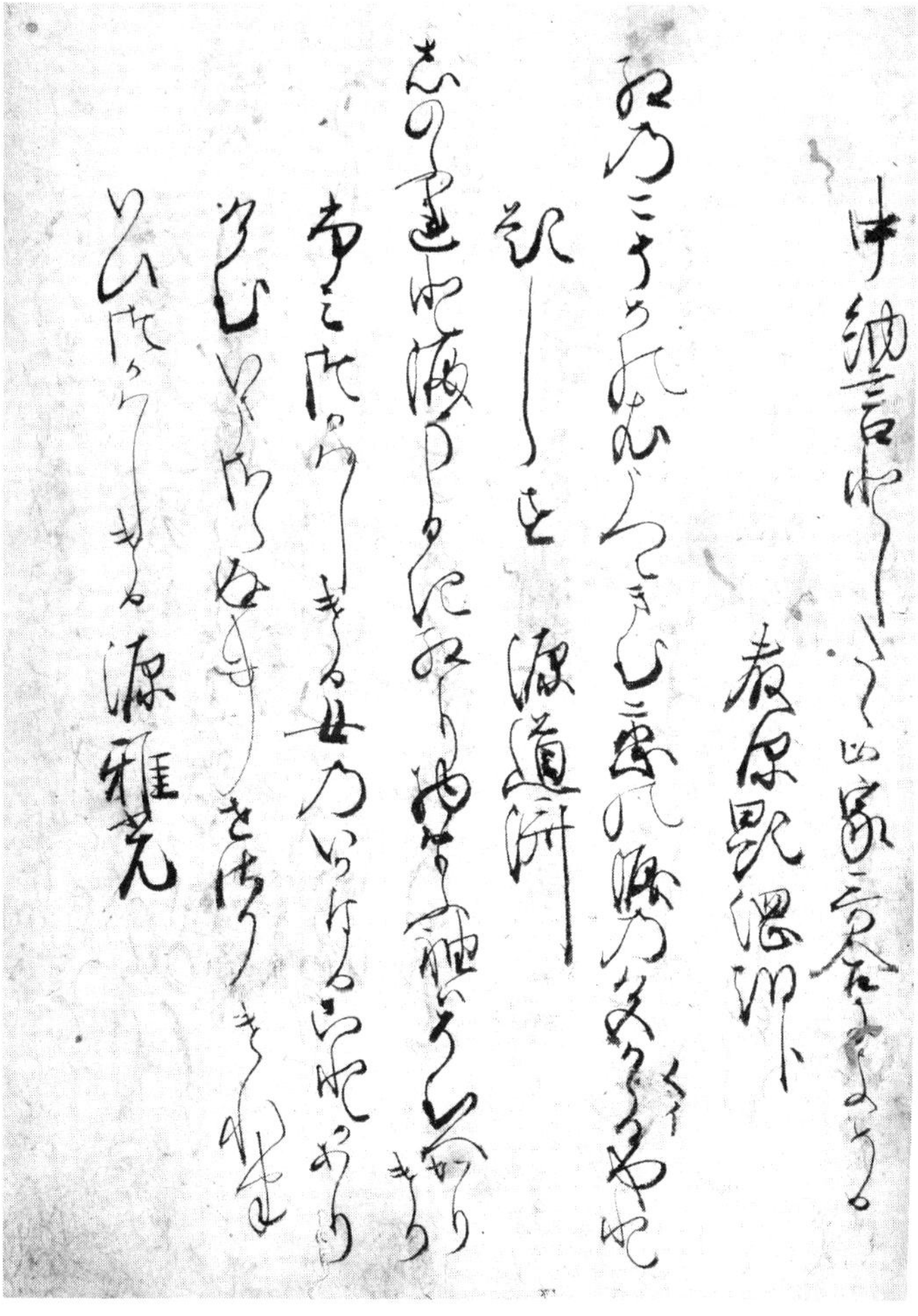

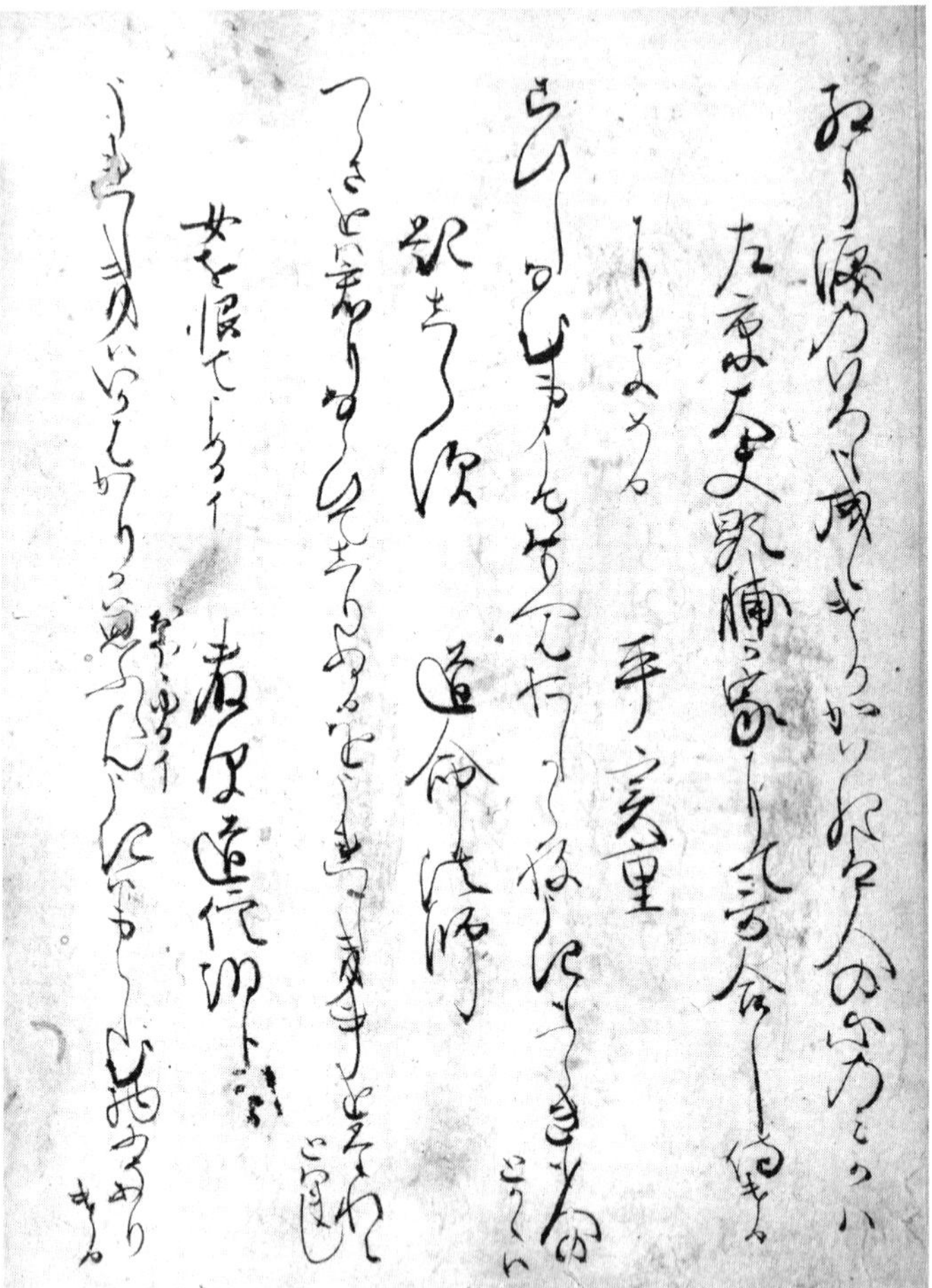

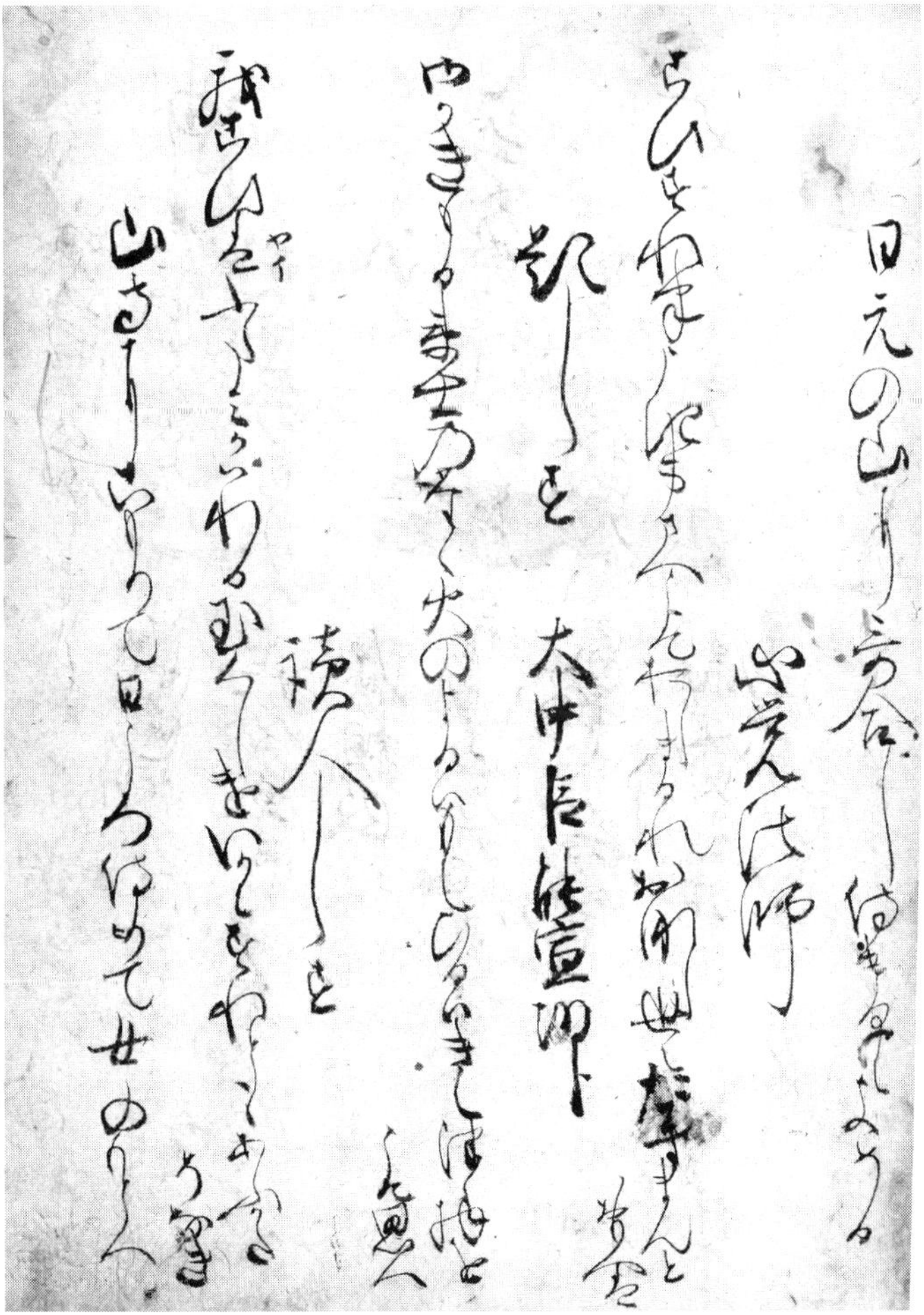

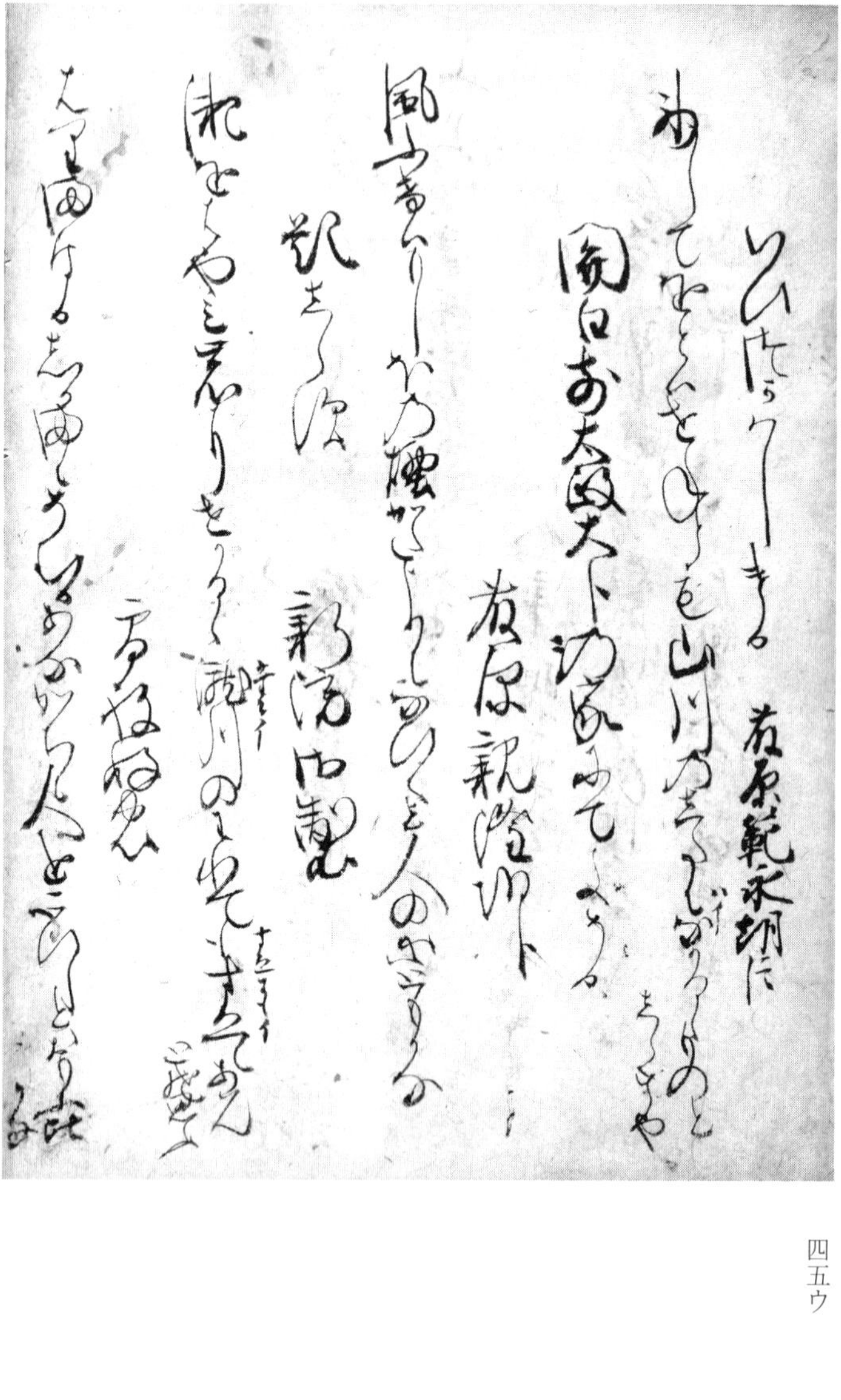

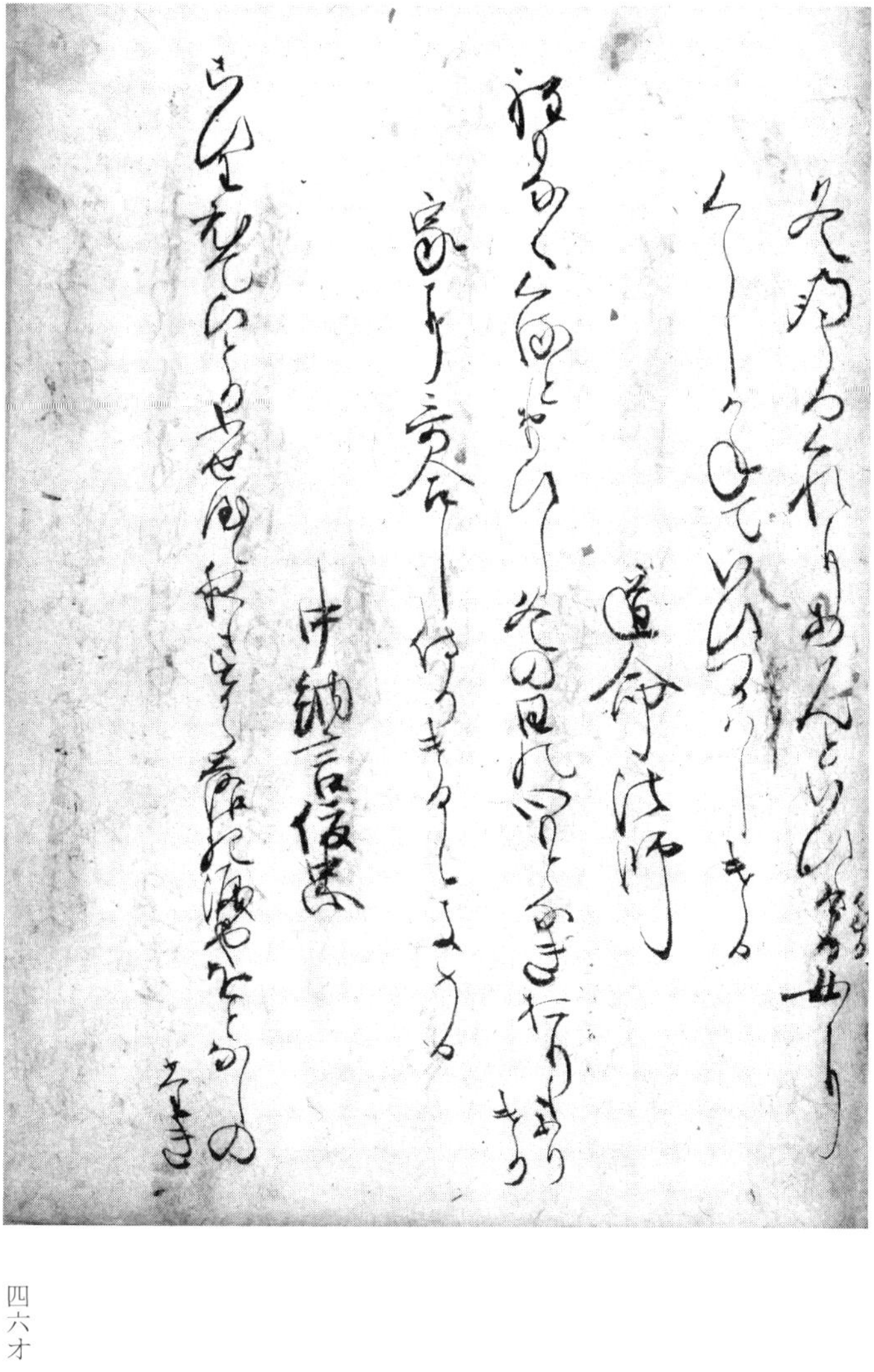
道命法師
家にて歌合し侍りけるによめる
中納言俊忠

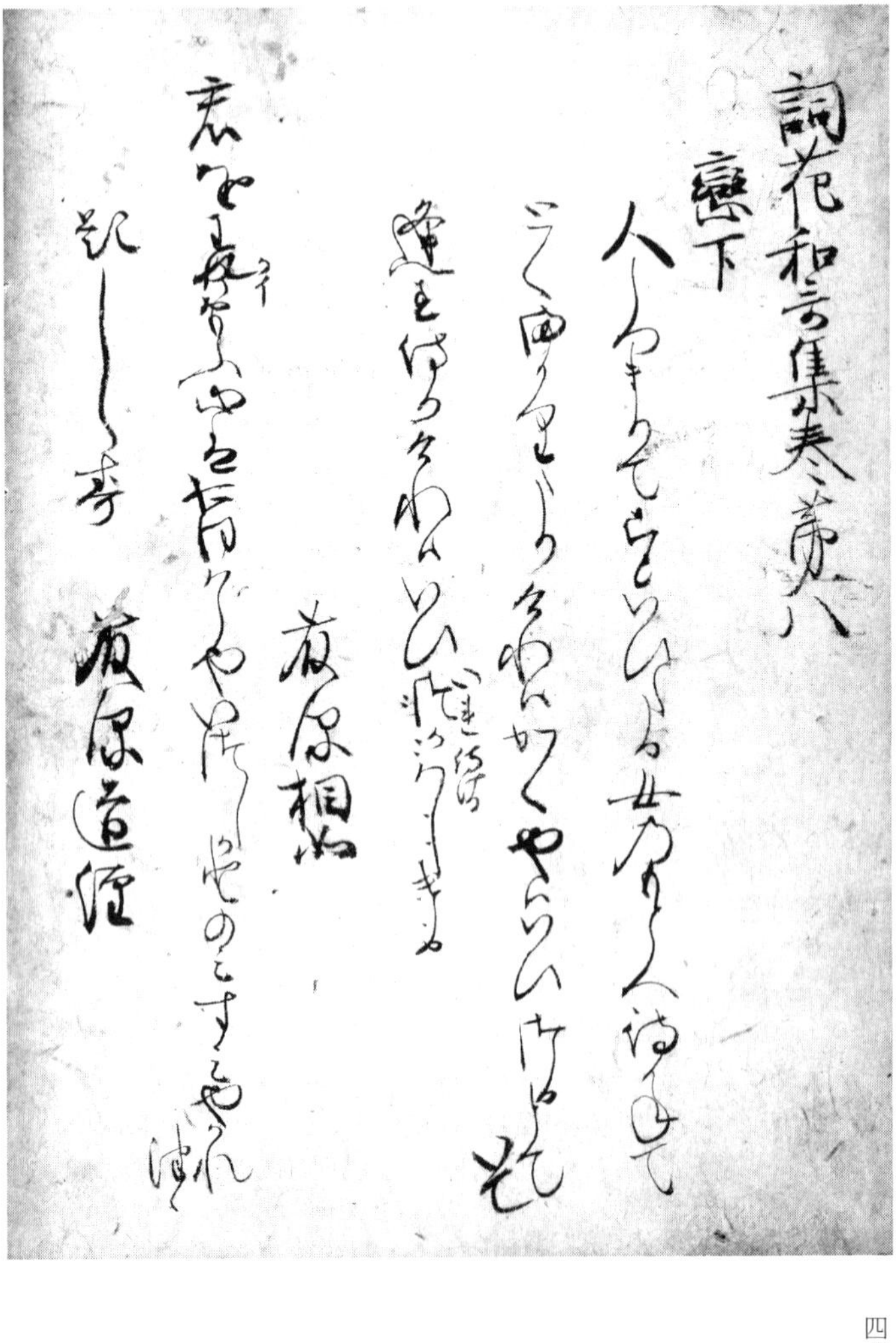
詞花和歌集巻第八
戀下
藤原相如
藤原道経

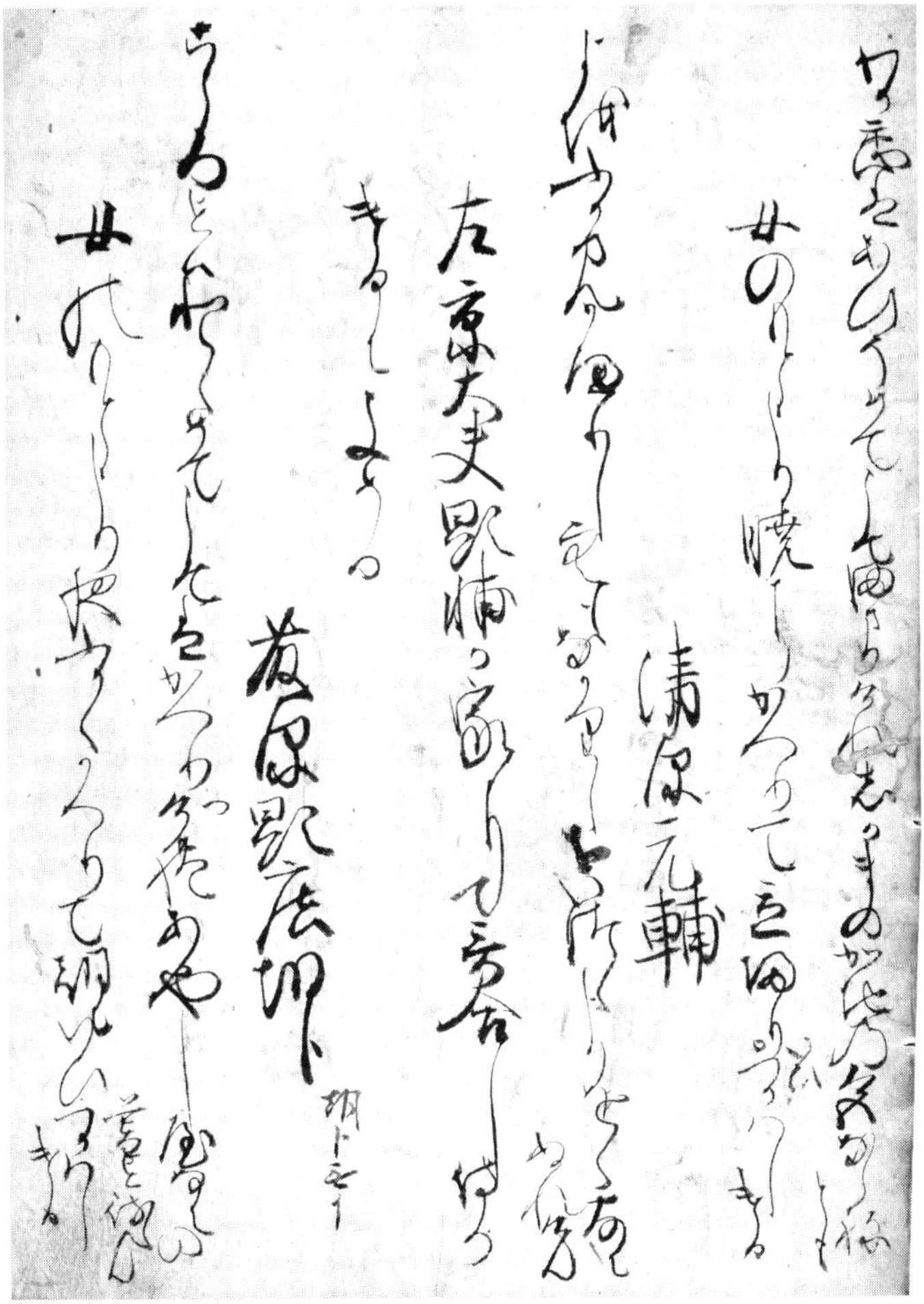
清原元輔

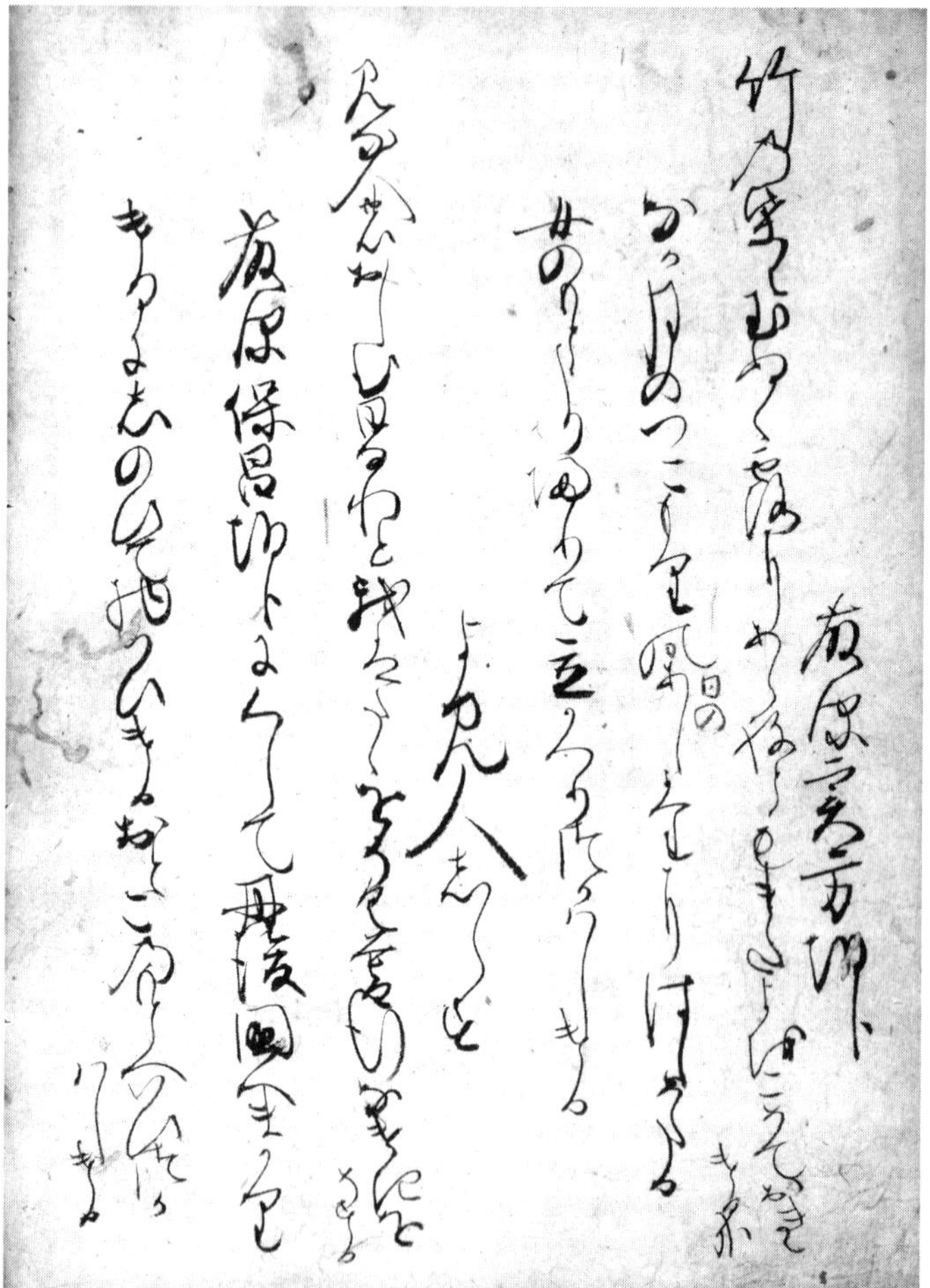
藤原定方卿
よみ人しらず
藤原保昌

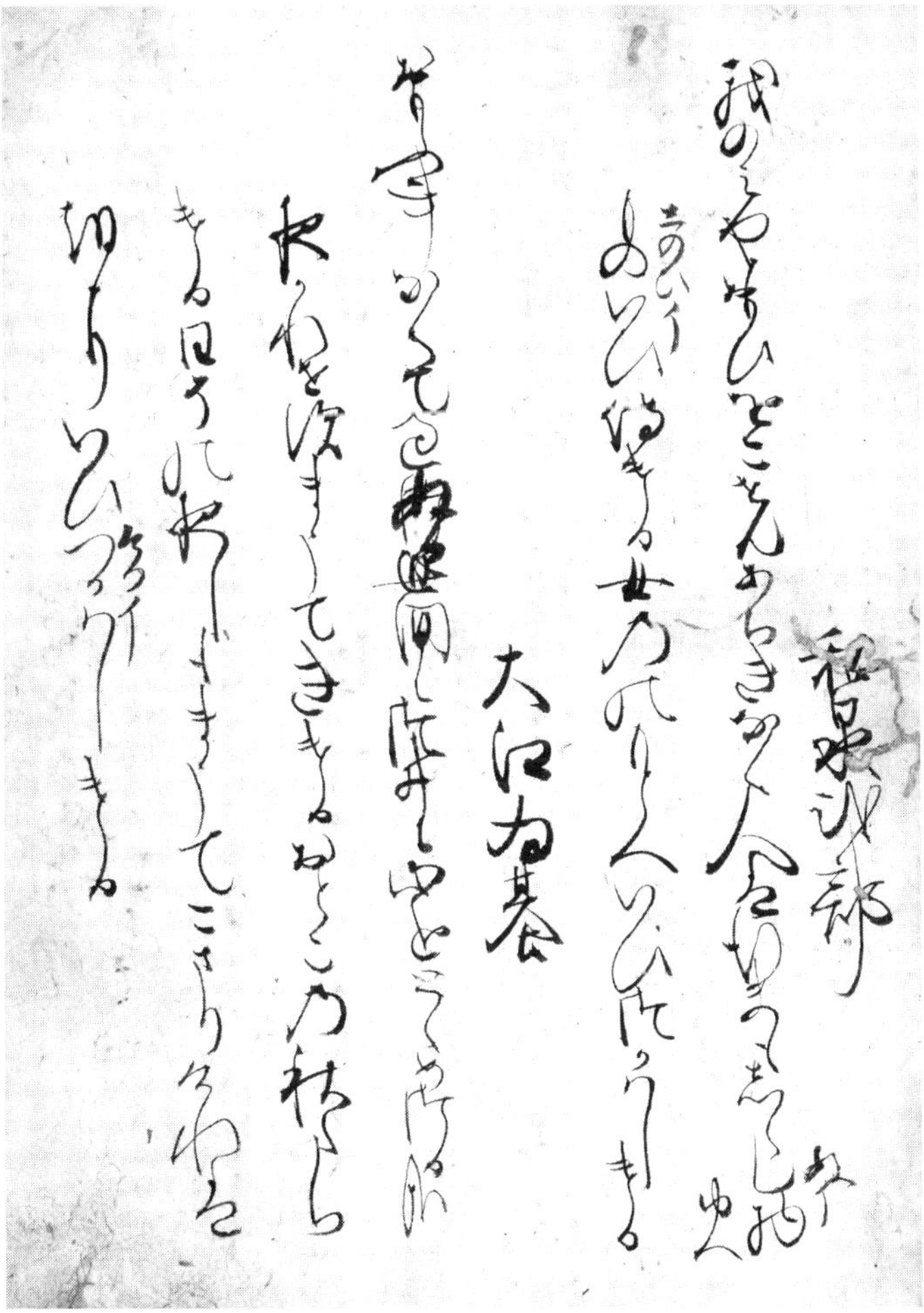

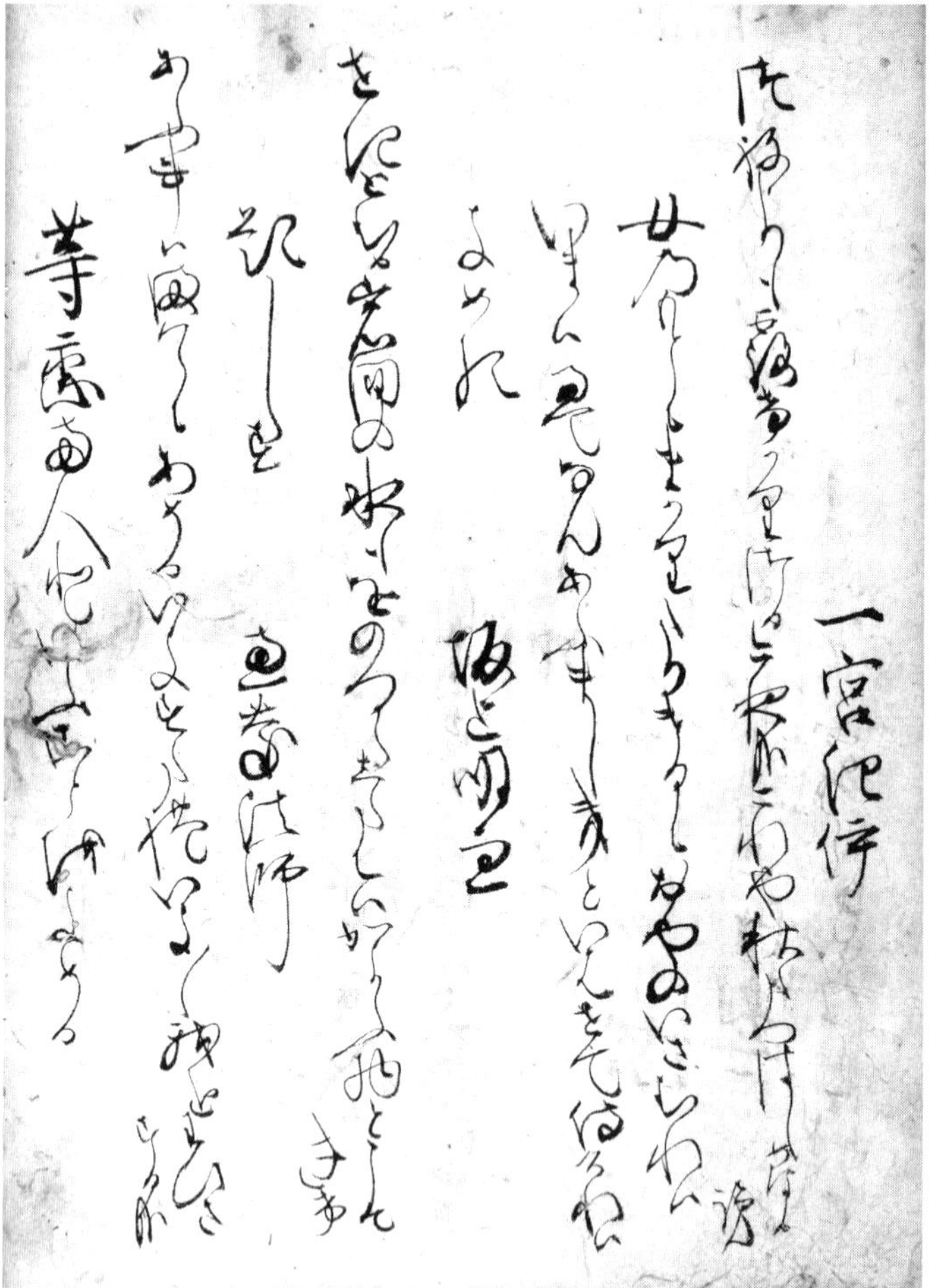
一宮紀伊
恵慶法師

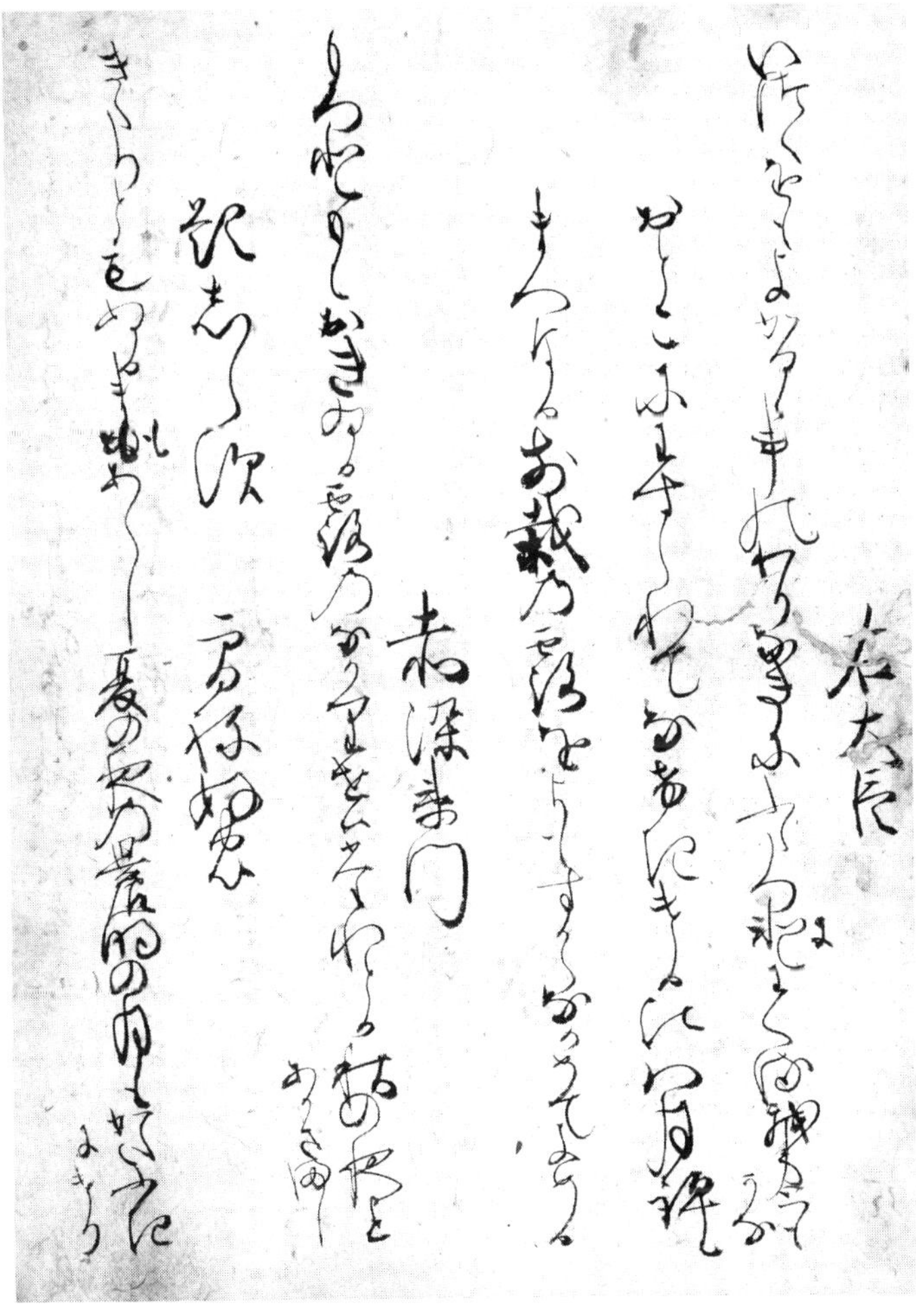
左大臣

赤染衛門

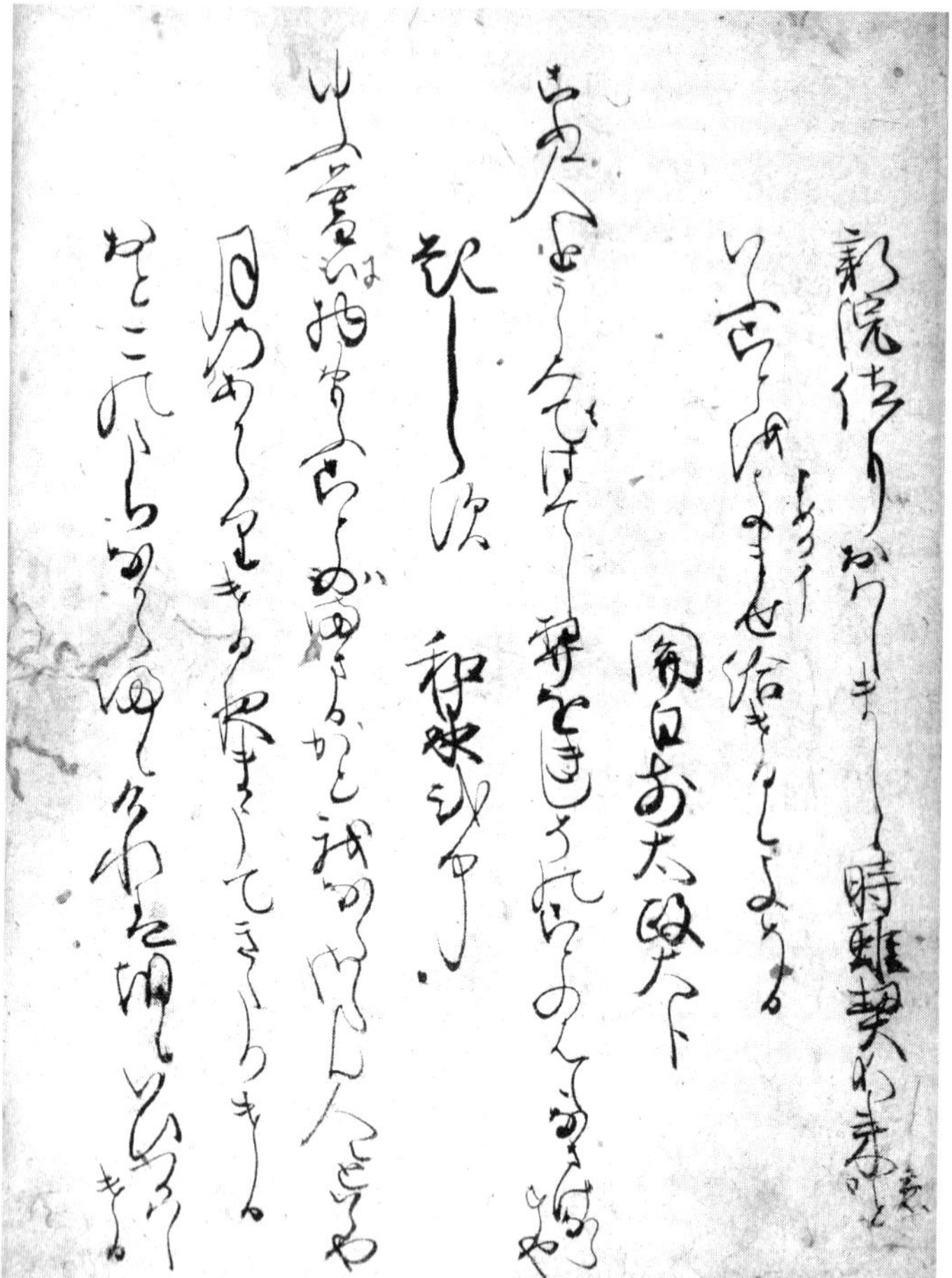
[illegible]
[illegible]
関白前太政大臣
[illegible]
[illegible]
[illegible]
[illegible]
[illegible]

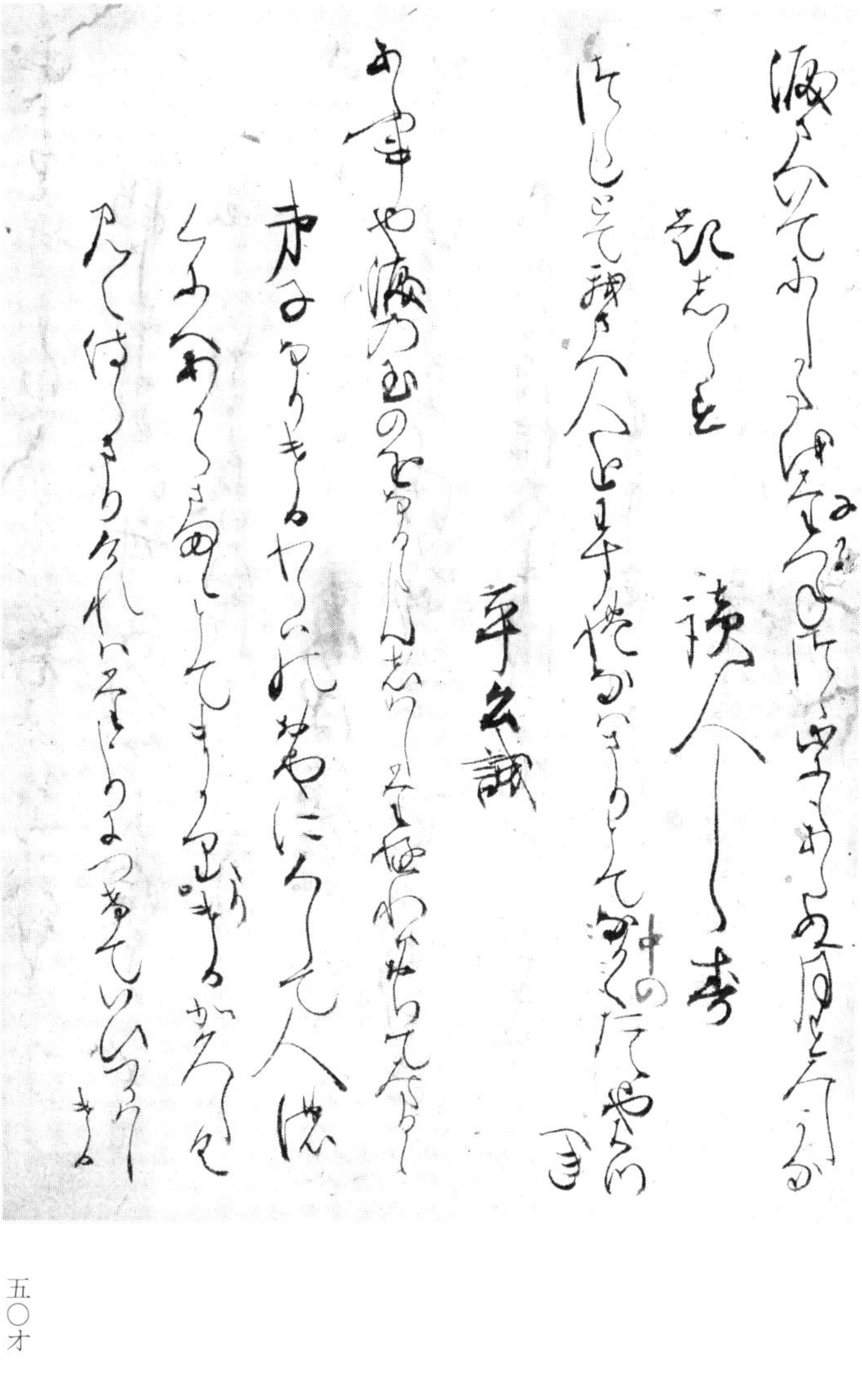

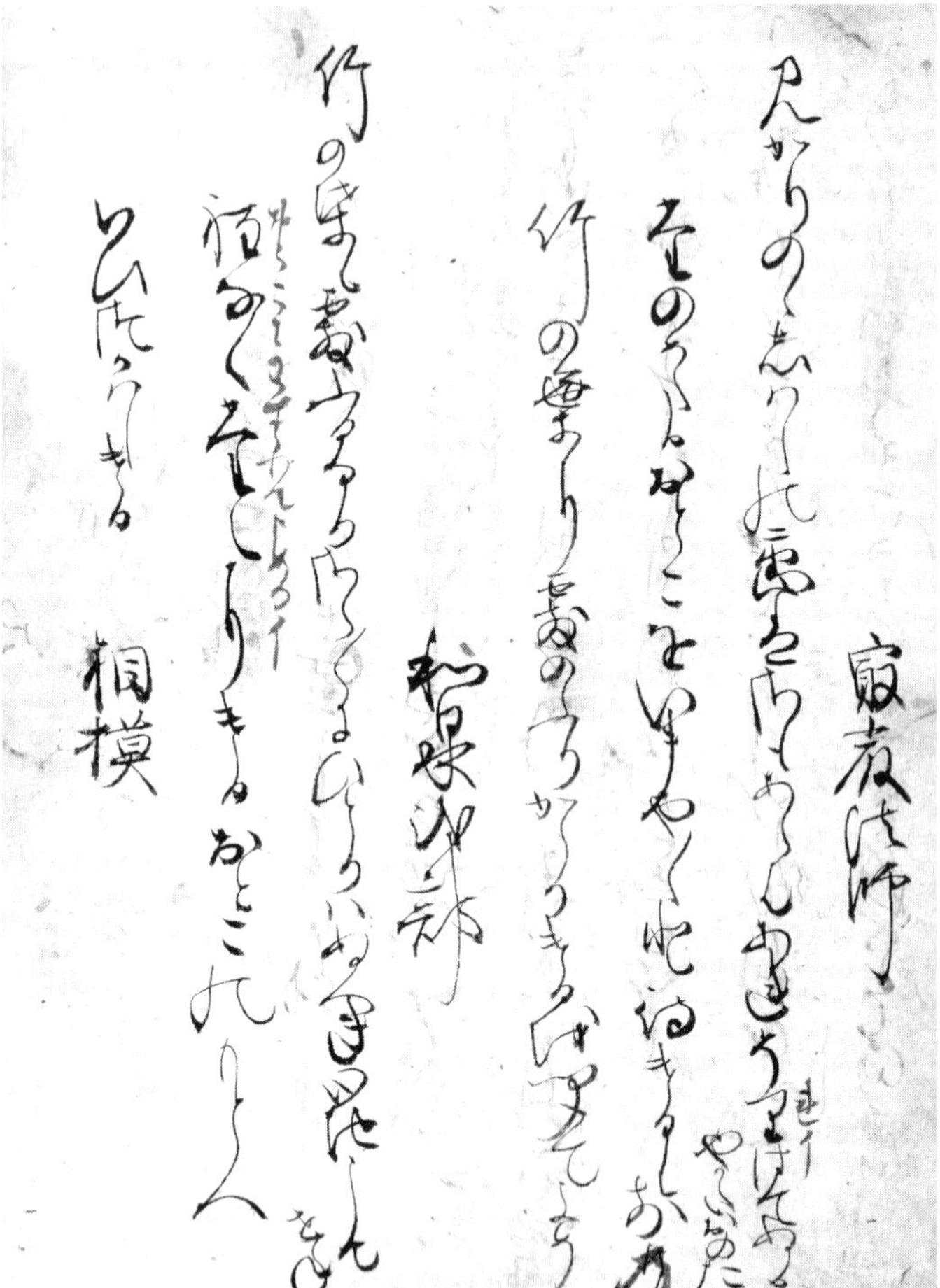
寂蓮法師
相模

ありさねかりきつかはし侍人のもとよりおこせけるか
かしひきる女のもとへつかはすとて
といひつかはしける

清原元輔

こひわするさすくれのつるきいかならむと思ふらむ
久しきをとはぬありけるかとこそいはう
つしける

俊藤原家大進

とふやとうらつさにはやく夜のまにして待りかしのあや

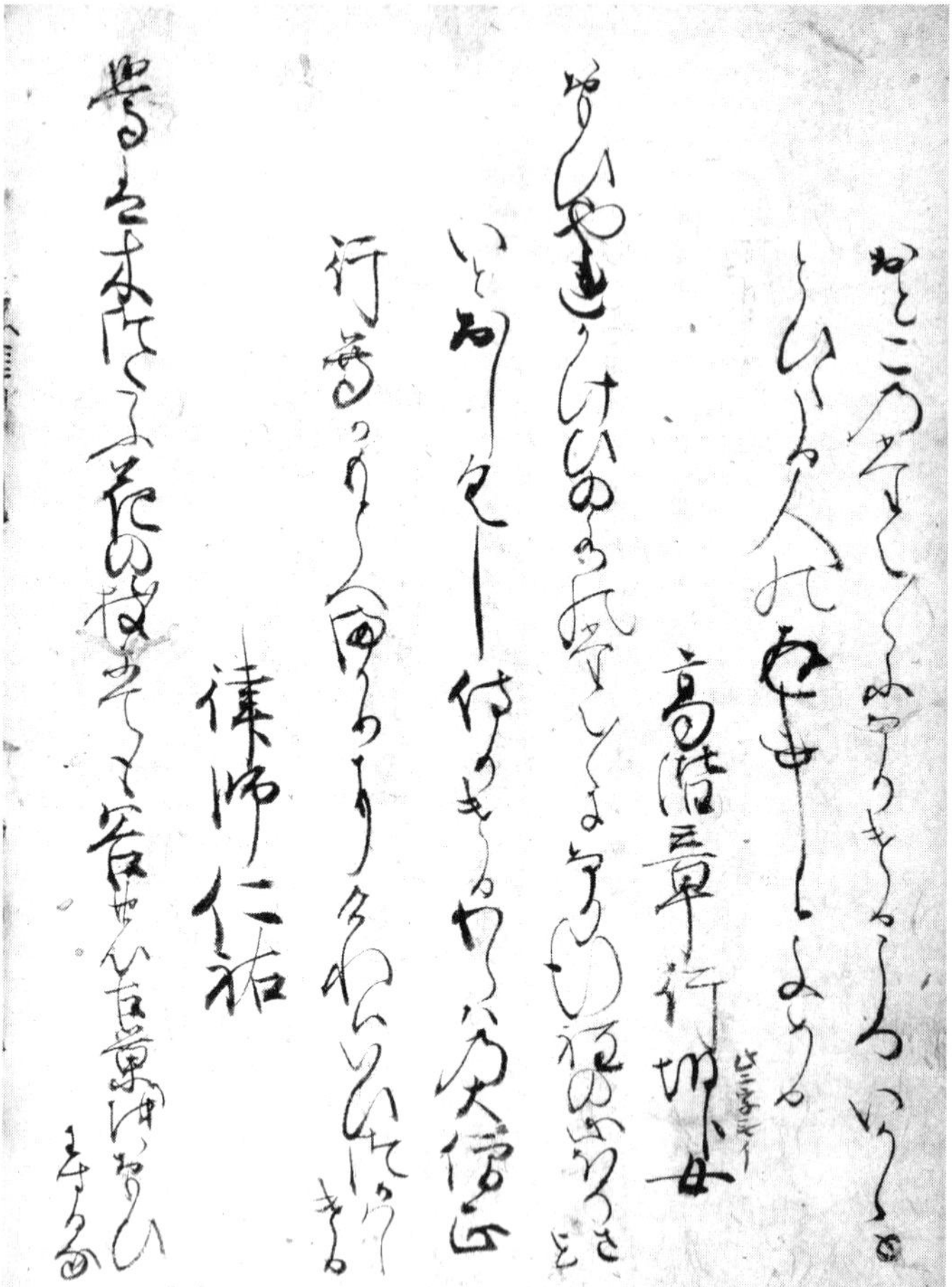
律師仁祐

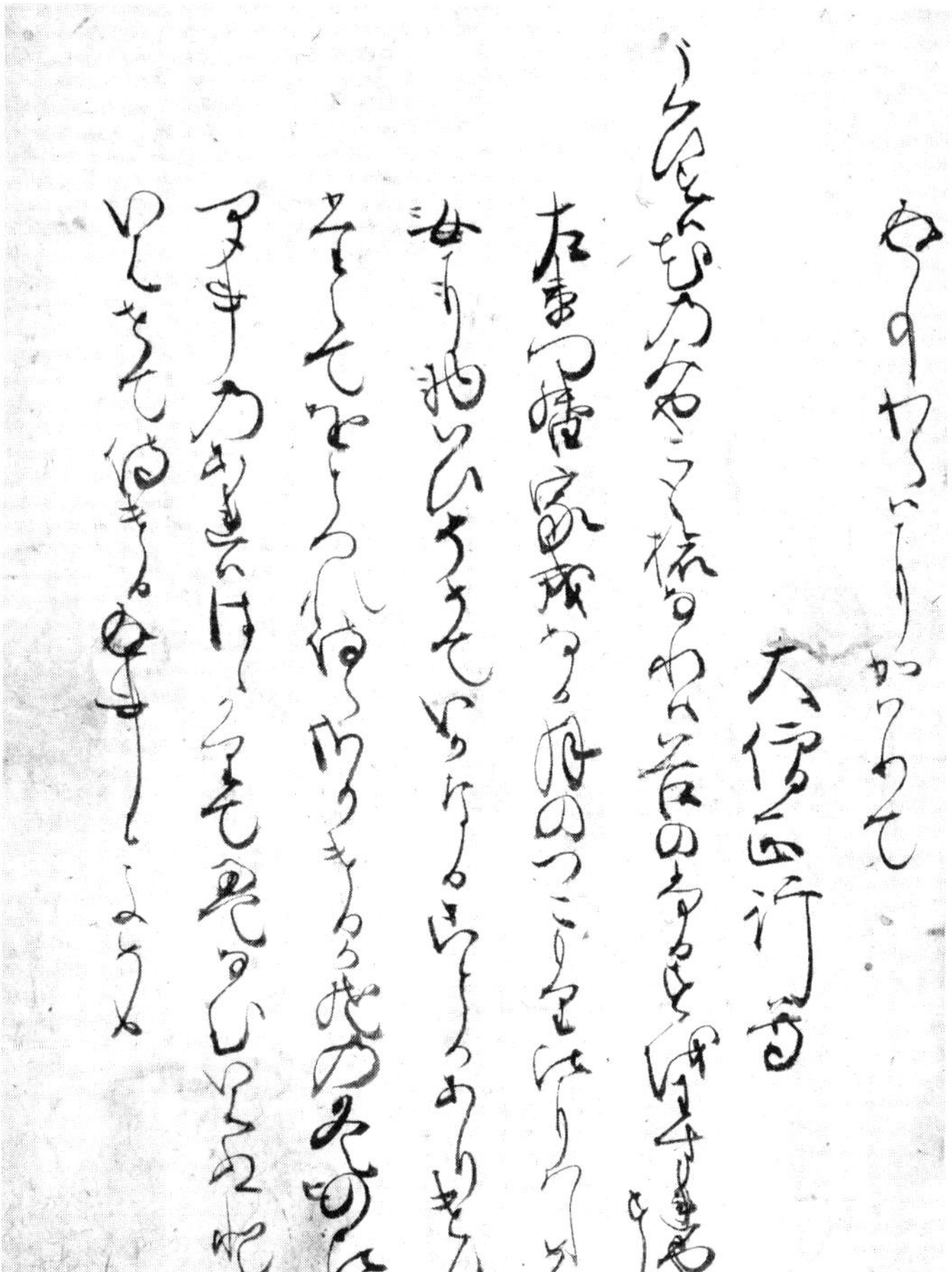

ゆゝしかるらむと申ければ　　陽成院御書
家に云

あさましき我身ひとつうし東にもあらす人にも
なをはいつ來ぬ

中納言回信

ほのぼのと山のはわくる月影そ野中清水を

関白前太政大臣の家にてよめる

藤原基俊

あき[illegible]人のかた[illegible]

[illegible]男[illegible]　清少納言

よ[illegible]

[illegible]

よみ人しらず

[illegible]

中納言通俊そうしはしめてはへりける
まつ見せ侍りけるを
かくて[illegible]いひ[illegible]人をまかり[illegible]
返し　　中納言通俊
まことにや[illegible]人をはかへり[illegible]
[illegible]こしける男のかきたまひけり
かへしよめる
　　　和泉式部
いくかへり[illegible]人をまた[illegible]

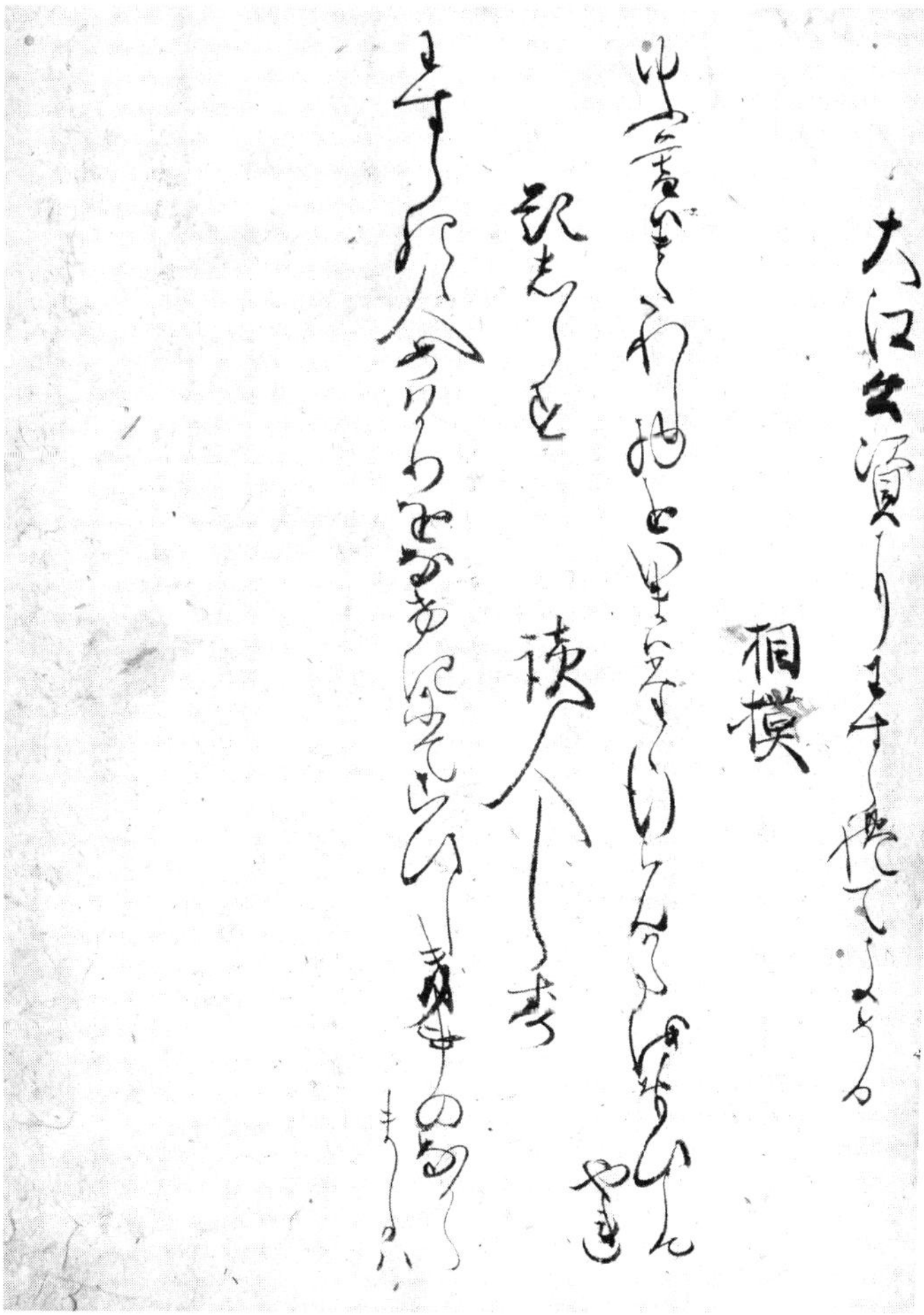

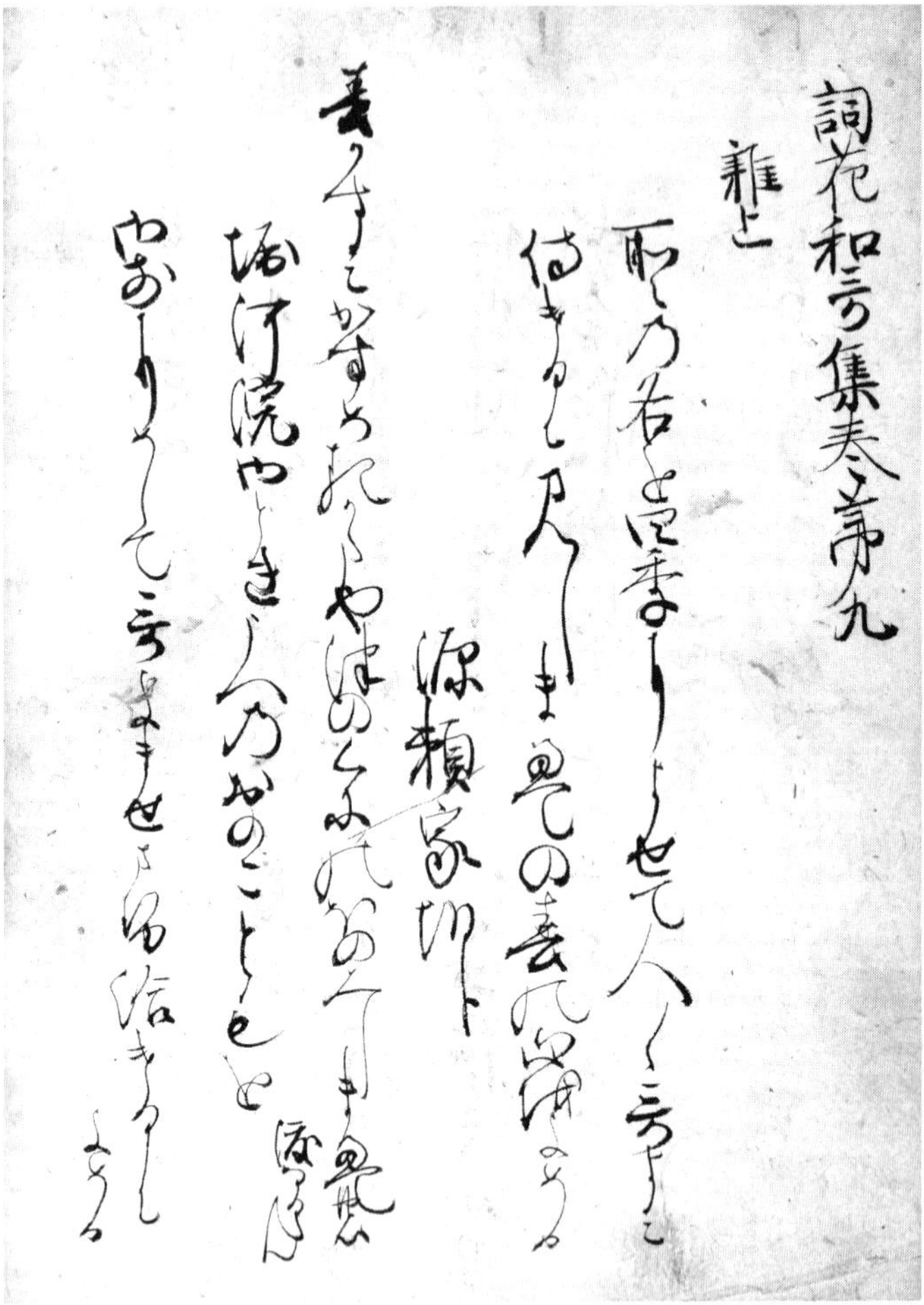
詞花和哥集巻第九
雑上
源頼家朝臣

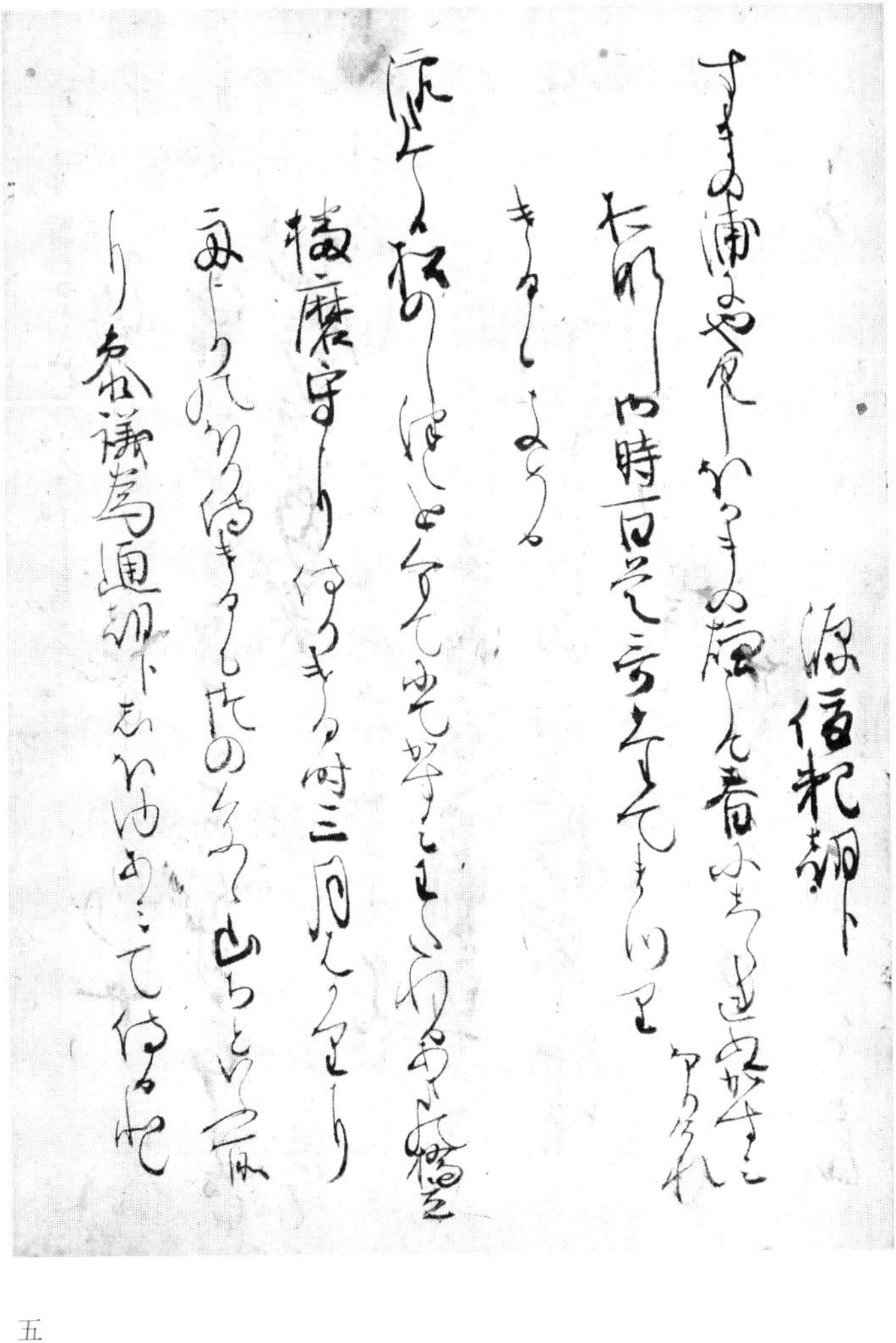

きゝてはつかしきかな

平忠盛朝臣

かみすなかやこのもとに宿かりて御まへしゆくひとはあはれ

後しらむよるのせ給ひけむ橋わたりせ給ひける

ほきかなきをしやときせ給ひてしもせ給ける

花山院御製

あはれしはすこかれそちそのこれ花をたのしむ

人のりふ風のたりきかし構ひ花

おりしらくほとて倍わひあしめしあるしぬ

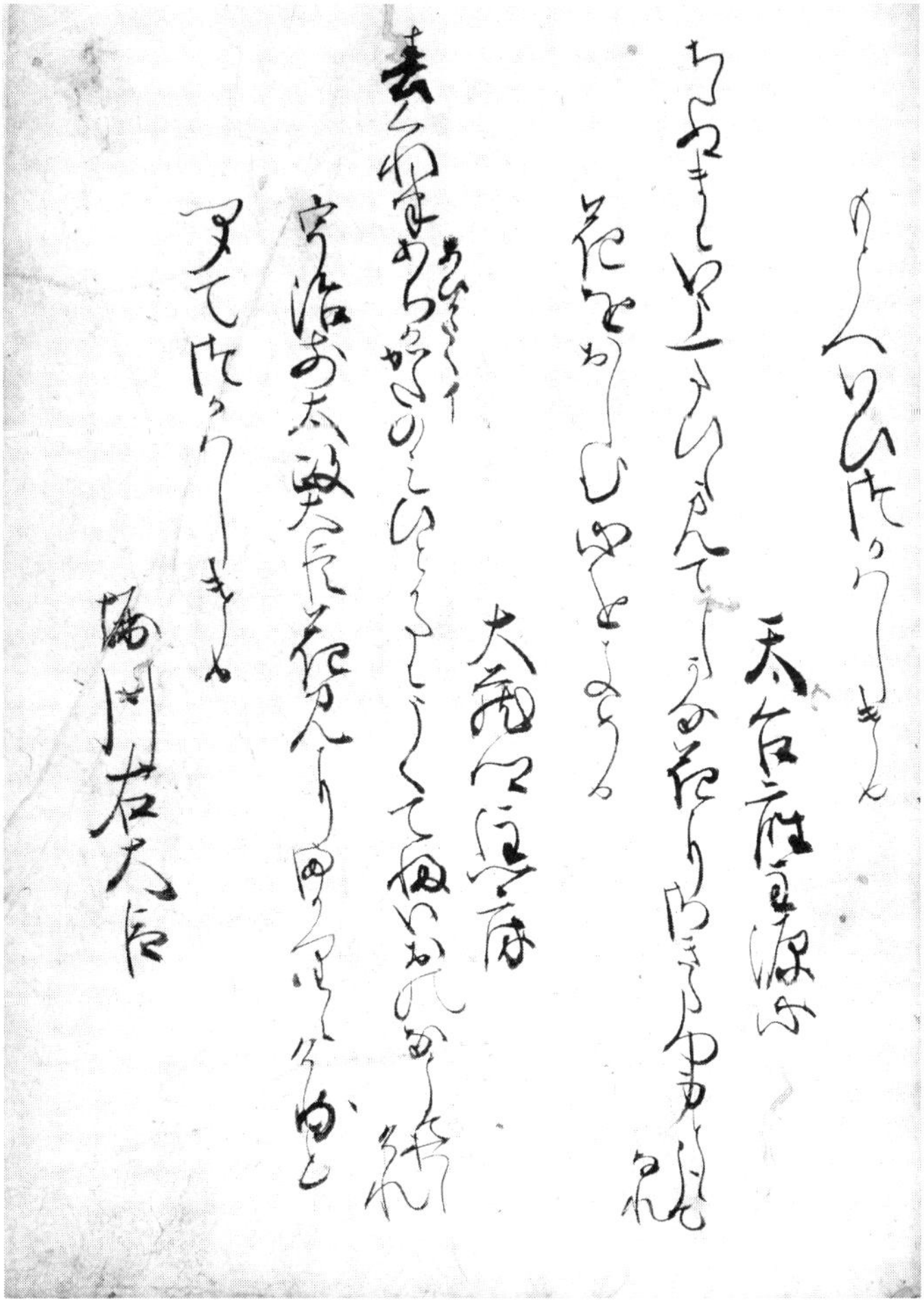

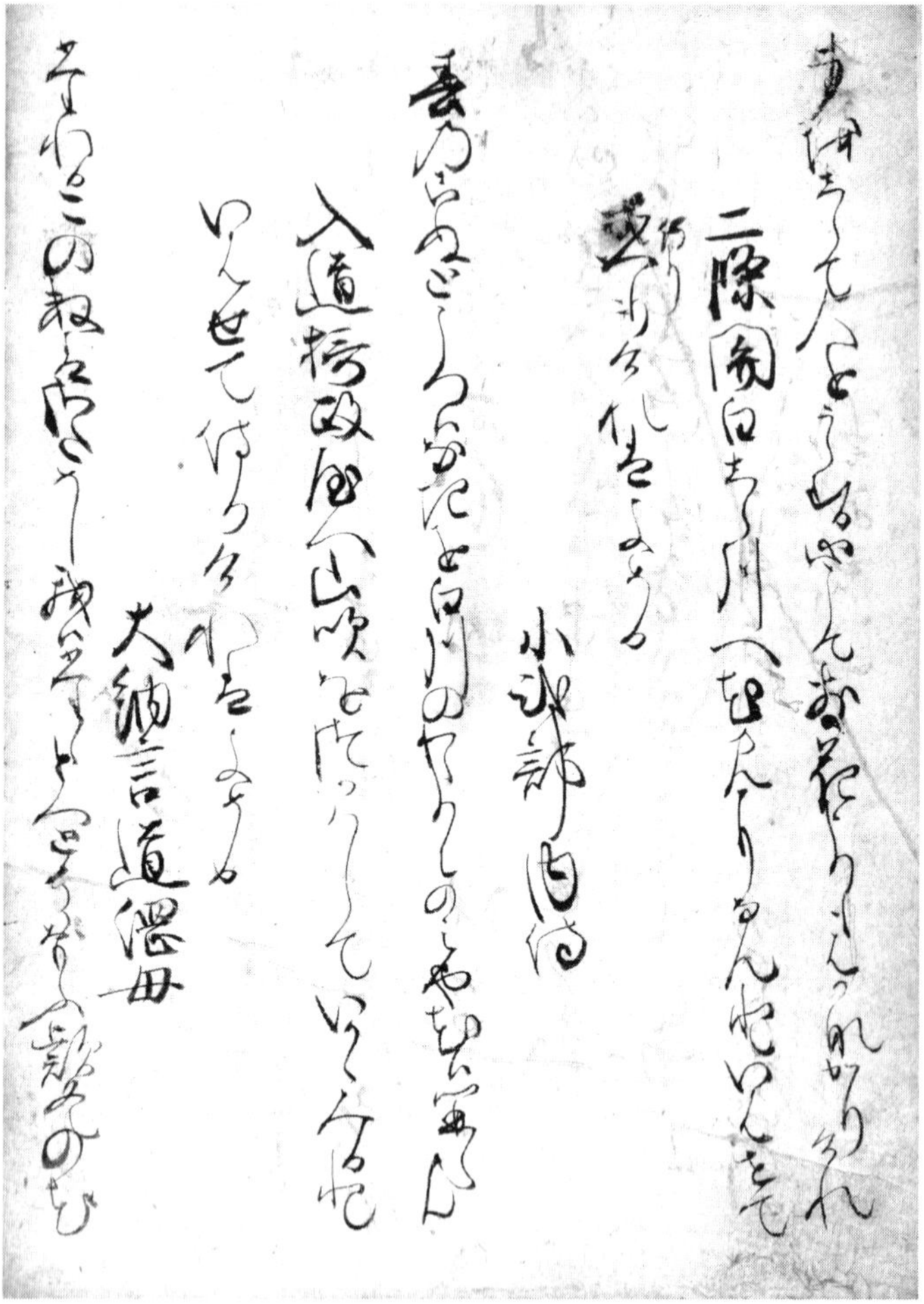
すはちて人をうらやんおもひつゝれなかりけれ
二條関白白川へ花見になんといひをきて
[illegible]侍りけるをよめる
小式部内侍
春のこぬところはなきを白川のわたりにのみや花はさくらん
入道摂政殿へ山吹をたてまつりていふ[illegible]
いはせて侍りけるをよめる
大納言道綱母
そまかこのね[illegible]

新院位におはしましゝ時后宮にあかりけり
人々しらめの花のこゝろともして藤花
年久しといふ事をよませさせ給ひける

大納言師頼

春日山北の藤なみさきしよりさかゆへしとはかねてしりにき

修理大夫顕季久しく籠居侍ける時人々
さそひて右近のむまはにまかりて郭公まちけるに
に後高倉院の女房二車まうてきて連歌
しらいとゝをかしくてあけはなのまゝに侍

なかまの女房の車より

千とせまてやくちきる山もとのこの藤そこはいまは露

このねすゑまてもいつまてに侍れはよひ

贈左大臣

和歌の浦にあまてるよの風あれは浪のこゝろもとそなりぬる

左衛門督家歌合のいまさらにまうてきて

よみて侍りける

藤原隆季朝臣

雲井よりつらぬきかくる白玉をたれ布引の滝といひけむ

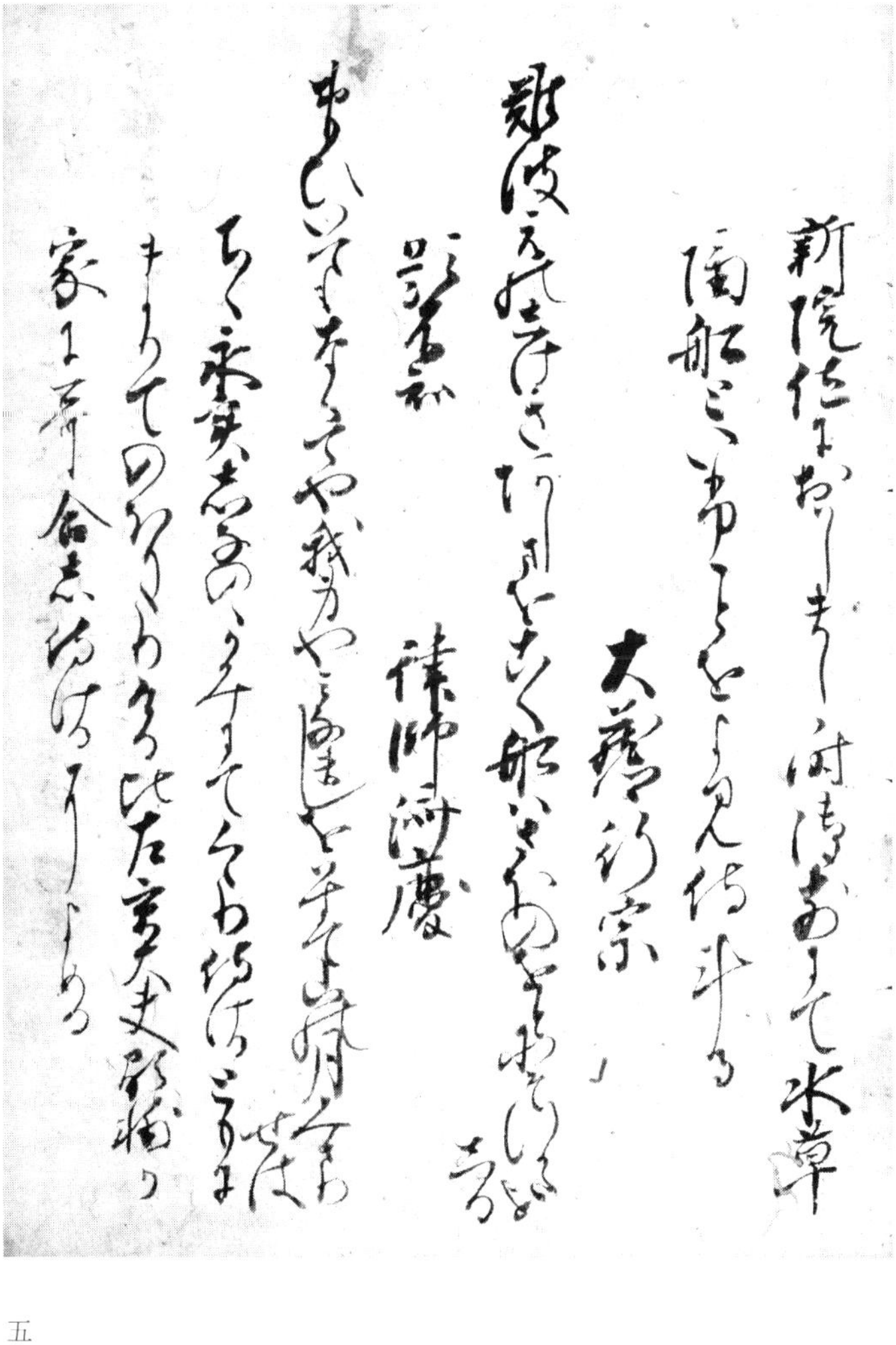

新院位におはしましける時水草
隔船といふことをよませ給ける
大蔵卿行宗
難波江のしけきあしまをこく船はさをのをとにそゆくゑしらるゝ
題しらす　律師済慶
ありしにもあらすなりそや我かやと思ふにも月はかはらさりけりせは
ちく承安志の〻みすてゝ〻わ給はこりま
まゐりてのちひさしくなりて後左京大夫顕輔
家に哥合しけるによめる

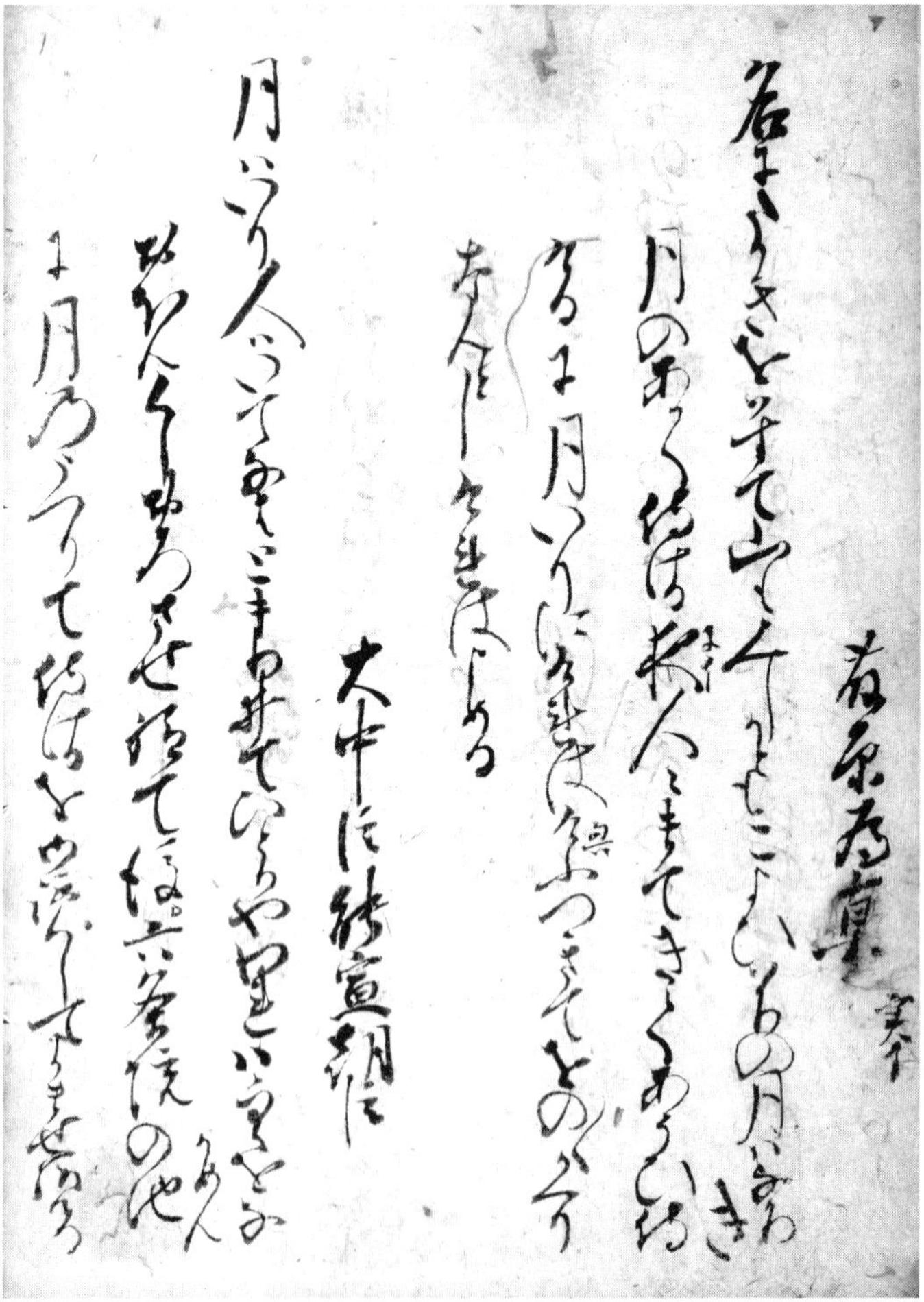

小一条院御製
此世にはすむ[illegible]月いく[illegible]
左京大夫顕輔中宮亮にて侍ける時下臈に[illegible]
まかりこ[illegible]ときにて[illegible]女房のもとより[illegible]
[illegible]近衛司[illegible]
年を[illegible]三かさ山に[illegible]つる月のすむ[illegible]
田家月といふ事をよませ給ける
新院御製
月きよみ田中にたてるかりいほのかけはかりこそくもりなりけれ

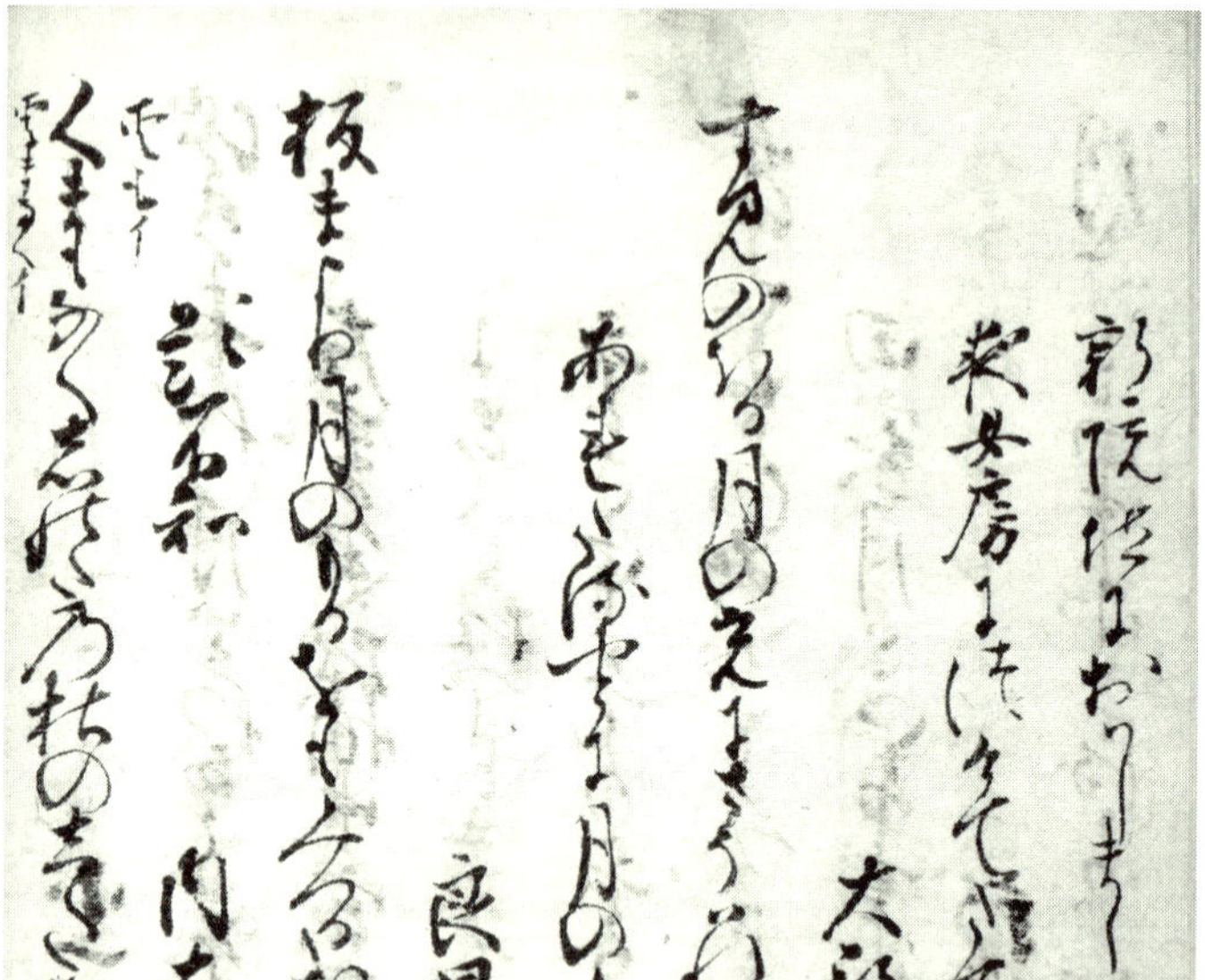

五九ウ

山家月をよめる

源道済

さひしさに家てしぬへき山さとをこよひの月におもひとまりぬ

新院殿上にて海路月といふことをよめる

平忠盛朝臣

ゆく人もあまのとわたるここちしてくものなみちに月をみるかな

題不知

橘為仲朝臣（義イ）

春まつと花もおもはてやまのはに入まて月をなかめつるかな

堀川院御時中宮まゐりて女房そ

池中なるにほふ月の影をもよそのかげなる
とおもてもよそなる月はいつまでみえずなるらん
あはれなるともいかなるかは

大納言公實

いにしへわかまつはつかの月影をいつとまつ人

判云　花山院右大臣判詞

左の歌は残月をよそにみてしも我宿のあはれなるを
月のあくがるゝ心を叶へる歌にて侍れど
いかなるとは申べき侍るべしあはれ

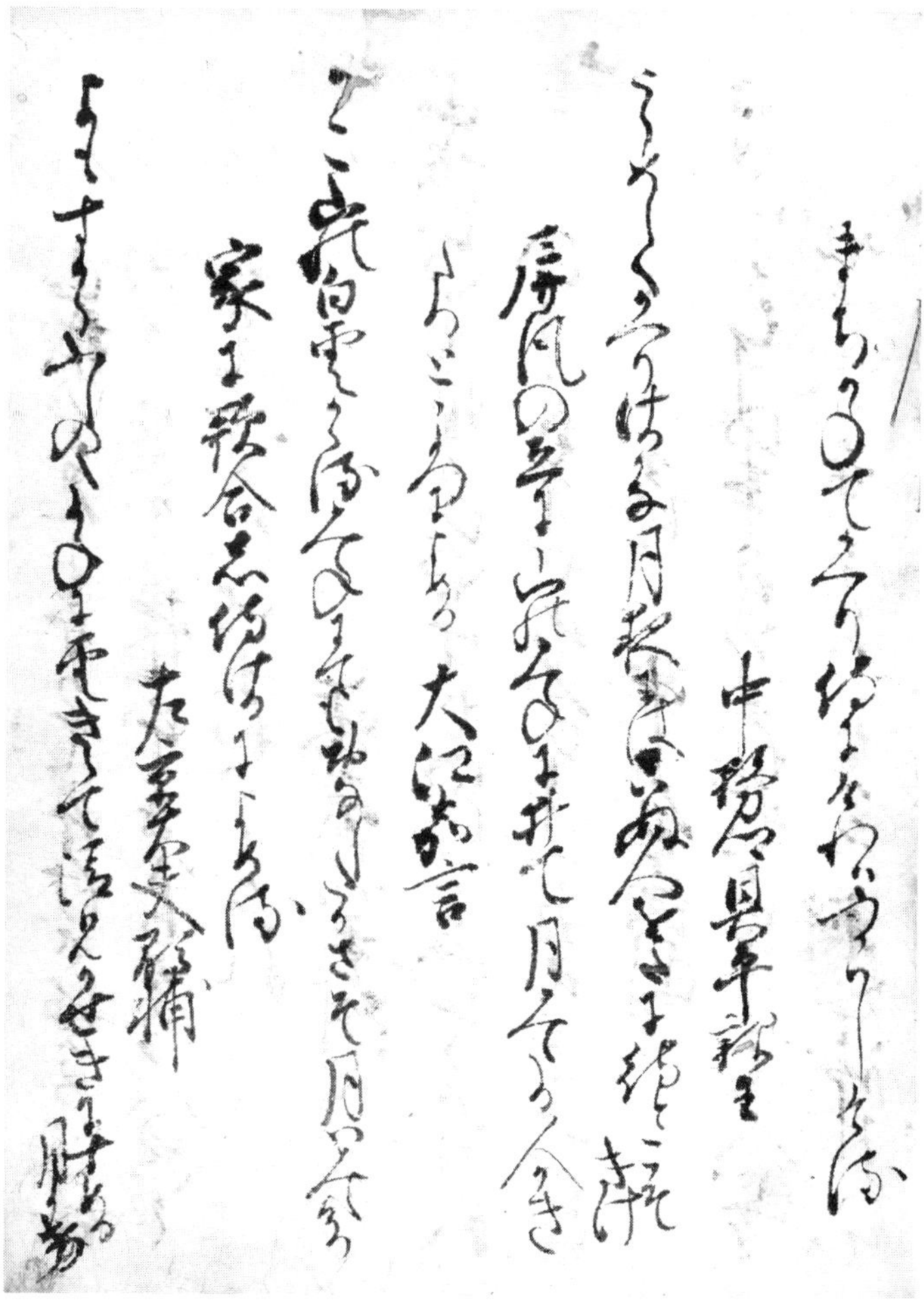

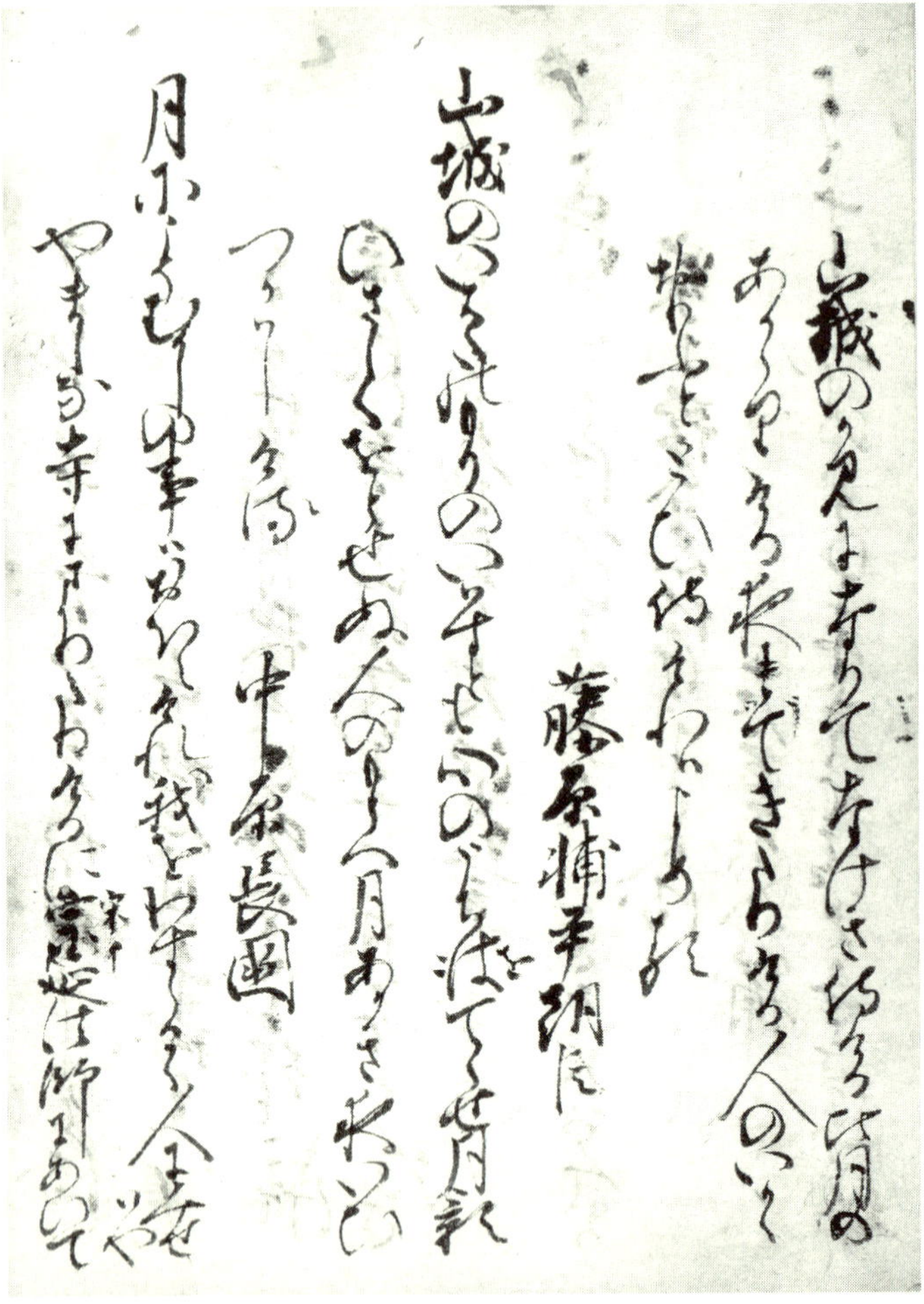
山藏のなにはありてなけさゆる清月の
あらやまろ秋まそてきらる人のいく
[illegible]もとさへしゆきはしあれ
藤原輔尹朝臣
山城のときはのもりのいさまとゆふのもはてゝ清月秋く
はさしくをとせぬ人のよし月あきさ秋のい
つくつく[illegible]　中務長国
月にもむかしの事はおもひてかれ我とやすらん人はなを
やましろの寺にまうでゝ宗延法師にあひて

よもすからもの思ひ侍けるにあかつきかたの月の山のはより
さしのほりけるを見てよめる
琳賢法師
なからへは思ひいてにせよ思ひいてよ君とかたらひし山のはの月
宇治前太政大臣家歌合によめる
大蔵卿匡房
杉板のまはらに板まあらはれて月のもるにそきぬれける
ほころひまさりてきこくりとすゝみけんはつ木
のあるしなきあすなはまかてゝ月のつと

あくかれまてしめる

中前内大臣

浮世とあはさらむ中ともろしまた月はこそめてられ

二品為氏　高松上

ふかく入てすまゐやと思ふ心はいまの月のあかなる

そらにてつらしとあるはこのゝやまさへおちん

すとうら見んかはいかにある

和泉式部

とゝめのさえなみよりあかねもとはかなくしなれ

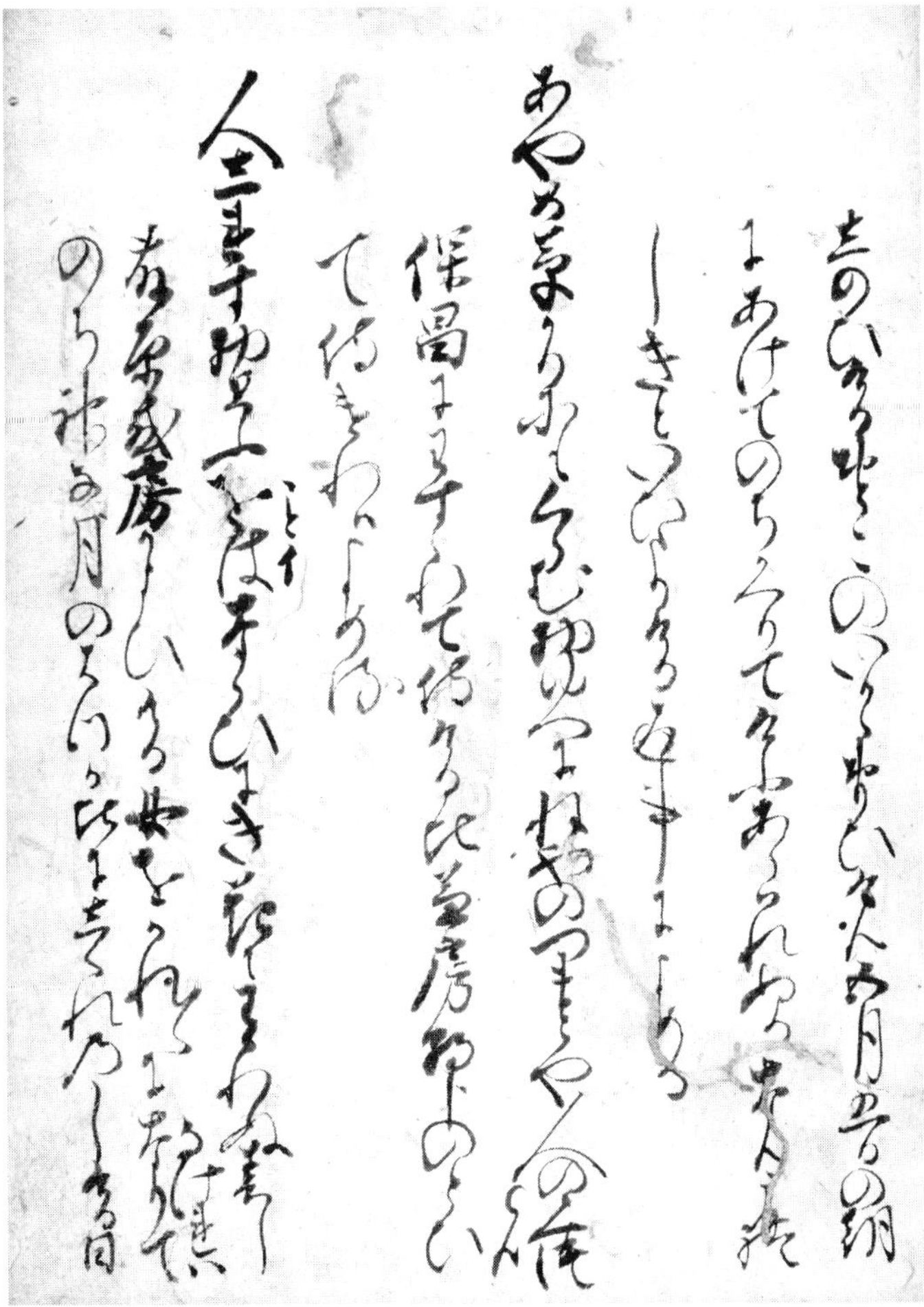

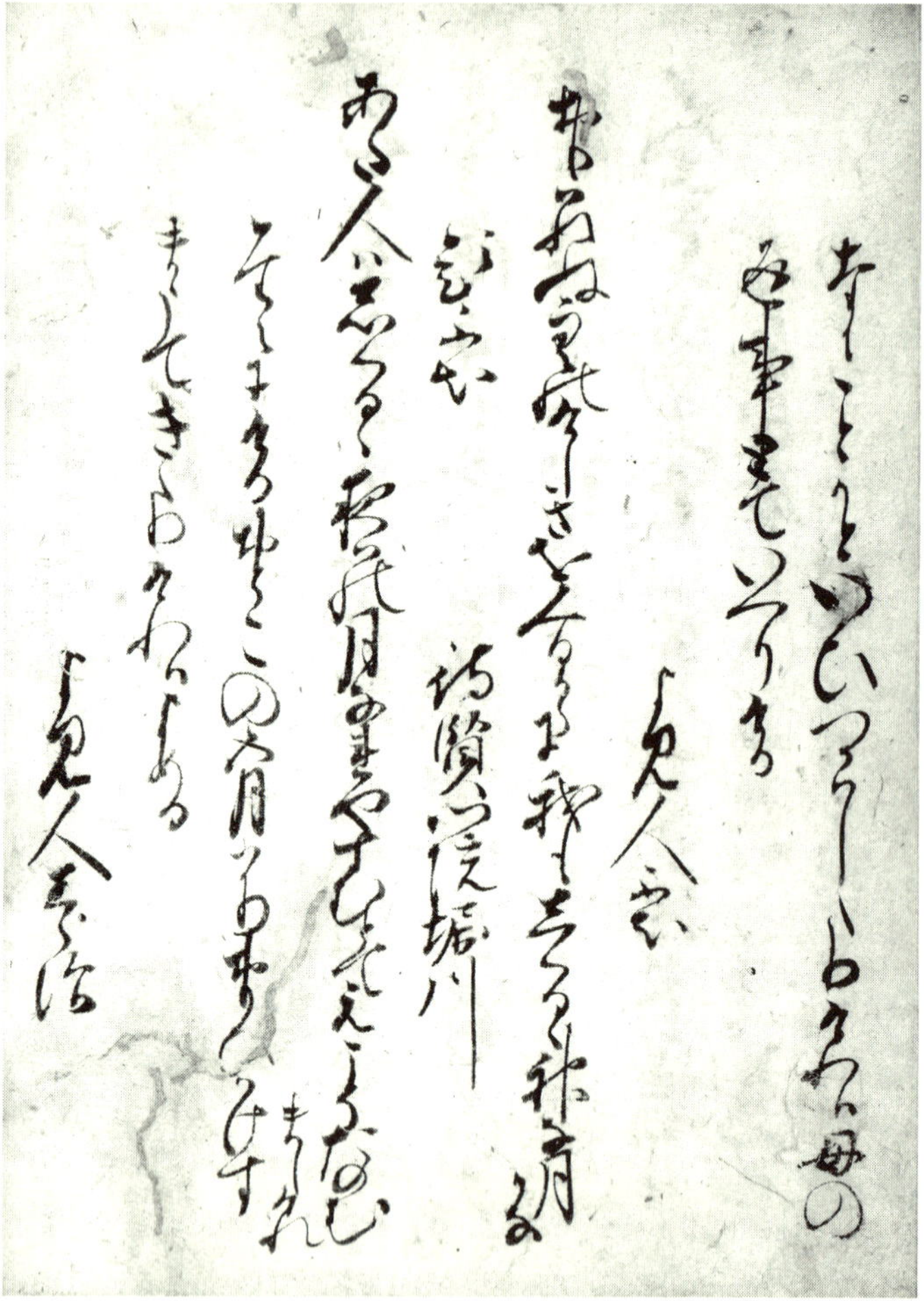

六三ウ

ふるさとに侍けるころ月をみて詠侍ける(?)やまとのなる(?)
たのめおく人もなかりけるさとにこそおもひなり
まちてきゝけるまつてあさせんかな
いかにのてつきまとふせはつらし
せかりわたる　清少納言
よしさらはつらさは我にならひなんのそこぬは誰とこそ
うきさそひたのむこゝろもなきさ
あなかしこあさましさく
ありさわれさまつしつる

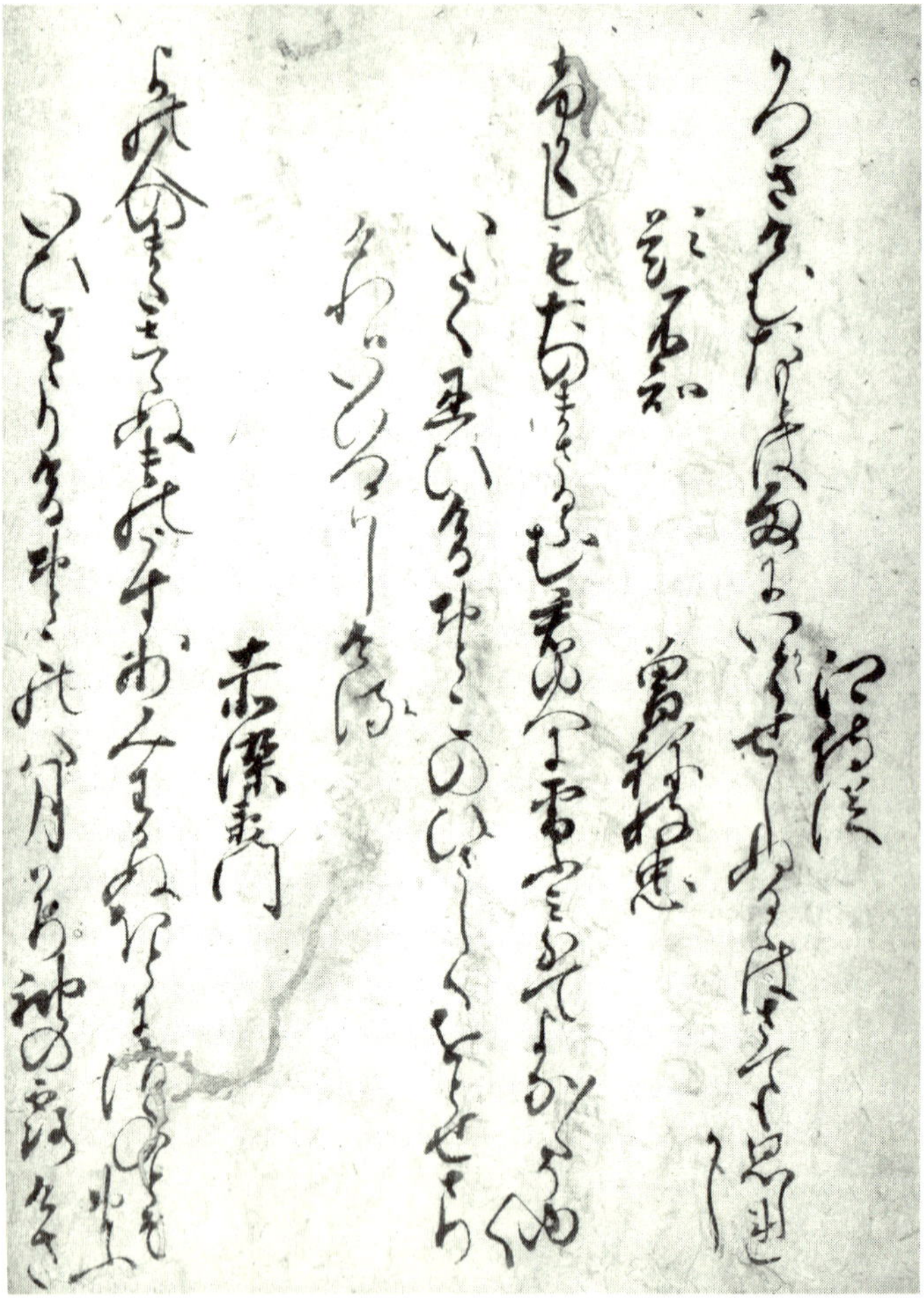

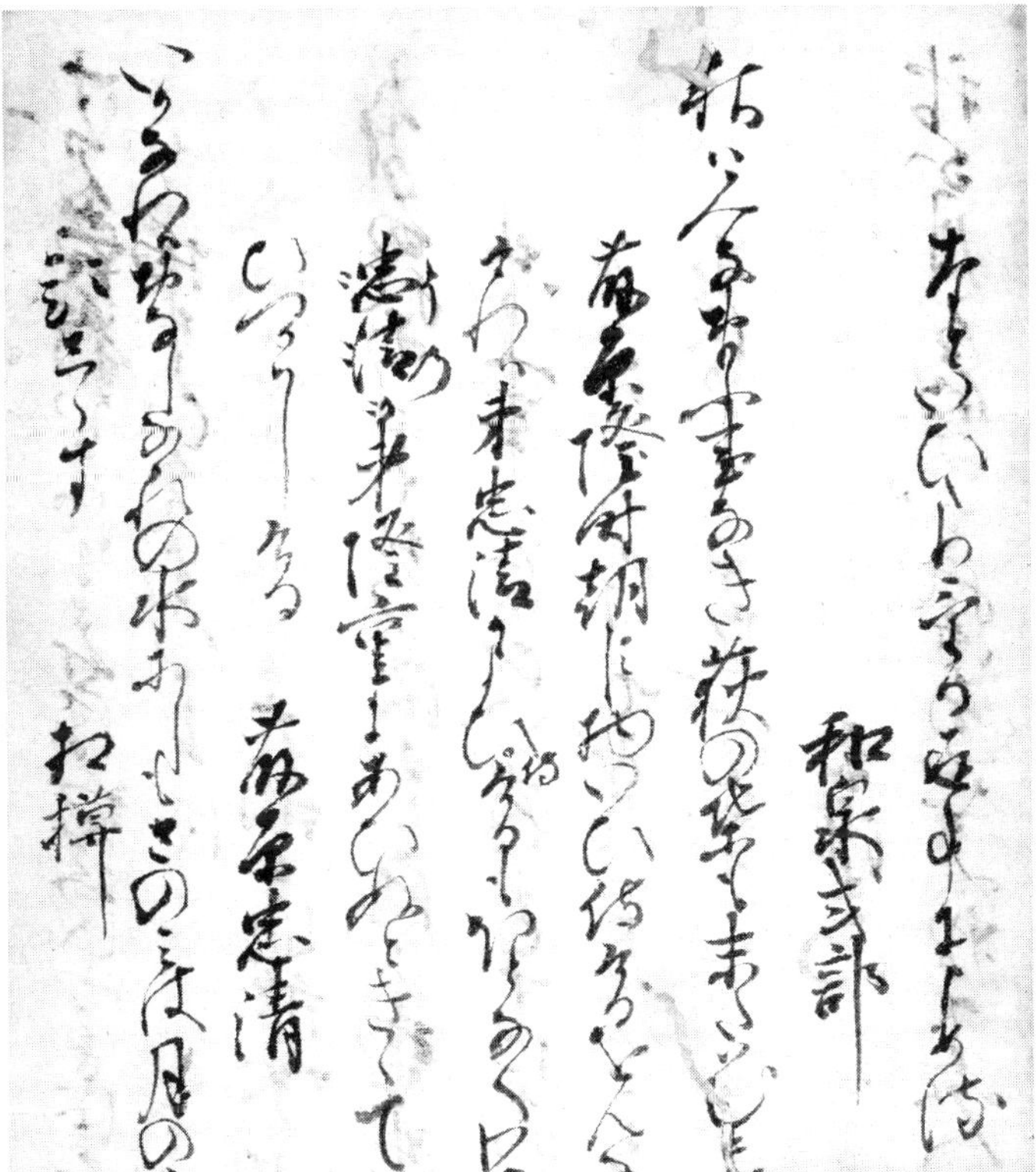

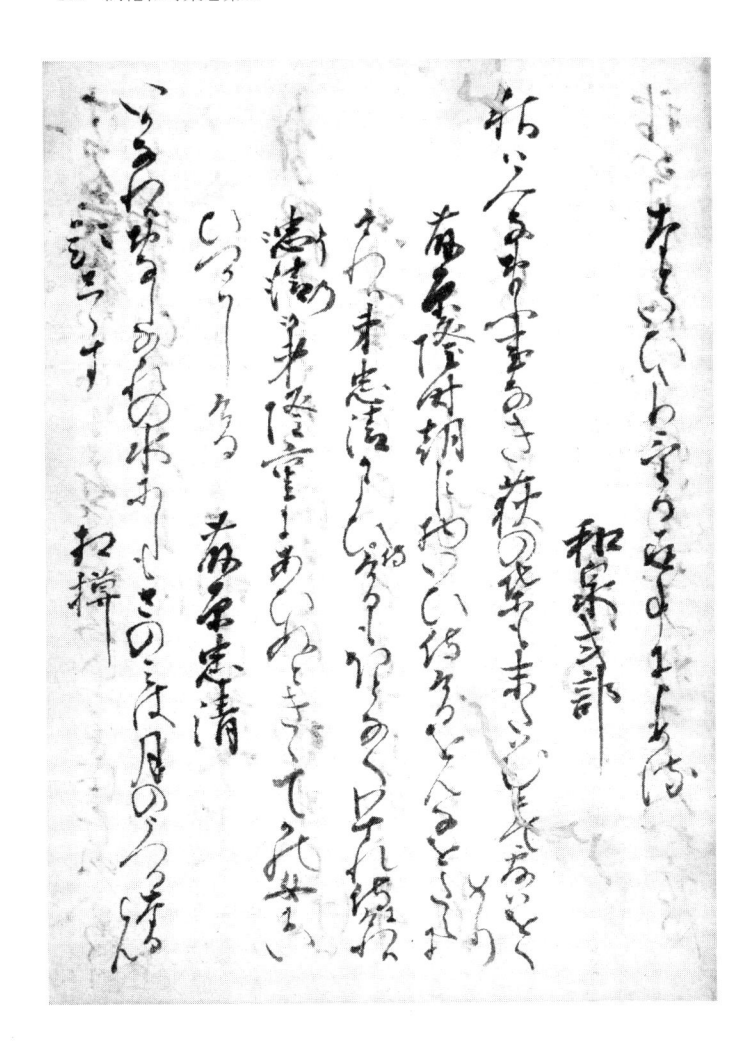

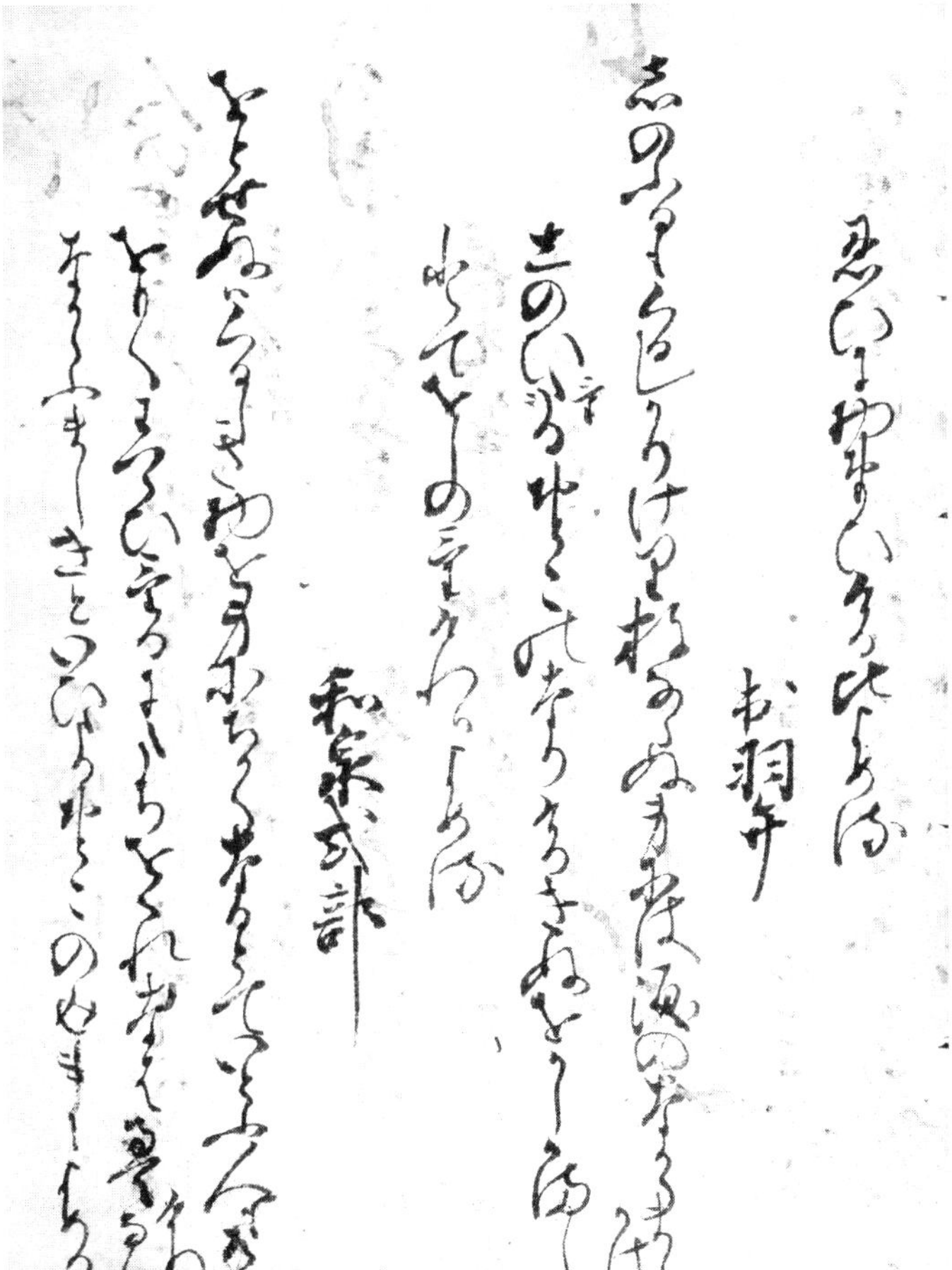

大貳三位
人の世に二たひしぬるものならはしのひけりやと心みてまし
詞不知　　　左大弁経頼母
夕きりのはれさのくもりしきりてそらなるかりのくもらも
長元八年宇治前太政大臣の家にて歌合志
はははまからうるのそのことにすへしよます
てくらの見ゆはつたつしらる
式部大輔資業
住吉の松のしつえにひさしわねかふ社のみかしそあふわなる

よの中のうちそちまの人のさうしをひきはらと
なすさ袖やあやとこそおもふるをも物わすれよ
とも　　周防内侍
いそく袖しほれやあやめさくにはあをもとて今さ
冷泉院へたかうなたてまつらせ給とて
詠せ給ける　　花山院御製
世中にふるかひもなき竹の子はわかへむ年をたてまつる也
御返し　　冷泉院御製
年へぬる竹の齢をかへしてもこのよをなかくなさむとそ思

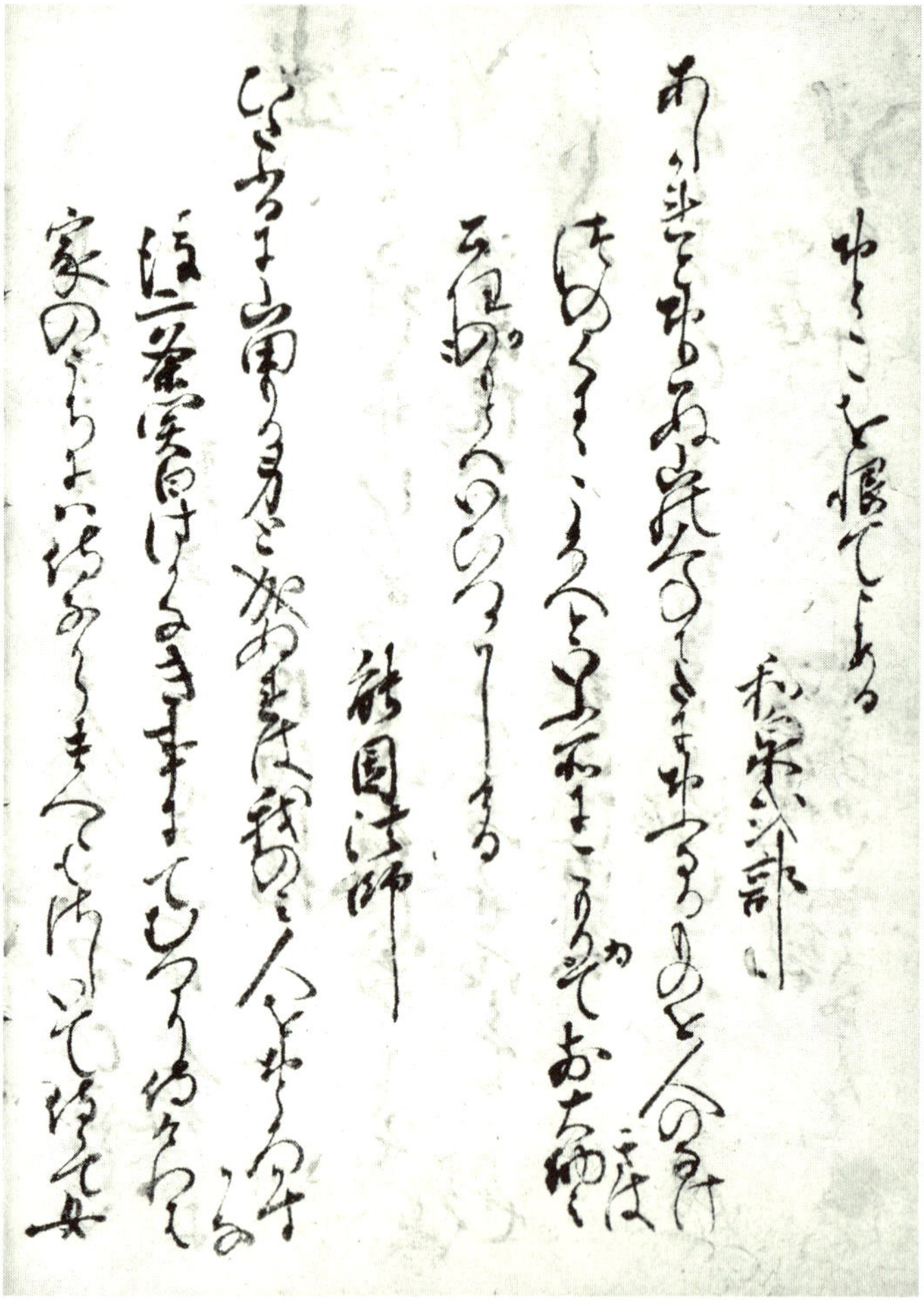
和泉式部
能因法師

房前(?)まつりことくこゝろをよめる

源仲正

みかさ山さすかにかけはかくれてふるさにかへるあきかせの下る

みかやけのかけにまかせて沈みしと儒臣深草まて

ゆかしてたのもしかれはさしかたの月見つます

題しらす

平致經

君こそは千数まてはあやめすゝいのち程をそけふはたのまし

長恨哥の心をよめる

源道済

わかれ別しのなげきて年はあけぬ春に秋風ぞ吹
ちの(?)くれなゐそめの秋は(?)ゆふべけ
くまれ秋のりはてしられ

権中納言

思へ我はくらゐ(?)山まつはそはなつけしとか
ままきに(?)てなかる比のなのなれまつま
へいては(?)のまねかへけれ(?)ととてまるまつけ給

左京大夫顕輔

枯はつる萩の末葉秋風のしさはてゝ嵐(?)吹をそ

帥前内大臣あかしに侍ける時恋かなしひてやまひ
になりてよめる　　高内侍
よるのつるみやこのうちにはなたれてこをこひつゝもなきあかすかな
堀河院御時百首哥たてまつりけるによめる
大納言師頼
おのつからすみはるあすかゝはをみすれは今ゆくみつはきのふにそにる　こさ
大蔵卿匡房
さかもとのさくらはくれとつかさのこのみつはかはらてかはれる
とはいふとも　右衛門督伊通

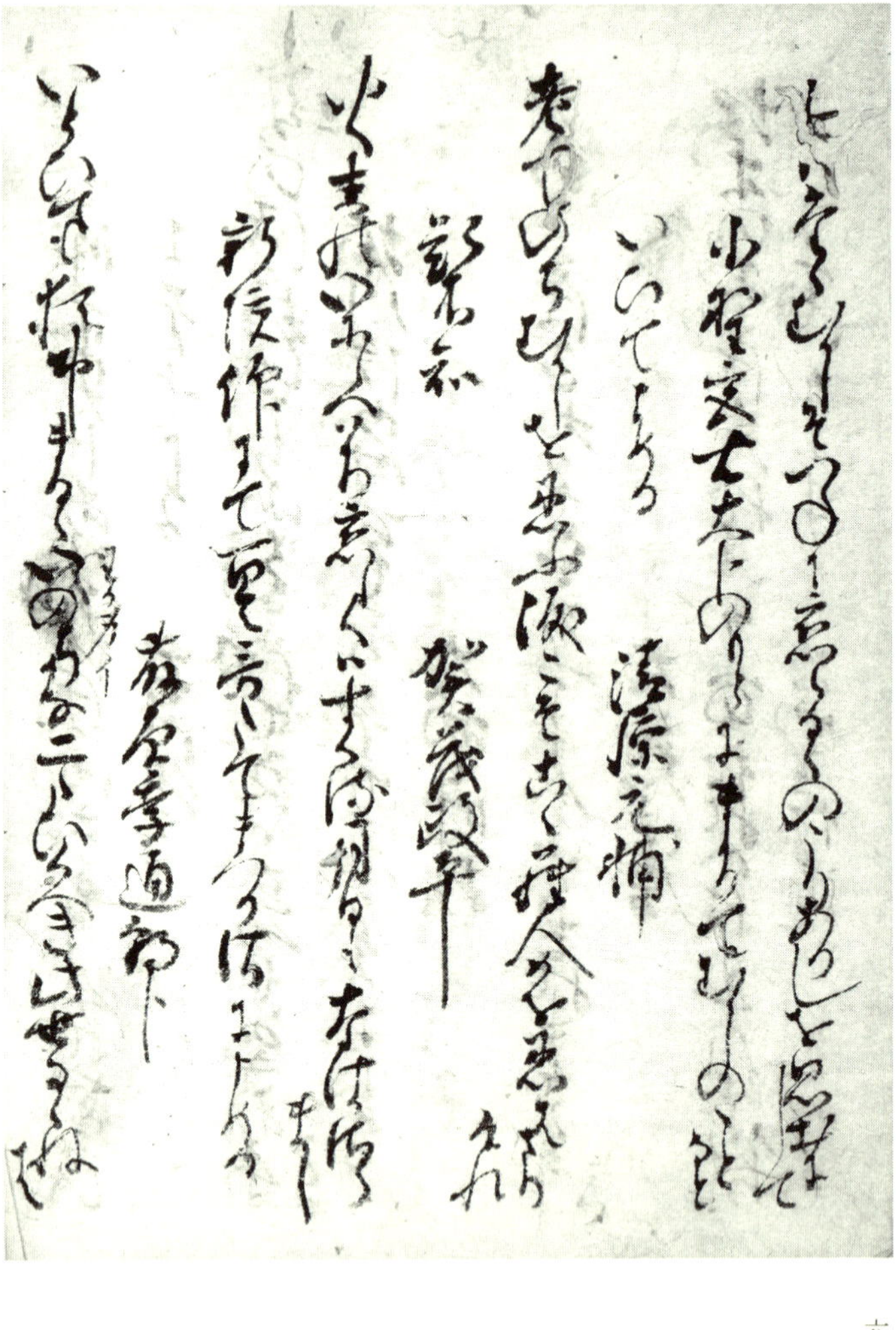

六九ウ

神祇伯顕仲ひろたにて歌合し侍るとて寄月
述懐といふことをよみてとこひ侍りけれは
よめる　左京大夫顕輔
なにはえのあしまにやとる月みれはわか身ひとつもしつまさりけり

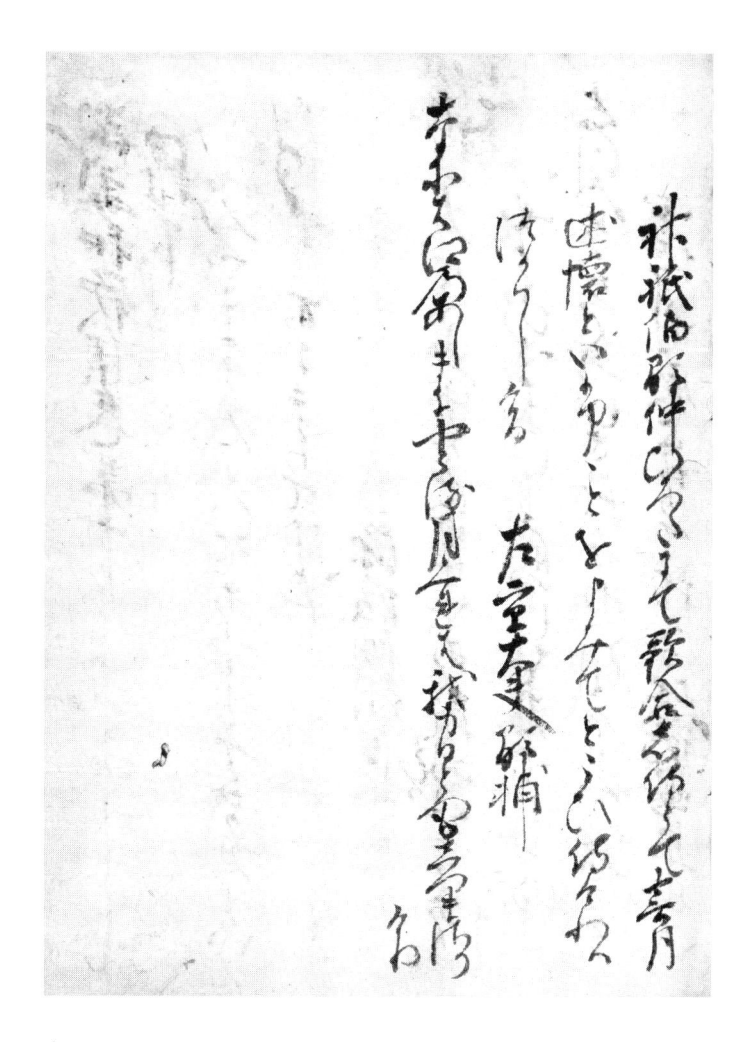

詞花和歌集巻第十

雑下

みやこにすみわひてあつまのかたへまかりけるに

しか[illegible]にまかりてよめる

源俊頼朝臣

あしひきの[illegible]すみなれし[illegible]とあかれしも[illegible]かゝてあり（もの）へける

[illegible]さえにすみつしともみてよめる

[illegible]つもさ[illegible]いまそ[illegible]残るらん

四位にて殿上おりて侍けるに比鶴鳴皐といふ

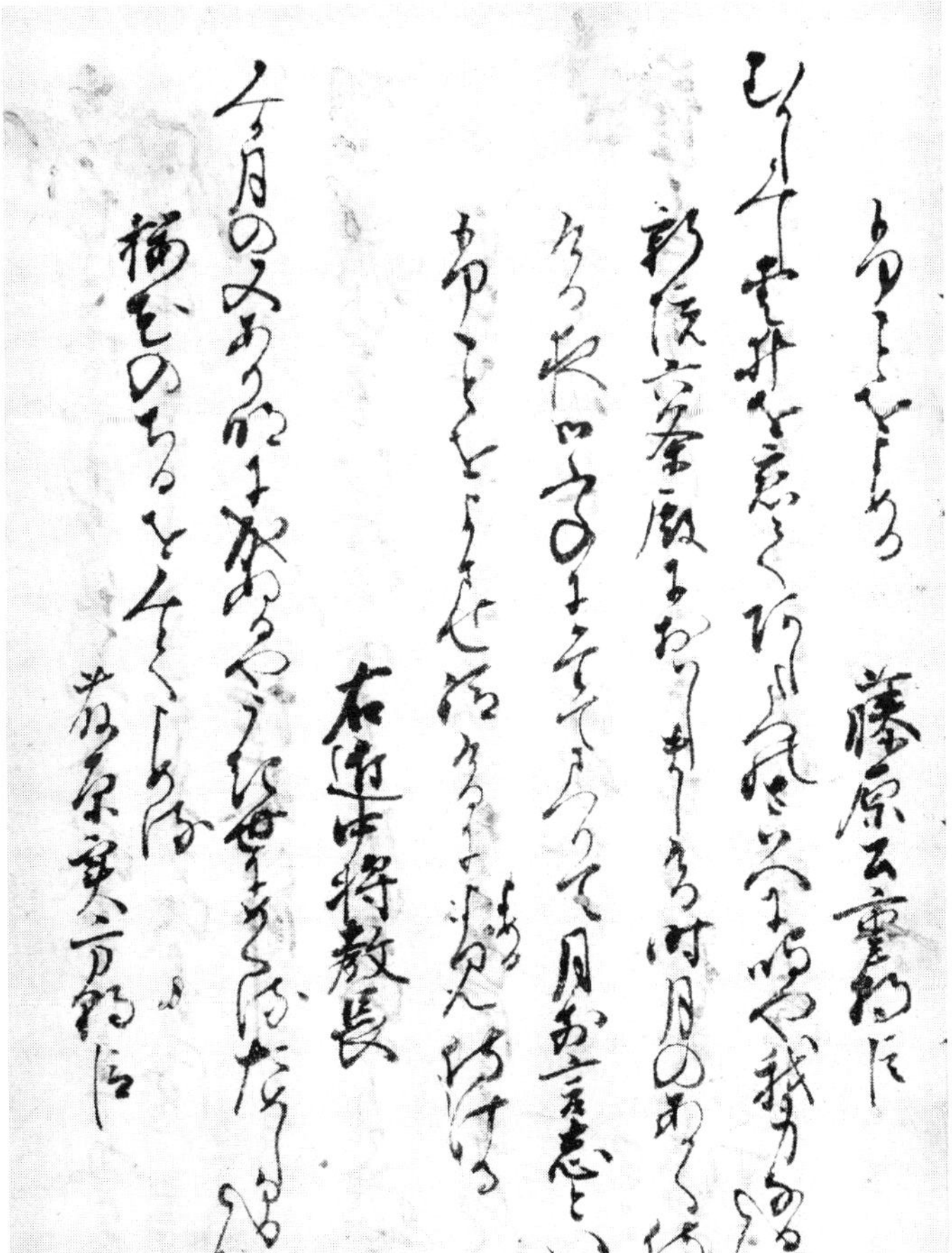

ちるをしもみりやあかねつゝまちしは花ぞこそ見ゆれ
なをさびしくきこしたる比候
増基法師
朝まだき麻のとるむ萩のすゑ葉のありしを世や
秋のよをすさまじけにはおとろかの風におとろく
みくしある侍
源頼元
萩すゝきまじるのはらにさかりなんのはなのよるの宿のすまひこそ
いちはやいあやすゝきおさわかる比しもたる
四条中納言

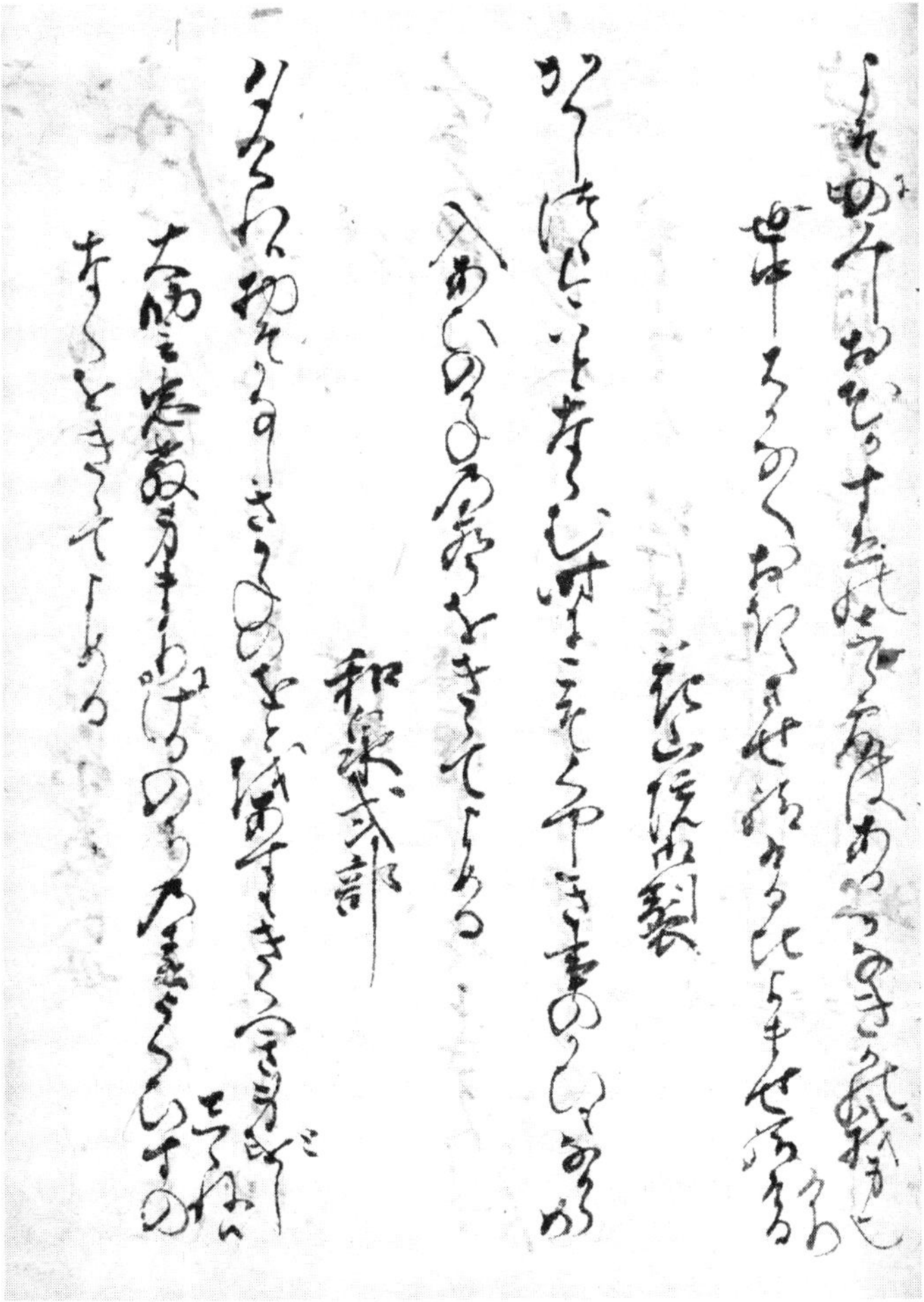
花山院御製
和泉式部

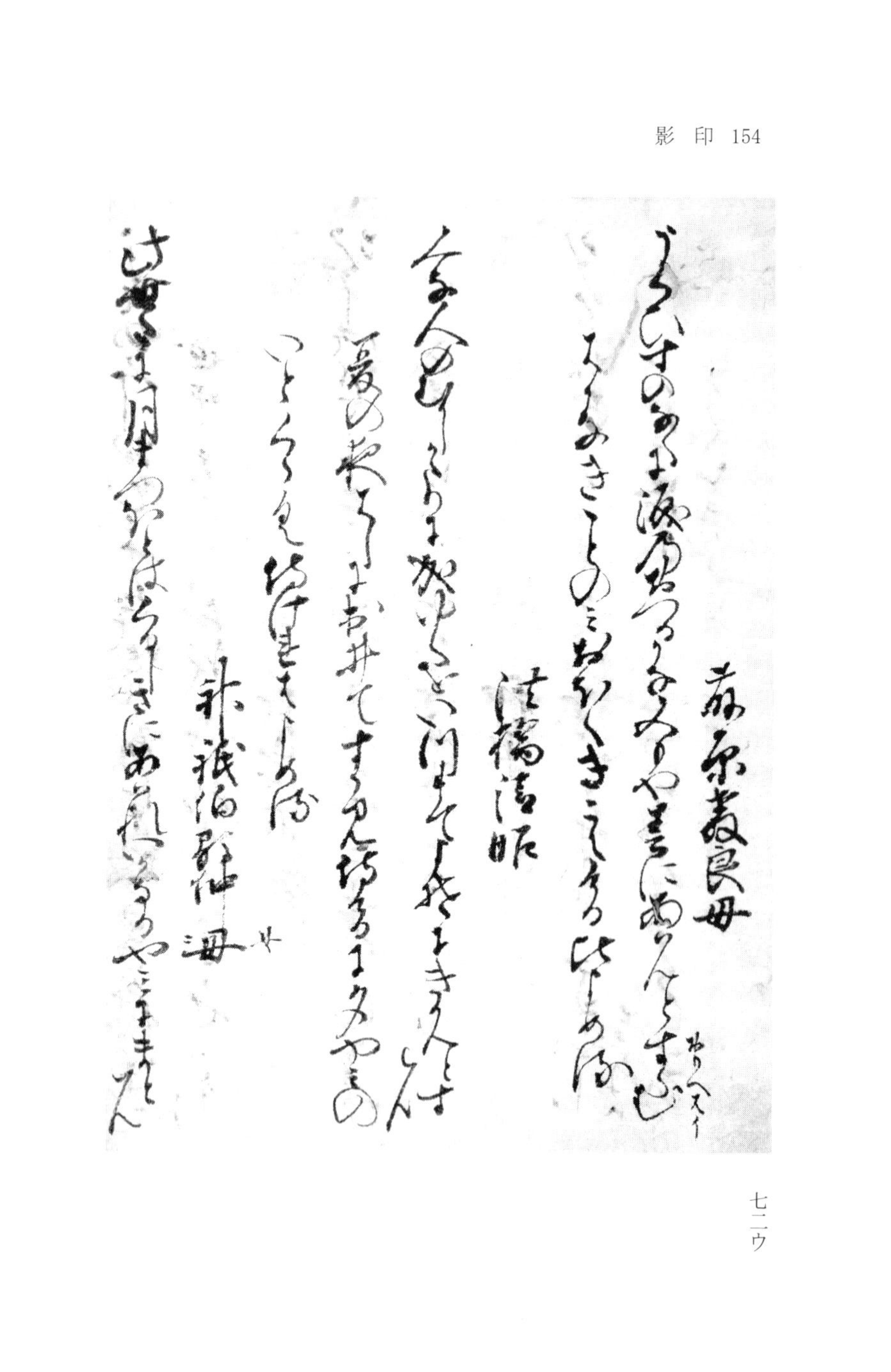

藤原義良母

ゆくすゑの[illegible]
[illegible]

法橋清昭

[illegible]人の[illegible]
夏の[illegible]

神祇伯顕仲母

[illegible]

病おもく侍けれは雪のふるをみてよめる

良暹法師

おほつかなまたみぬみちをしての山雪ふみわけてこえんとす
らん

大江挙周朝臣おもくわつらひてかきりにみえて
侍けれはよめる　赤染衛門

かはらむといのる命はをしからてさてもわかれんことそかなしき

やまひいとおもく侍けれは三井寺へまかりて
て京の房にまうてきて侍るやへさうてしいと
とはせもさせわつらひけれはいひつかはしける

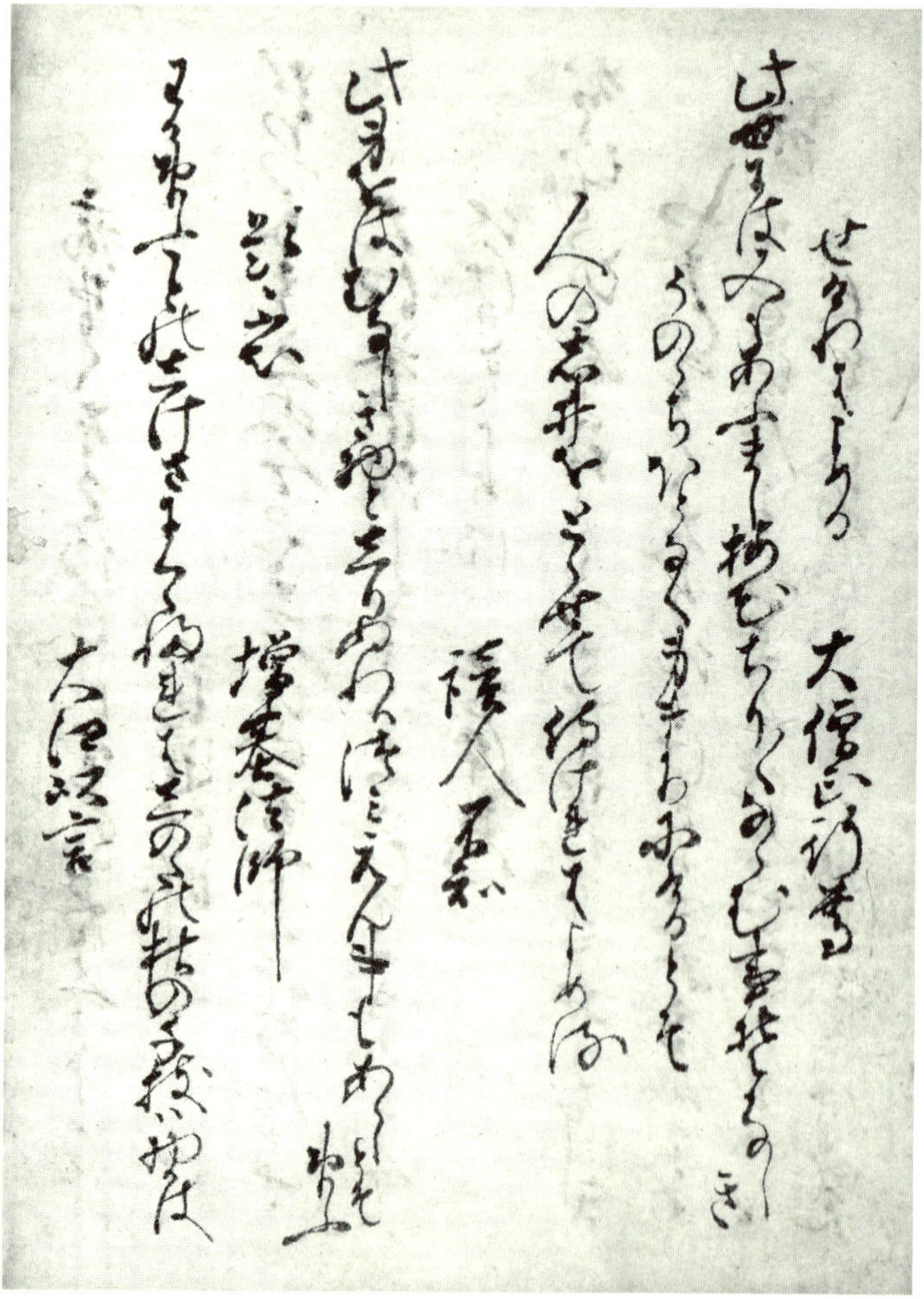

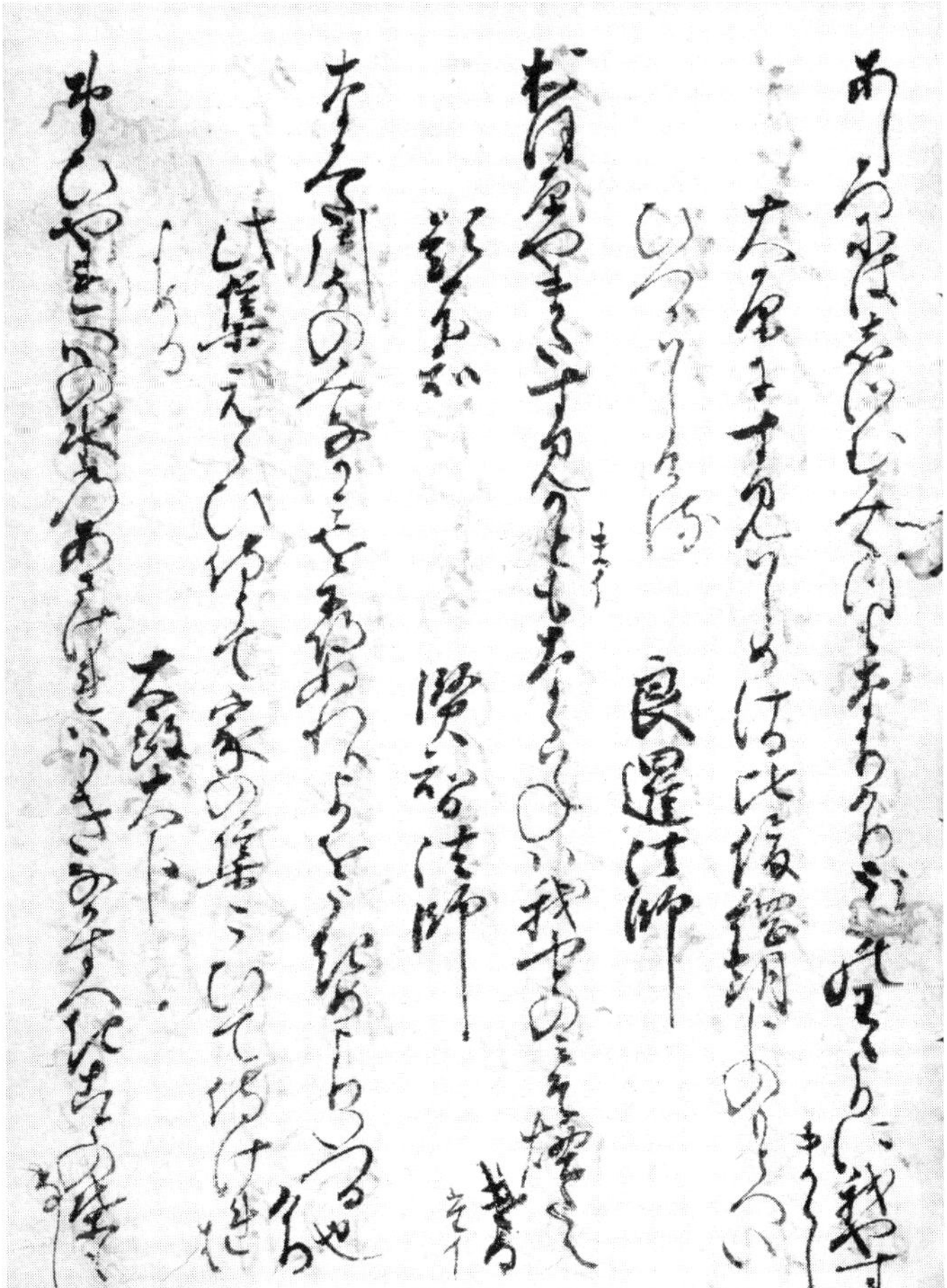

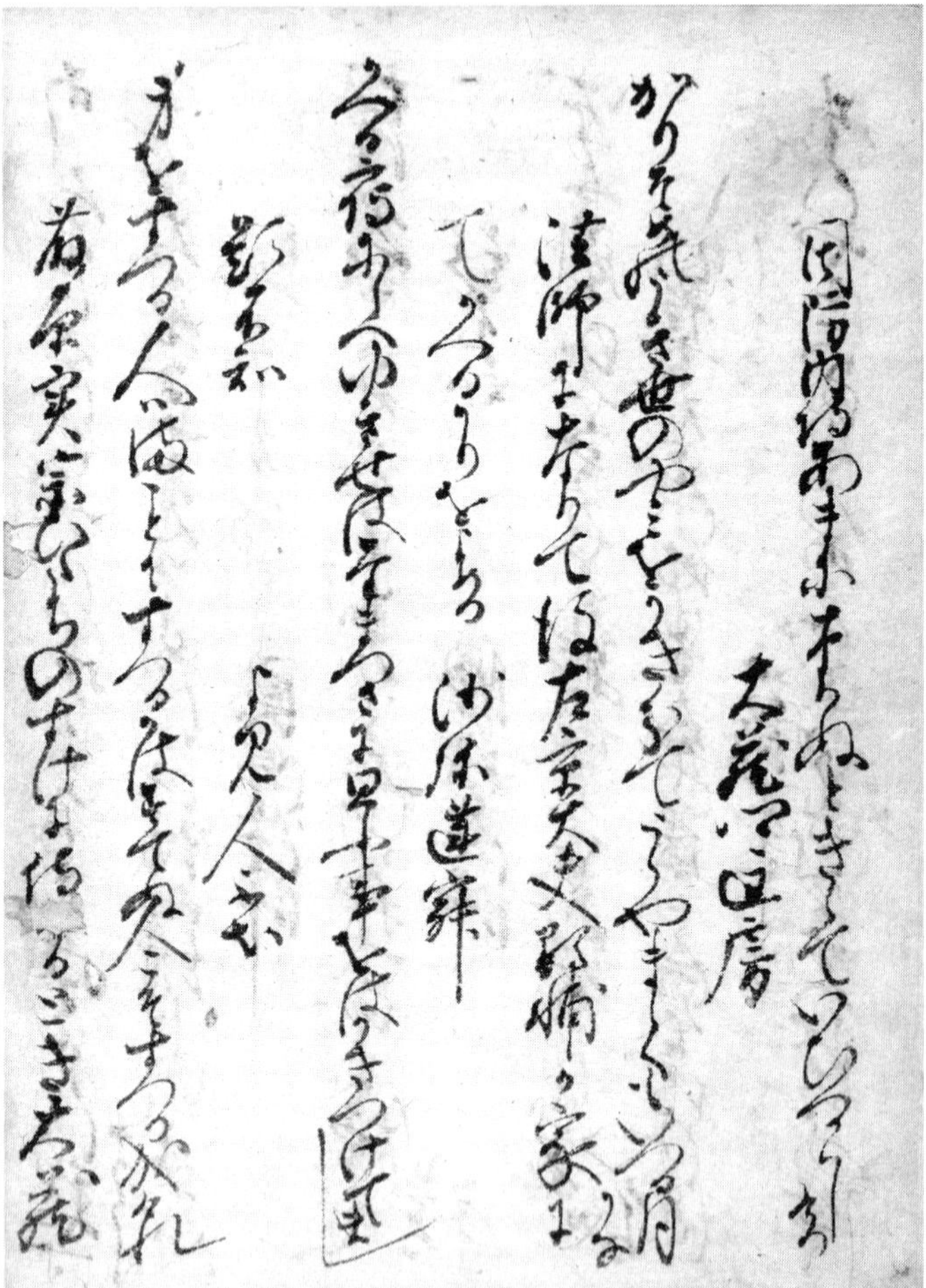

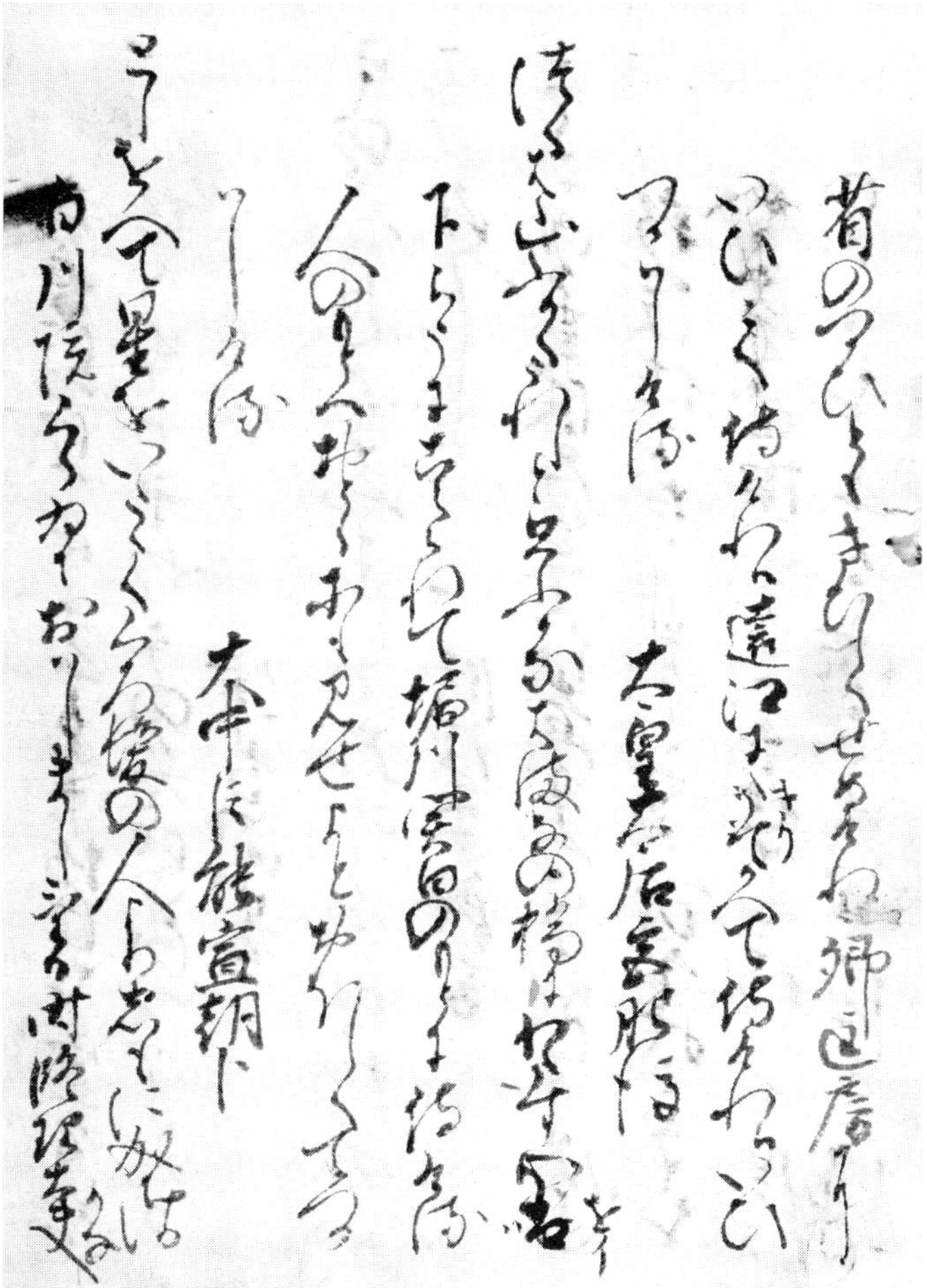

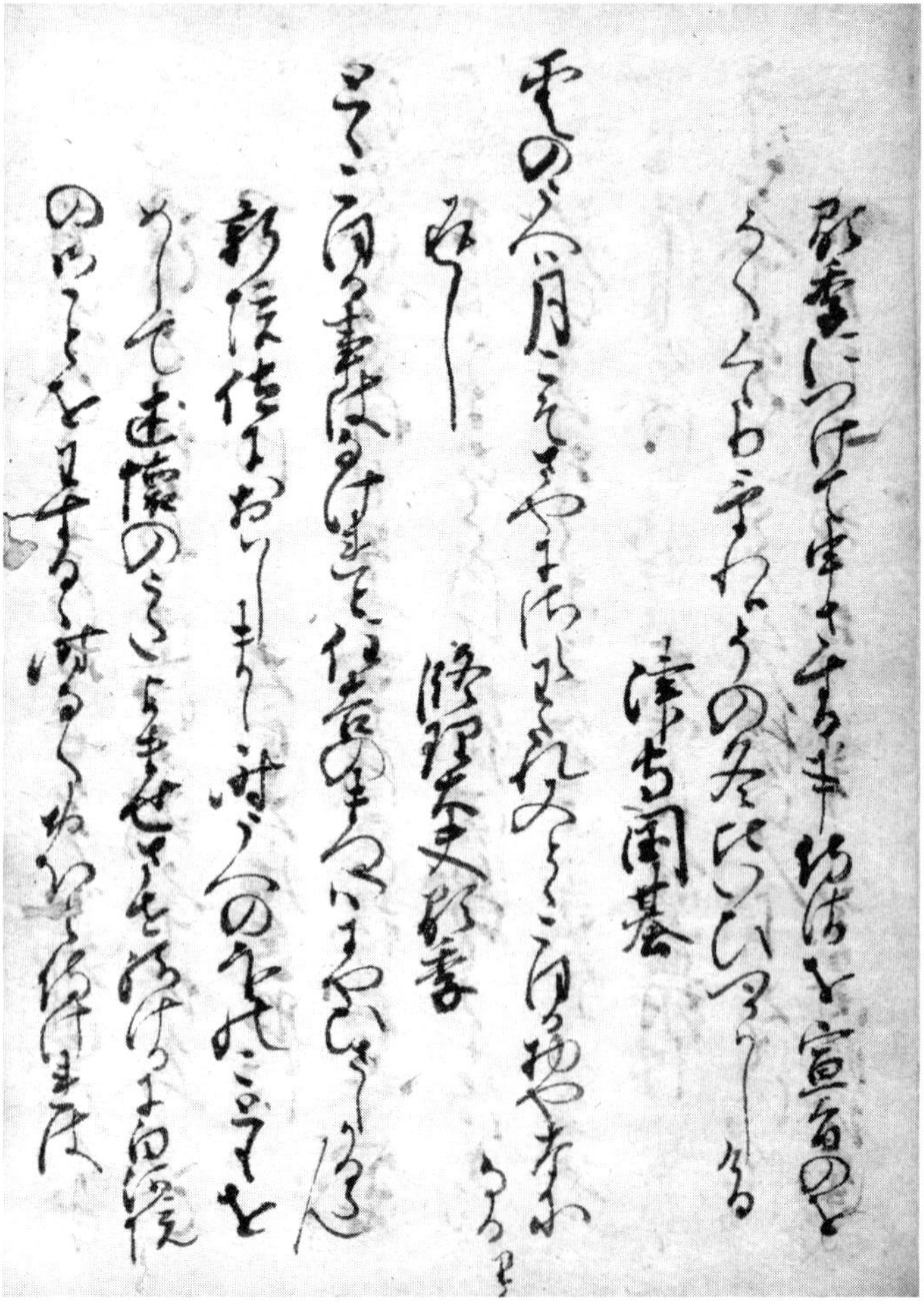

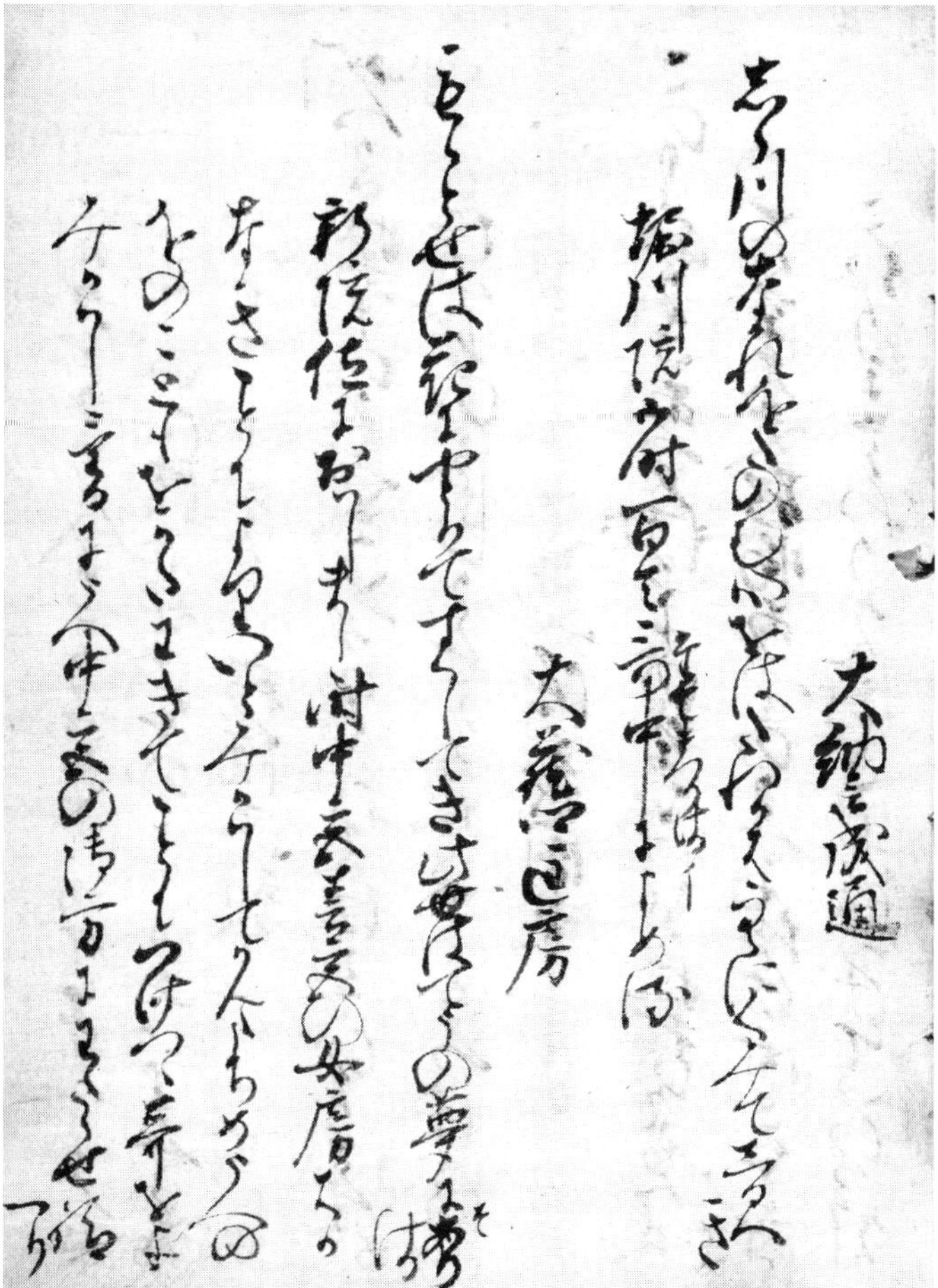

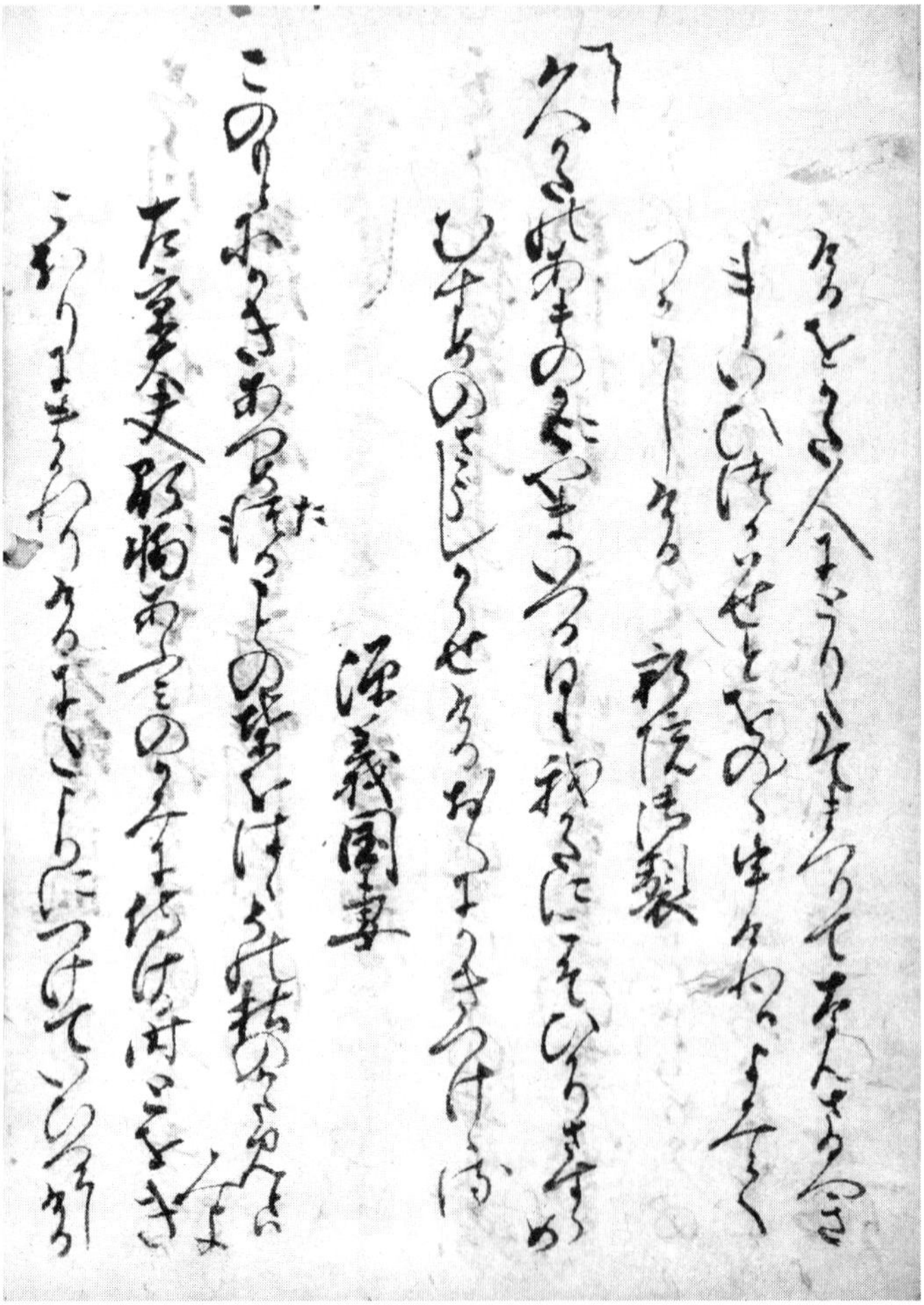
新院御製

源義国妻

左京大夫顕輔

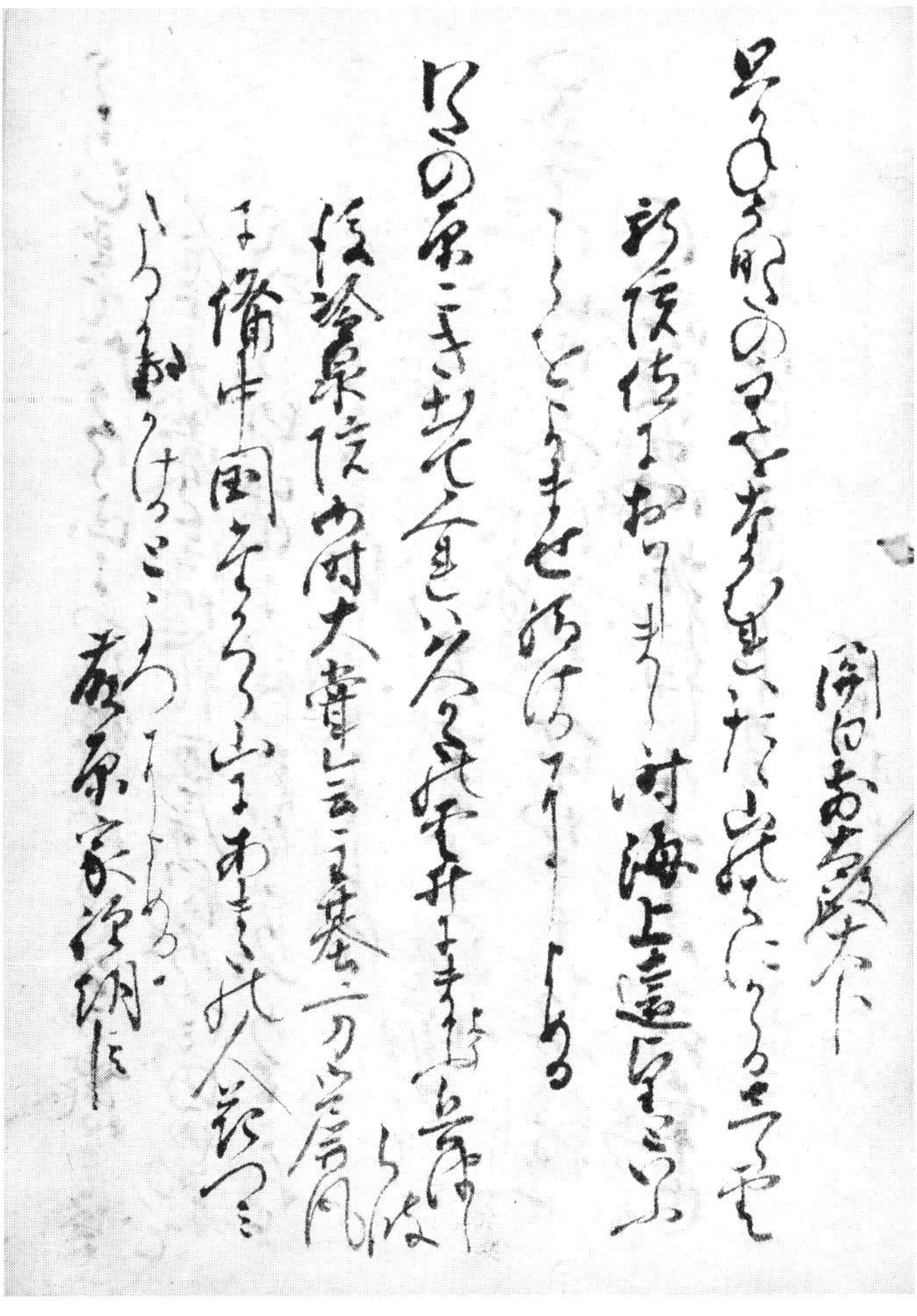

七七オ

こちむまでたかく山につもれはあさきながき世にこそ

今上大嘗会悠紀方御屏風にあふミのくにを
ミかミの山につもれるあかくらつみをかさね
今からちよのかすによめる

左京大夫顕輔

ミかミの山にいのるこゝろをそてたちまたる世のためと
因幡院内村堀川院にまうでしいの御幸せ
させたまはむとしける

藤原範忠

　　　　命こそあらまほしけれ世中に
　　　　ありまさりゆくものならすとも

　　　　　　　　　　宇治前太政大臣
　　いさやまたつきさしあかりたるものを
　　くまなく待てちらすくもの心もしらす
　　　　　　　　　　　道命法師
　　あけそめてあり明月のいつしかとまたる程の空そはかなき
　　そりまさほけて有明と成りてとる
　　けふえみゆる山の岸

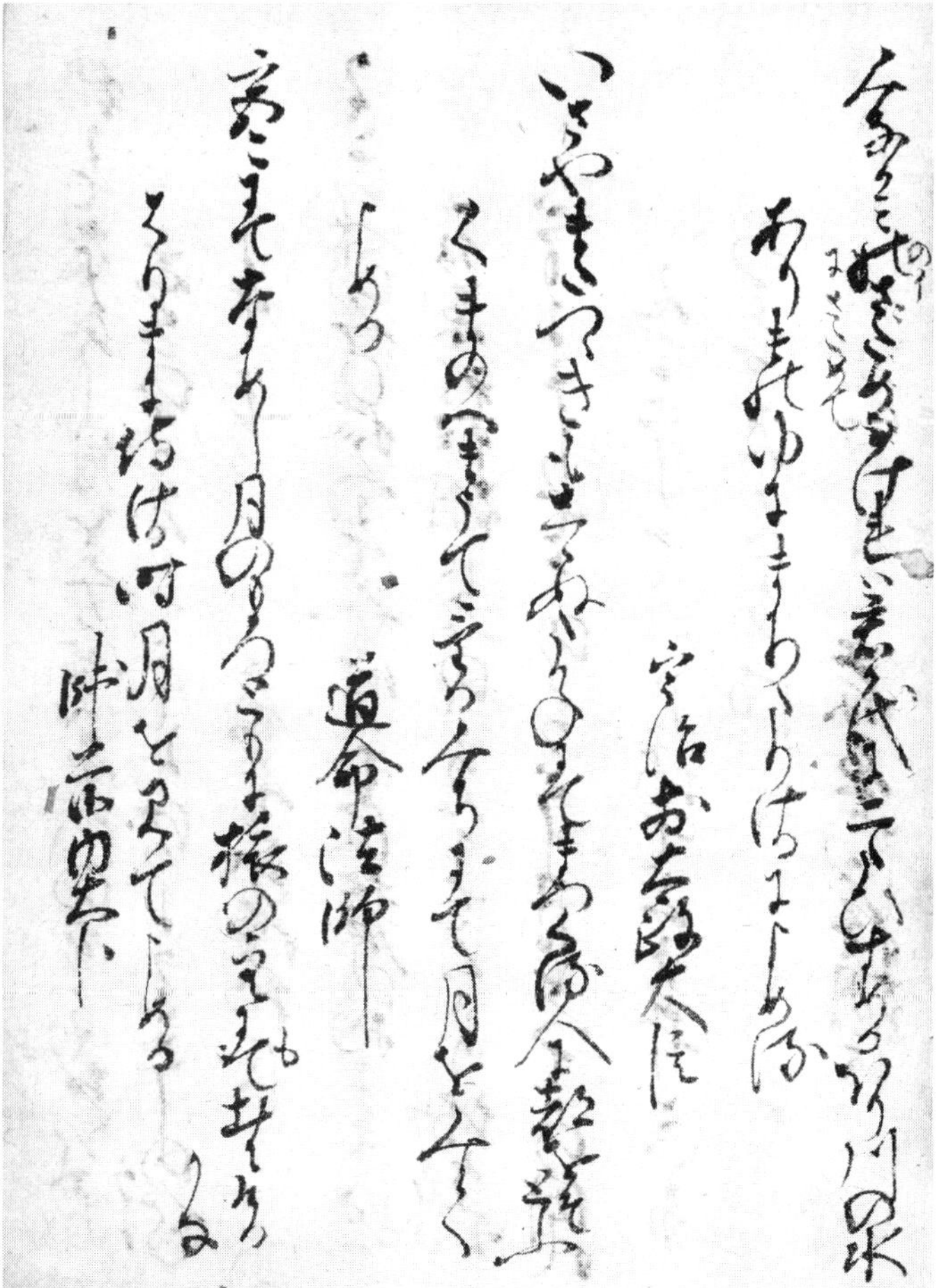

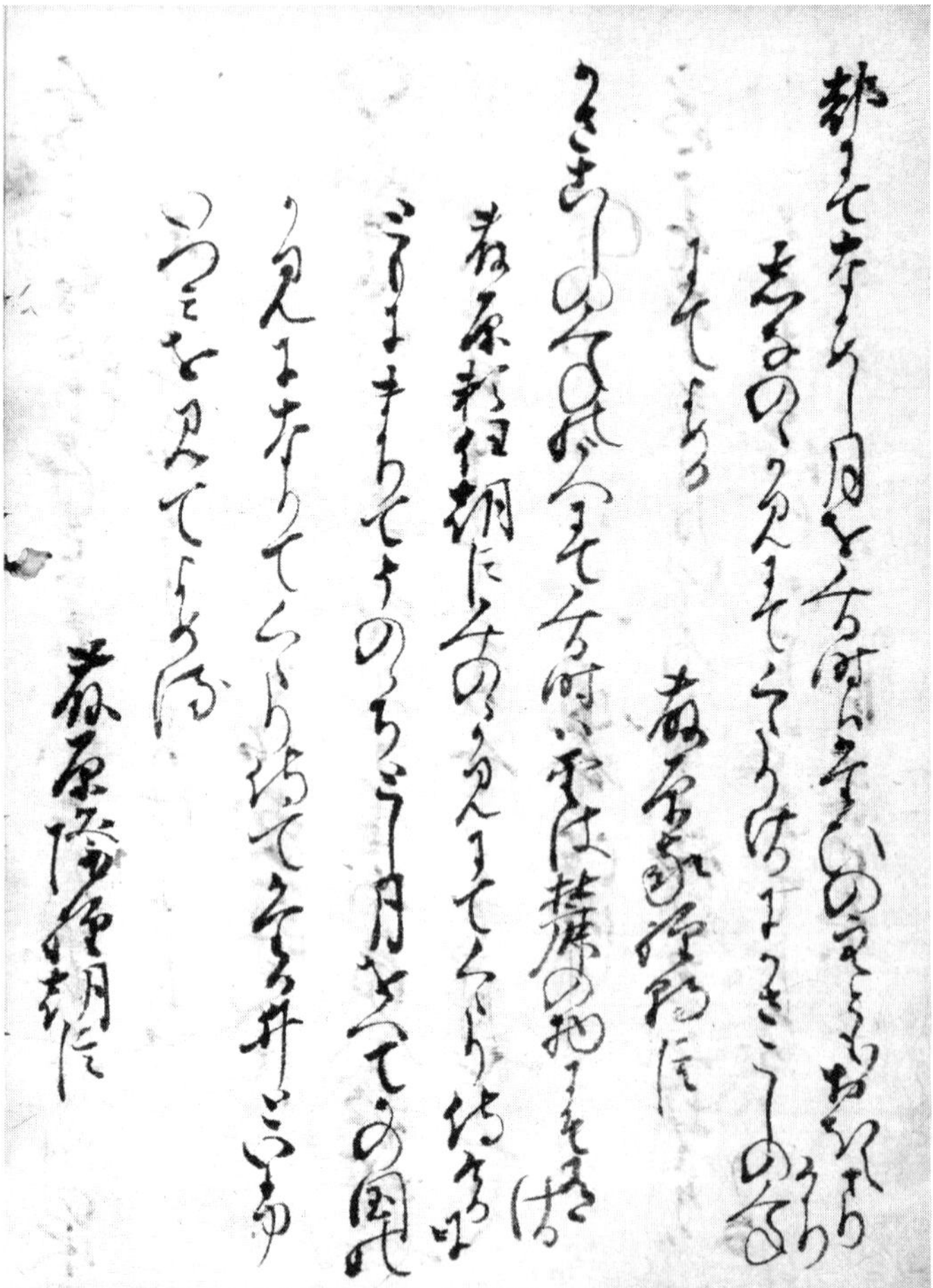

[illegible]
[illegible]大臣にてまかりけるに[illegible]
[illegible]見侍りて

大江正言

おもひいでもなきふるさとの山なれどかくれゆくはたあはれなりけり

三条太政大臣身まかりて侍月を見てよめる

前大納言公任

いにしへをこふる涙にくらされておぼろにみゆる秋のよの月

[illegible]人の月の[illegible]

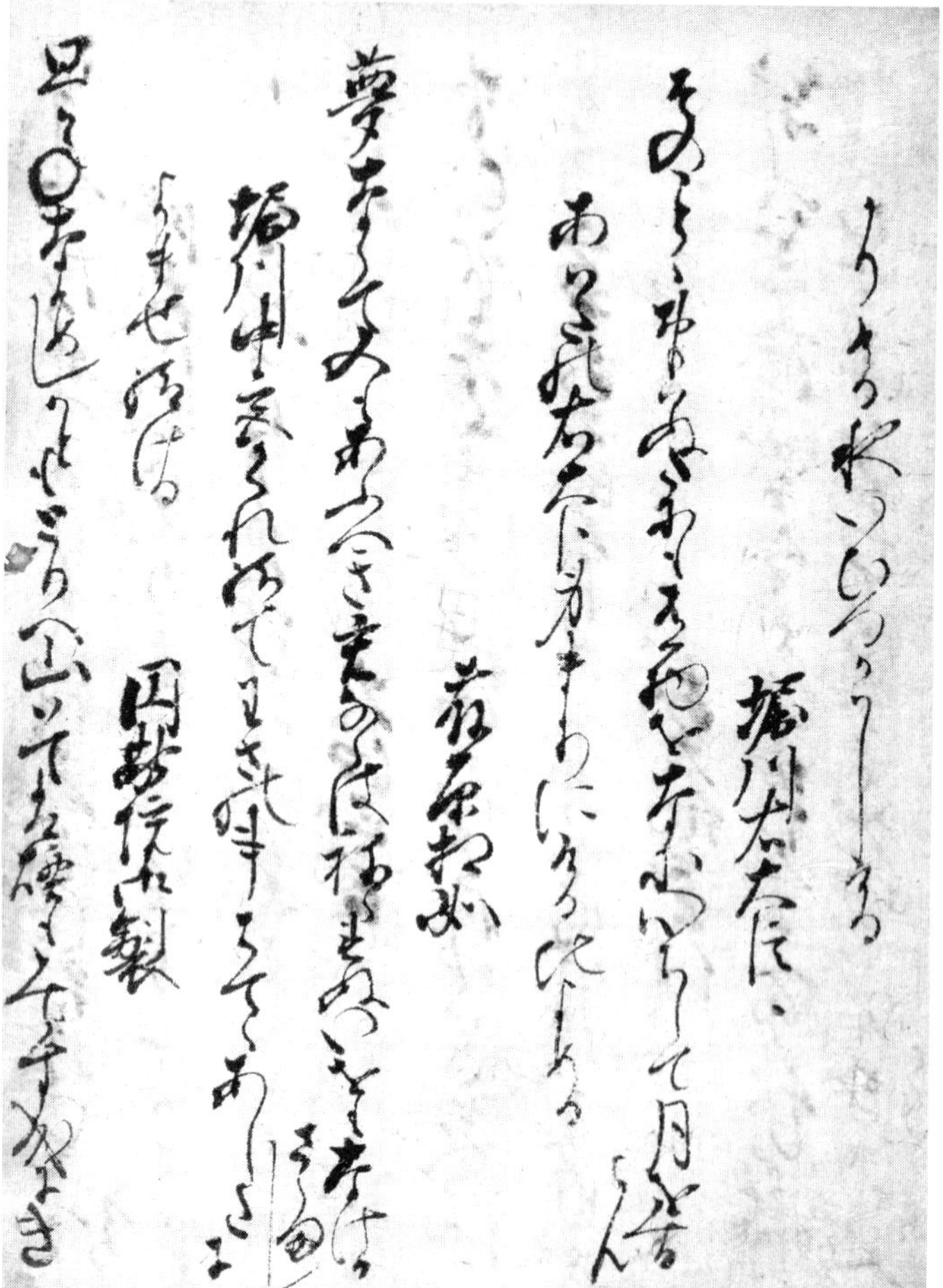

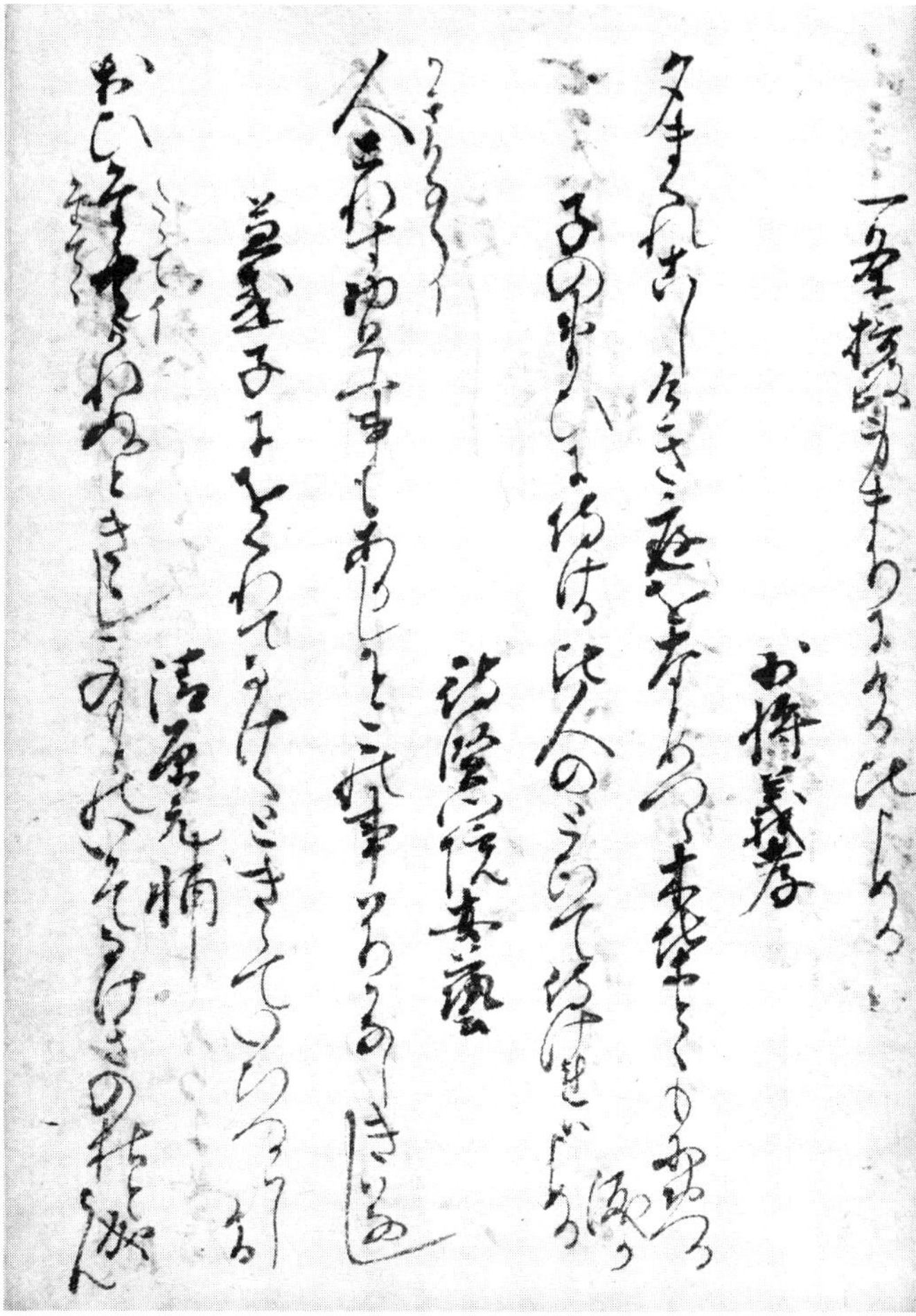

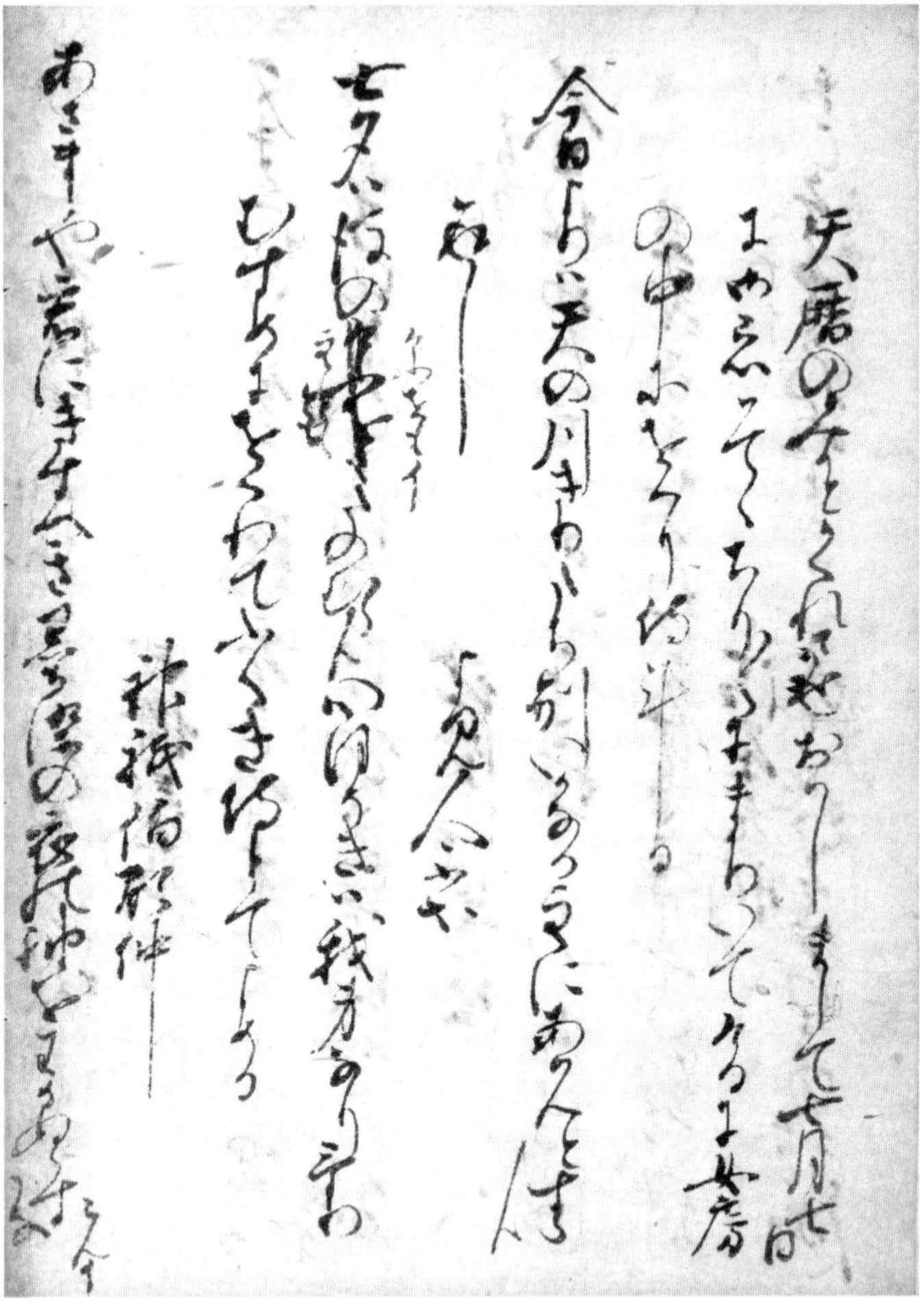

八〇ウ

大江道徳かまかりて文のうしろに雲をかきて
しあれ　赤染衛門
きその雲たちのぼりしをさきだてゝあとのなげきは
右兵衛督公行かもとにて侍けるに
女房まつりてよませさせけるに侍りける
よませ給ける
新院御製
いつかときゝつるまでは思ひつる袖にかゝ
住吉御幸付歌人々まで詠あるへしとて

これは逆おつしまさきわいるらの
藤原芳信朝臣
すてゝの世の祓ちるらは世中にあらんかぎりあるまなを
ゆくこゝまでかはわてしある
よみ人しらず
ゆりのつみをもかさねんやそなきらしおほく
人の罪あるの消滅文まうさつけは軽る
色をこのみの縁に耳をわかれまいらす殺さにあらんと
玉井まゐつき寄ては女のまへゆるされてのち

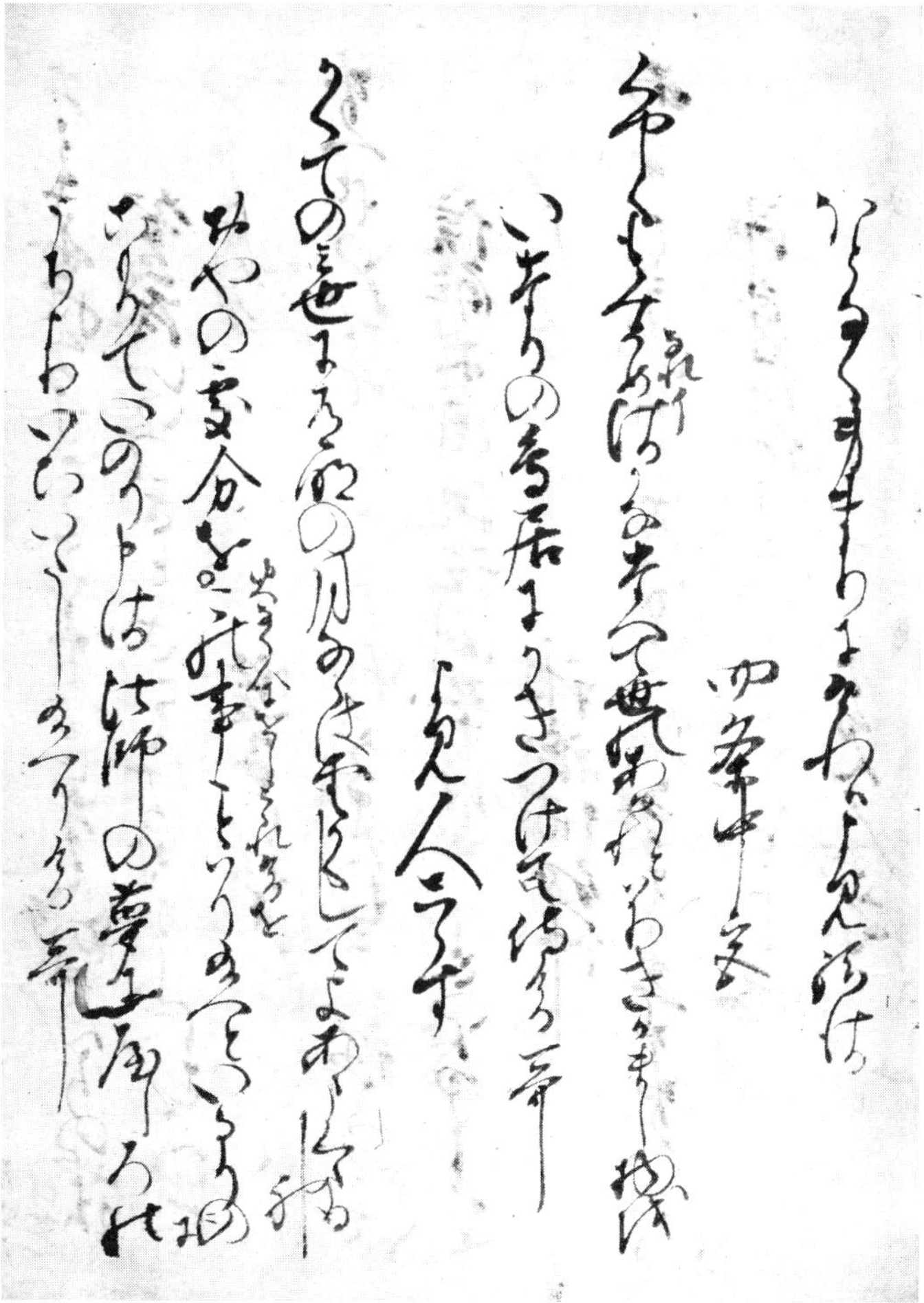

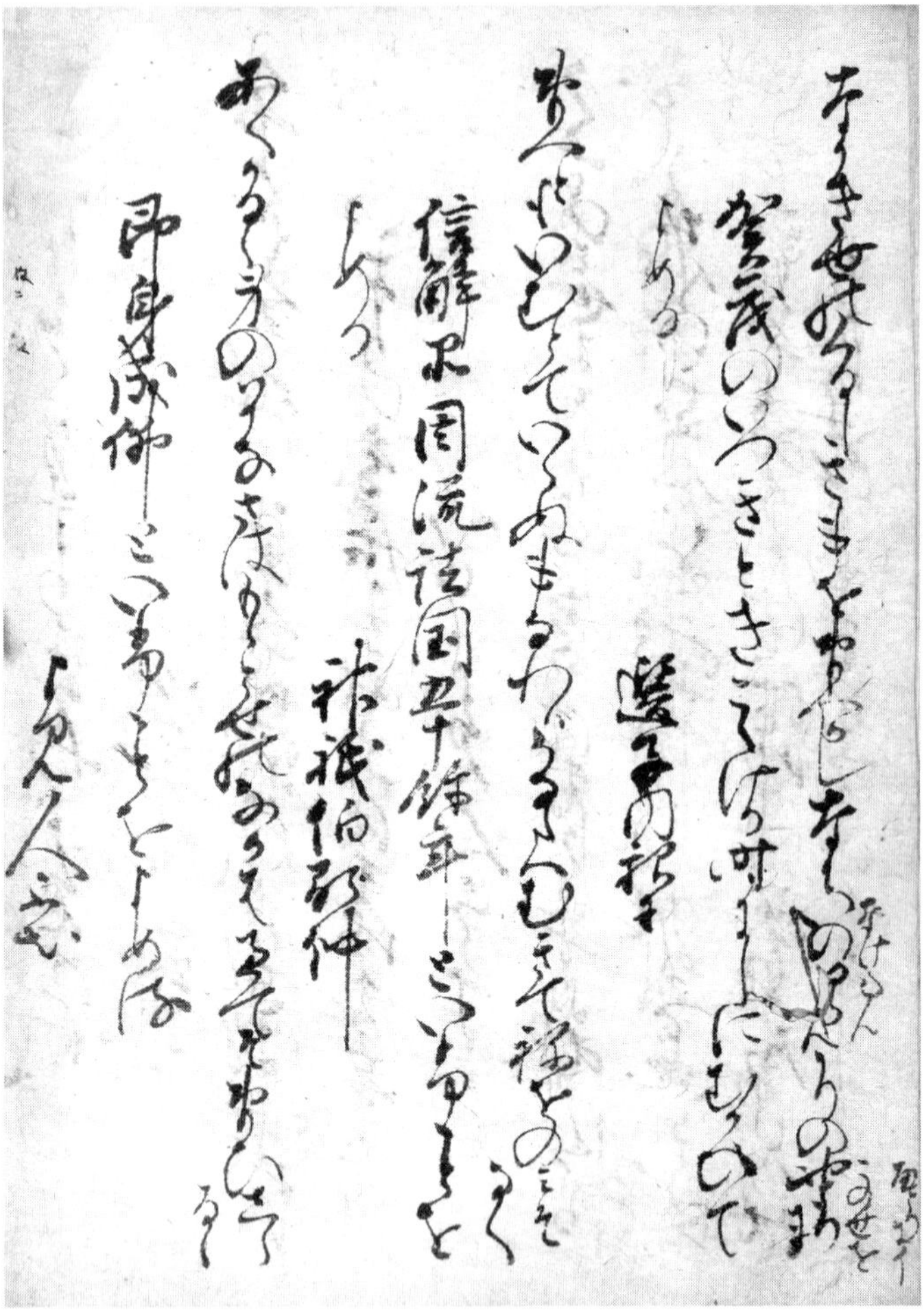

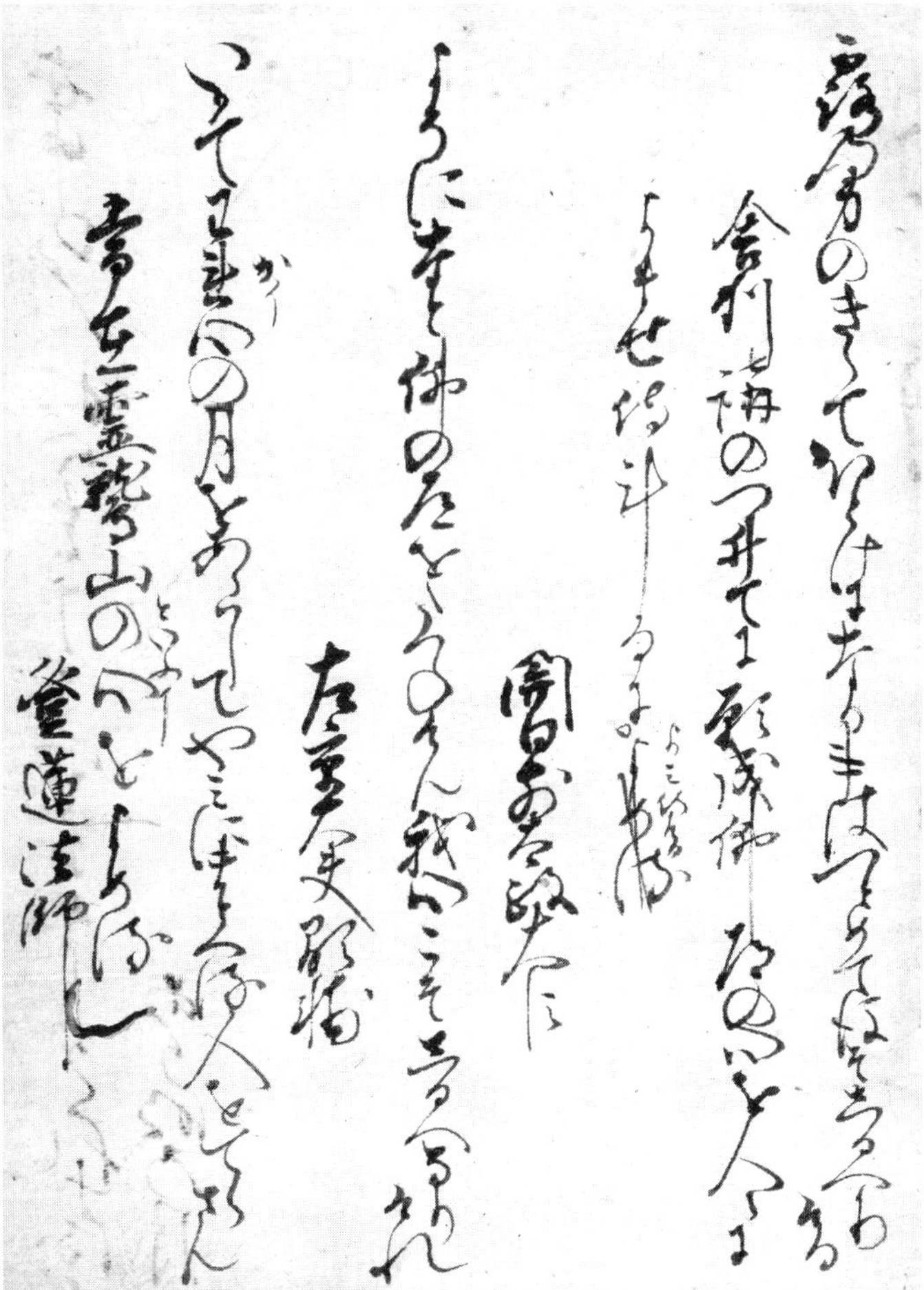

八三オ

春のくれはかうきてまよしらくもは
ありあけの月

八四オ

本云

以飛鳥井贈亜相（雅世 法名祐雅）自筆本

文明六年十月十八日深更馳筆同

廿日終書写之功了

林塞[illegible][illegible]親判

同夜校合了

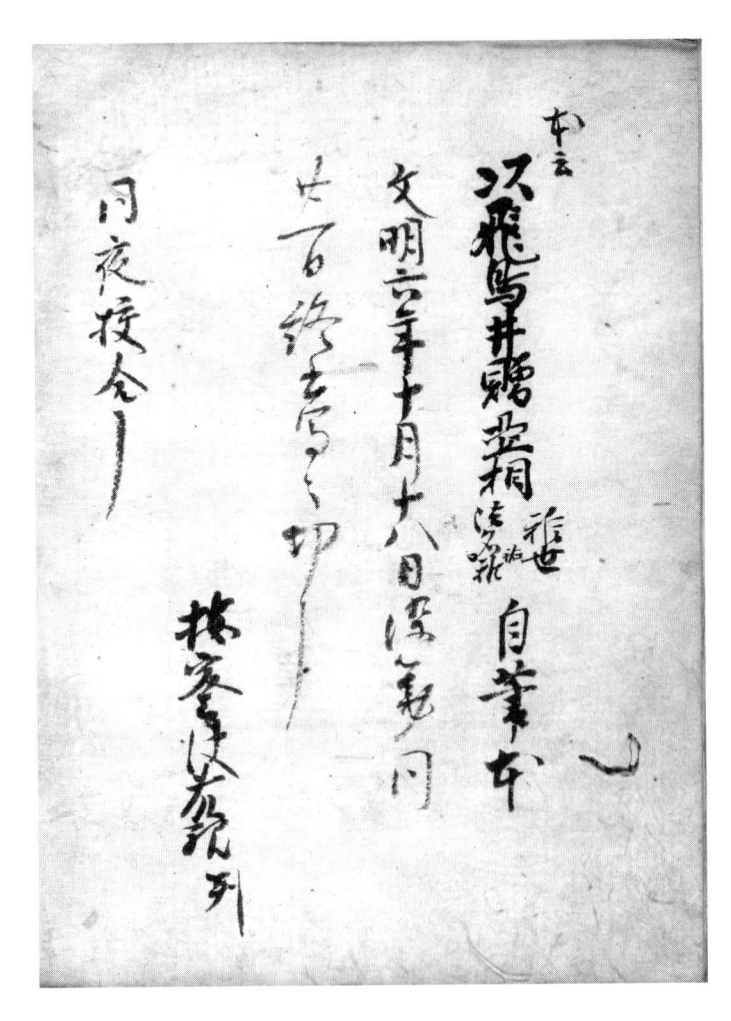

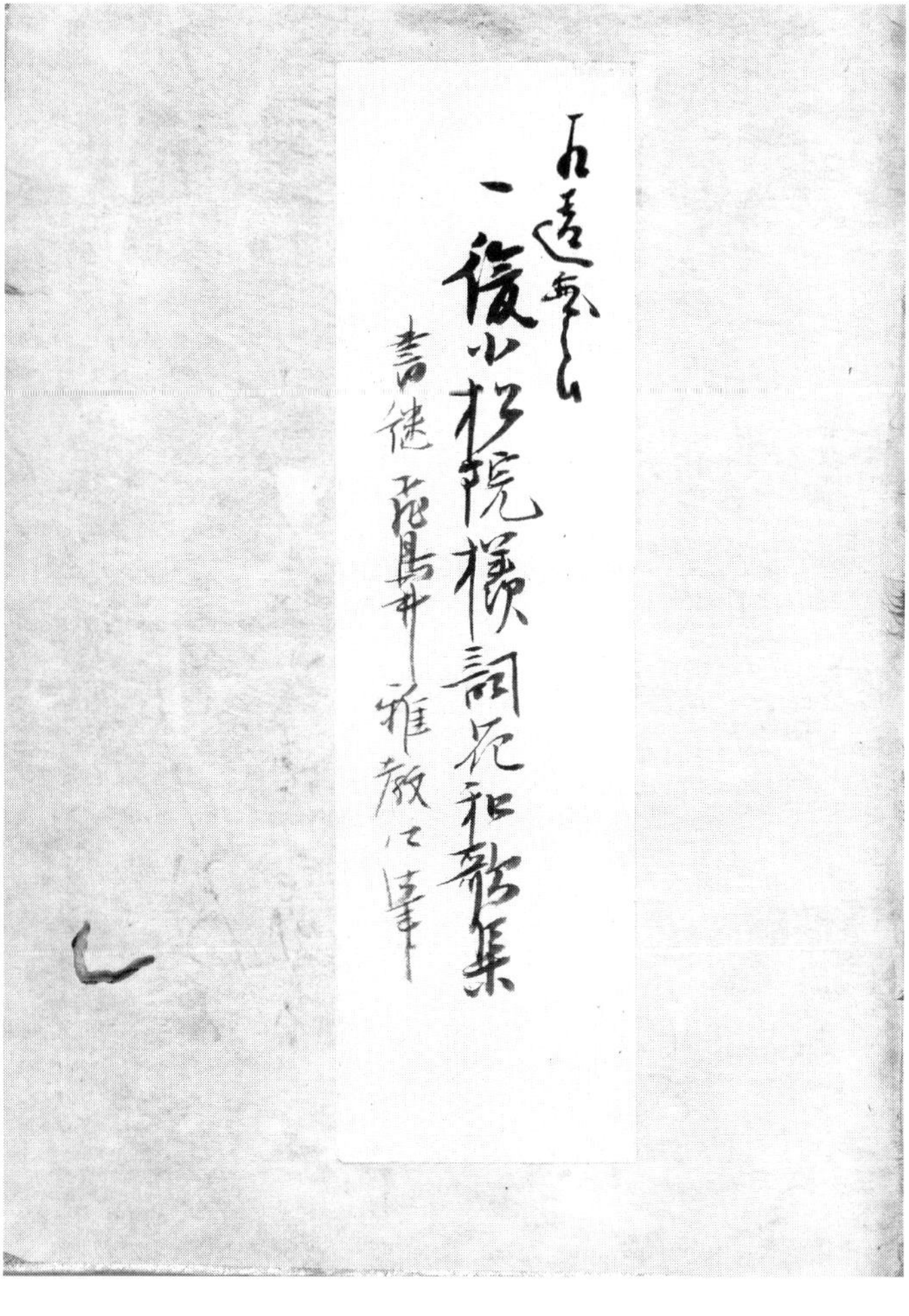
後小松院様詞花和歌集

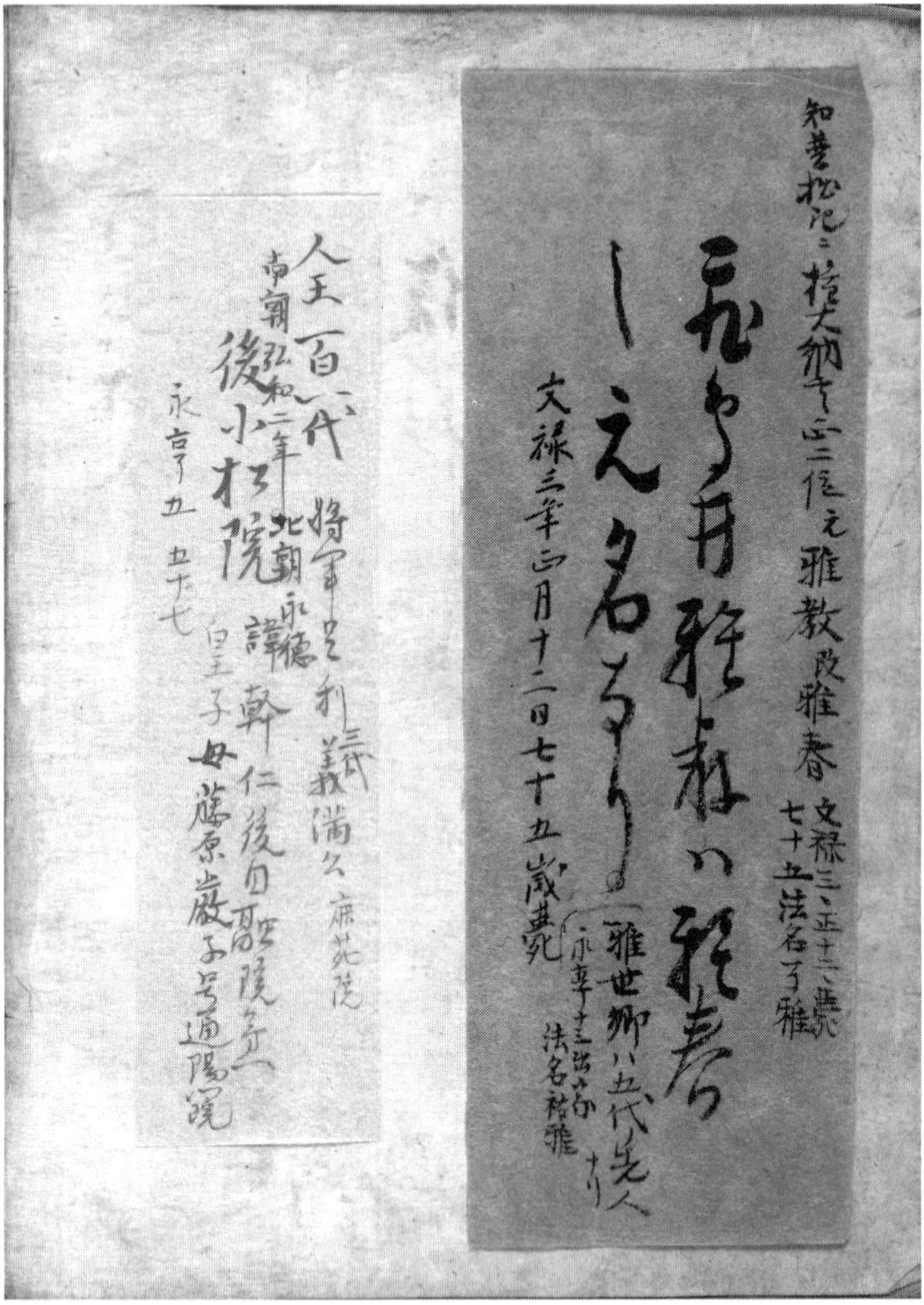

知恵松山ニ権大納言正三位之雅教 改雅春 文禄三、正十二、薨 七十五法名了雅

飛鳥井雅春ハ

文禄三年正月十二日七十五歳薨

雅世卿ハ五代先人なり 永享十三出家 法名祐雅

人王百六代

南朝弘和二年 北朝永徳

後小松院 諱幹仁 後円融院第一皇子

母藤原厳子号通陽院

将軍足利義満公 鹿苑院

永享五 五十七

裏表紙裏

裏表紙

箱蓋裏

翻刻

凡　例

一、大妻女子大学図書館蔵の写本『詞花和歌集』（一冊）所蔵番号（９１１・１３５６／Ｆ　６８-３／Ｂ）を底本として、本文の始まる第二丁以下を翻刻した。底本の様態は本書前半に影印を入れることで窺えるようにした。

二、本文の翻刻は以下の方針によった。

ア、字体を一部現在通行の字体に改めた。

イ、仮名遣い、送り仮名、改行は、底本のままとした。

ウ、繰り返し記号は、一字の仮名は「ゝ」「ヽ」または「ゞ」「ヾ」、漢字は「々」に、二字以上は「〳〵」または「〴〵」に統一した。

エ、明らかな脱字・宛字などの箇所には、右に（ママ）を付した。

オ、虫損・その他で読解できなかった字については、□で示した。

カ、底本に従い、本文書写の誤りを示すミセケチは、「ミ」「ヒ」で示し、異本注記は「イ」で示した。

キ、底本には、一度書いた字の上に重ねて修正した箇所があるが、翻刻は修正後のみとした。なお、棒線による修正で正しい本文を傍書したものは、修正箇所ごと翻刻した。

ク、読解上の助けとして、稿者の判断により句読点と濁点を施した。

ケ、丁数と表裏の変わり目は、通例に倣い「１オ」または「１ウ」のように示した。

コ、各和歌の冒頭に新編国歌大観番号を示した。全体は、１から始まり415が末尾となるが、８・11・199・239及び、207〜217を欠き、163と164の間に416が位置する。それぞれ該当箇所に注記を加えた。

詞花和歌集巻第一

春

堀河院御時百首哥たてまつりけるに、

立春（春たつ）の心をよめる

大蔵卿匡房

1 氷ゐししがのから崎うちとけてさゞ浪よする春風ぞ吹

寛和二年内裏哥合に霞を（ママ）める

藤原惟成

2 きのふかも霰ふりしはしがらきのと山の霞春めきにけり

天徳四年内裏哥合によめる

平兼盛

3 古郷は春めきにけりみよしのゝみかきの原を霞こめたり

（二オ）

はじめて鶯の聲をきゝてよめる
道命法師

4
たまさかにわが待えたる鶯のはつ音をあやな人や聞覧

題しらず
曽祢好忠

5
雪きえばゑぐのわかなもつむべきに春さへはれぬ深山べの里

（一ウ）

冷泉院春宮と申ける時、百首哥たてまつり
けるによめる
源重之

6
かすが野にあさなくきじのはね音は雪のきえまにわかなつめとや

鷹司院の七十賀の屏風に、子日したるかたかき
たる所によめる
赤染衛門

7　よろづ代のためしに君がひかるれば子日の松もうらやみやせん

（三オ）

※8ナシ

梅花とをくにほふといふことをよめる

源時綱

9　吹くればかをなつかしみ梅の花ちらさぬ程の春風もがな

梅花をよめる

右兵衛督公行（左衛門督イ）

10　梅の花にほひを道のしるべにてあるじもしらぬ宿にきにけり

※11ナシ

題しらず

俊恵法師

12　まこも草つのぐみわたる沢辺にはつながぬ駒もはなれざりけり

（三ウ）

僧都覚雅

13 もえいづる草葉のみかはをさゝ原（がさはらイ）こまのけしきも春めきにけり

天徳四年内裏哥合に柳をよめる

平兼盛

14 佐保姫のいとそめかくる青柳を吹なみだしそ春の山風

贈左大臣の家哥合によめる

源季遠

15 いかなれば氷はとくる春風にむすぼゝるらん青柳のいと

（四オ）

ふるさとの柳をよめる

源道済

16 ふるさとのみかきの柳はるぐとたがそめかけしあさみどりぞも

題しらず　　　　源頼政

17　み山木のその梢とも見えざりし桜は花にあらはれにけり

京極前大政(ママ)大臣家に哥合し侍けるによめる

康資王母

18　紅のうす花ざくらにほはずはみな白雲とみてや過まし　（四ウ）

この哥を判者大納言経信、紅のさくらは
詩にはつくれど哥に(も)よみたる事なん
なき(しイ)(ヒ)、と申ければ、あしたにかの康資
王母のもとへいひつかはしける

京極前大政(ママ)大臣　師実

19　しら雲はたちへだつれどくれなゐのうす花ざくら心にぞしむ(にぞゝむイ)

かへし　　　　康資王母

20 白雲はさもたゝばたて紅のいま一しほを君しそむれば　（五オ）

おなじ哥合によめる

一宮紀伊

21 朝まだきかすみなこめそ山ざくらたづね行まのよそめにもみん

大蔵卿匡房

22 しら雲と見ゆるにしるしみよしのゝ吉野の山の花盛かも

承暦二年内裏後番哥合によめる

大納言公實

23 山桜おしむにとまる物ならば花は春ともかぎらざらまし　（五ウ）

遠山のさくらといふことをよめる

前斎院出雲

24 こゝのへにたつしら雲と見えつるはおほうち山の桜なりけり

題しらず　　　戒秀法師

25 春ごとに心を空になすものは雲井にみゆる桜なりけり

白川に花見にまかりてよめる　　　源俊頼朝臣

26 しら河の春の梢を見わたせば松こそ花のたえまなりけれ　　（六オ）

所々に花を尋といふことをよませ給ける　　　白河院御製

27 春くれば花の梢にさそはれていたらぬ里のなかりつるかな

橘のとしつなの朝臣のふしみの山庄にて、水辺桜花といふことをよめる　　　源師賢朝臣

28 池水のみぎはならずは桜ばなかげをも浪におられましやは

一條院御時ならのやへざくらを人のたてまつりて　（六ウ）
侍けるを、○（そのおり）おまへに侍りければ、その花を（題ニテイ）
給て哥よめと仰ごとありければよめる

伊勢大輔

29 いにしへのならの宮古のやへ桜けふ九重ににほひぬる哉

新院の仰ごとにて百首哥たてまつり
けるによめる

右近中将教長

30 古郷にとふ人あらば山桜散なむ後をまてとこたへよ　（七オ）

人々あまたぐして桜花を手ごとに
おりてかへるとてよめる

源登平

31 さくら花手ごとに折てかへるをば春の行とや人はみるらん

題しらず　道命法師

32 春ごとにみる花なれどことしより開はじめたる心地こそすれ

帰雁をよめる　贈左大臣母

33 ふるさとの花の匂やまさるらんしづ心なくかへる雁がね

源忠季

34 なかく\に散をみじとやおもふらん花の盛にかへる雁がね

桜の花のちるを見てよめる　藤原元真

35 さくら花ちらさで千代も見てしがなあかぬ心はさてもあるやと

ミ り

（七ウ）

天徳四年内裏哥合によめる

大中臣能宣朝臣

36 さくら花風にしちらぬ物ならば思ふ事なき春にぞあらまし

（八オ）

太皇太后宮に(の)て賀茂のいつきときこえ給
けるとき、人々まいりてまりつかうまつりけるに、
すゞりのはこのふたに雪(花)をいれていだされて
侍けるにしきがみにかきつけ侍ける

摂津

37 桜ばな散しく庭をはらはねばきえせぬ雪となりにける哉

すみあらしたる家の庭に、桜の花のひま
なく散つもりて侍けるを見てよめる

源俊頼朝臣

（八ウ）

38 はく人もなき古郷の庭の面は花散てこそみるべかりけれ

橘のとしつなの朝臣のふしみの山庄にて、
水辺落花といふことをよめる
源師賢朝臣

39 さくらさく木のした水はあさけれど散しく花の渕（はイ）とこそなれ

藤原兼房朝臣の家にて、老人惜花といふ（いへる）
ことをよめる
藤原範永朝臣

40 散花もあはれと見ずやいそのかみふりはつるまでおしむ心を

庭のさくらの散を御覧じてよませ給ける
花山院御製

41 わがやどの桜なれども散をりは心にゐこそまかせざりけれ

さくらの花の散を見てよめる

42 身にかへておしむにとまる花ならばけふや我世のかぎりならまし
源俊頼朝臣

落花満庭といふことをよめる
花園左大臣

43 庭もせにつもれる雪と見えながらかほるぞ花のしるしなりける

（九ウ）

題しらず
大中臣能宣朝臣

44 散花にせきとめらるゝ山川のふかくも春の成にける哉

寛和二年内裏の哥合に
藤原長能

45 ひとへだにあかぬ匂をいとゞしく八重かさなれる山吹の花

麗景殿の女御の家の哥合によめる
読人しらず

（一〇オ）

46
やへさけるかひこそなけれ款冬のちらばひとへもあらじとおもへば

堀川院御時百首哥たてまつりけるによめる

太皇太后宮肥後

47
こぬ人をまちかね山のよぶこどりおなじ心にあはれとぞ聞

新院位におはしましし時、牡丹をよ

ませ給けるによみ侍りける

関白前太政大臣

48
さきしより散はつるまで見し程に花のもとにて廿日へにけり

老人惜春といふことをよめる

橘俊成

49
老てこそ春のおしさはまさりけれいまいくたびもあはじとおもへば

三月尽日、うへのをのこどもを御まへに

（一〇ウ）

めして、春のくれぬる心をよませ給けるに

よませ給ける

新院御製

50　おしむとて今夜かきをくことの葉やあやなく春のかたみなるべき

（一一オ）

詞花和歌集巻第二

夏

卯月一日（ヒ）をよめる

増基法師

51 けふよりはたつ夏衣うすくともあつしとのみや思わたらん

題しらず

（ヒ）源俊頼朝臣

52 雪の色をぬすみてさける卯花はさえでや人にうたがはるらん

斎院長官にて侍けるが、少将になりて
賀茂のまつりの使して侍けるを、めづらしき
よしを人い（のイ）はせて侍りければよめる

大蔵卿長房

53 としをへてかけしあふひはかはらねどけふのかざしは（のイ）めづらしき哉

（一一ウ）

神祭をよめる

源兼昌

54 さかきとる夏の山辺(ぢイ)やとをからんゆふかけてのみまつる神哉

ほとゝぎすを○(待て)よめる

周防内侍

55 むかしにもあらぬ我身に郭公まつ心こそかはらざりけれ

（一一オ）

関白前太政大臣の家にて郭公の哥をの〳〵

十首づゝよませ侍けるによめる

藤原忠兼

56 郭公なくねならでは世間にまつ事もなき我身なりけり

題しらず

花山院御製

57 ことしだにまづ初声を郭公世にはふるさで我にきかせよ

山寺にこもりて侍(ヒ)りけるに、時鳥のなき　（一二ウ）

侍らざりければよめる

道命法師

58 山ざとのかひこそなけれ郭公都の人もかくやまつらん

題しらず

能因法師

59 やまびこのこたふる山の郭公一こゑなけば二声ぞ聞

藤原伊家

60 郭公暁かけてなくこゑをまたぬねざめの人や聞覧

大納言公教　（一三オ）

61 まつ程はぬる(よイ)ともなきを郭公なくねは夢の心地こそすれ

閑中郭公といふことをよめる

62　なきつともたれにかいはむ時鳥かげよりほかの人（にイ）しなければ

源俊頼朝臣

題しらず

待賢門院堀河

63　こやの池におふるあやめのながきねはひくしらいとの心地こそすれ

土御門の左（右イ）大臣の家に哥合し侍りけるによめる

源頼家朝臣

64　夜もすがらたゝく水鶏は天の戸をあけて後こそをとせざりけれ

題しらず

皇嘉門院治部卿

65　五月雨は（の）日（ヒ）をふるまゝにすゞか川八十瀬の浪ぞこゑまさるなる

堀川院御時百首哥たてまつりけるによめる

大蔵卿匡房

66　わぎもこがこやのしのやの五月雨にいかでほすらん夏引のいと

（一三ウ）

右大臣の家の哥合によめる

源忠季

67 五月雨になにはほり江のみほつくし見えぬや水のまさるなるらん

（一四オ）

郁芳門院の菖蒲のねあはせによめる

中納言通俊

68 もしほやく須磨の浦人（あまイ）うちたえていとひやすらん五月雨の空

藤原通宗朝臣哥合し侍けるによめる

良暹法師

69 五月やみはなたちばなに吹風はたが里までか匂行覧

世をそむかせ給て後、花たちばなを御覧じて

（一四ウ）

よませ給ける

花山院御製

70　宿ちかくはなたちばなはほりうへじむかしをこふる（しのぶ）つまとなりけり

なでしこの花を見てよめる

藤原経衡

71　うすくこくかきほににほふなでしこの花の色にぞ露もをきける

贈左大臣の家に哥合し侍けるに

よめる

修理大夫顕季

（一五オ）

72　たねまきしわが撫子の花ざかりいく朝露のをきて見つらん

寛和二年内裏哥合によめる

大貮高遠

73　なくこゑもきこえぬもの〻かなしきはしのびにもゆる蛍なりけり

六条右大臣の家に哥合し侍りけるに

よめる

読人しらず

74　五月やみ鵜川にともすかゞり火のかずさす（ますイ）物はほたるなりけり

水邊納涼といふことをよめる　（一五ウ）

藤原家経朝臣

75　風ふけば河辺涼しくよる浪の立かへるべき心地こそせね

題しらず

曽祢好忠

76　杣川のいかだの床のうき枕夏は涼しきふしどなりけり

長保五年入道前太政大臣家の哥合し

侍けるによめる

源道済

77　まつ程に夏の夜いたく深ぬればおしみもあへぬ（ず）山の端の月　（一六オ）

題しらず

曽祢好忠

78　河上に晩立すらしみくづせくやなせのさ浪立さはぐ也

閏六月七日によめる

太皇太后宮大弐

79 つねよりもなげきやすらん七夕の(はイ)あはましくれをよそにながめて

題しらず

(相模)曽祢好忠

80 した紅葉一葉づゝ散木のしたに秋とおぼゆる蝉の声哉

曽祢よしたゞ （一六ウ）

81 むしのねも(はイ)まだうちとけぬ草むらに秋をかねても結ぶ露かな （一七オ）

詞花和歌集巻第三

秋

題しらず　　曽祢好忠

82 山しろの鳥羽田の面を見わたせばほのかに今朝ぞ秋風はふく

〔摂〕津のくにゝすみ侍りける比、大江為基が任はてゝ
のぼり侍ける〔れば〕にいひつかはしける　　僧都清胤〔因〕

83 君すまばとはまし物を津のくにの生田の森の秋の初風

七月七日式部大輔資業がもとにてよめる　　橘元任

84 おぎの葉にすがくいとをもさゝがには七夕にとや今朝は引らん

御くしおろさせ給て後七月七日によませ

（一七ウ）

給ける　花山院御製

85 七夕に衣もぬぎてかすべきにゆゝしとやみん墨染の袖

承暦二年内裏の哥合によめる

藤原顕綱朝臣

（一八オ）

86 七夕に心はかすとおもはねど暮行空はうれしかりけり

題しらず

加賀左衛門

87 いかなればとだえそめけん天川あふせに渡すかさゝぎの橋

新院仰ことにて百首哥たてまつりけるによめる

左京大夫顕輔

88 天河よこぎる雲や七夕のそらだきものゝけぶりなるらん

寛和二年内裏哥合によめる

大中臣能宣朝臣

（一八ウ）

89 おぼつかなかはりやしにし天河年に一たびわたる瀬なれば

七夕を（にイ）よめる

修理大夫顕季

90 天河玉橋いそぎわたさなんあさせたどるも（れば）夜の深行に

橘としつなの朝臣のふしみの山庄にて、

七夕の後朝の心をよめる

良暹法師

91 あふ夜（よイ）とはたれかはしらぬ七夕のあくる空をもつゝまざらなん

藤原顕綱朝臣

92 七夕のまちつるほどのくるしさとあかぬ別といづれまされる

題しらず

祝部成仲

93 天河かへらぬ水を七夕はうらやましとや今朝はみるらん

（一九オ）

三条太政大臣家にて、八月十五夜に
水上の月といふことをよめる
源順

94 水清みやどれる秋の月さへや千世まで君とすまんとすらん　（一九ウ）

題しらず
右大臣

95 いかなればおなじ空なる月影の秋しもことに照まさるらん

家に哥合し侍りけるによめる
左衛門督家成

96 春夏にそらやはかはる秋のよの月しもいかゞ照まさるらん

月を御らんじてよませ給けるに
三条院御製

97 秋にまたあはんあはじもしらぬ身は今夜ばかりの月をだにみん　（二〇オ）

題しらず

98　ありしにもあらずなり行世の中にかはらぬ物は秋の夜の月

天台座主明快

関白前太政大臣の家にてよめる

藤原重基

99　秋の夜の月の光のもる山は木のしたかげもさやけかりけり

ひえの山の念佛にのぼりて月をみてよめる

良暹法師

100　天つかぜ雲ふきはらふたかねにて(よりイ)入まで見つる秋の夜の月

京極前太政大臣家哥合によめる

源頼綱朝臣(藤原顕綱朝臣)

101　秋の夜は月に心のひまでなきいづるをまつと入をおしむと

関白前太政大臣の家にて、八月十五夜の心をよめる

102
ひく駒のかげをならべてあふ坂の関路よりこそ月は出けれ
藤原朝隆朝臣

左衛門督家成が家にて哥合し侍りけるによめる

103
秋の夜の露もくもらぬ月をみてをきどころなき我心哉
隆縁法師

月をまつ心をよめる

104
秋の夜の月まちかねておもひやる心いくたび山をこゆらん
大江嘉言

月浮山水といふ心をよめる

105
秋山の清水はくまじにごりなばやどれる月のくもりもぞする
藤原忠兼

寛和二年内裏哥合によませ給ける

(二一オ)

花山院御製

106 秋の夜の月に心のあくがれて雲ゐに物をおもふ比哉

（二一ウ）

題しらず　源道済

107 ひとりゐてながむる宿の荻の葉に風こそわたれ秋のゆふ暮

大江嘉言

108 おぎの葉にそゝや秋風吹ぬなりこぼれやしぬる露のしら玉

和泉式部

109 秋ふくはいかなる色の風なれば身にしむばかりあはれなるらん（人の恋しきイ）

曽祢好忠

110 みよしのゝきさ山陰にたてる松いく秋風にそなれきぬらん

（二二オ）

藤原顕綱朝臣

111 おぎの葉に露吹結ぶ木がらしのをとぞ夜さむになりまさりける（さるなるイ）

霧をよめる　　源兼昌

112 ゆふ霧に梢も見えず泊瀬山入あひの鐘の音ばかりして

法輪へまうでけるに、さがのゝ花おもしろく
さきて侍りければ（るを）見てよめる
赤染衛門

113 秋の野の花みる程の心をば行とやいはんとまるとやいはん

賀茂のいつきときこえける時、本院のすい
がき（ゐイ）に、あさがほの花のさきかゝりて侍りける
をよめる
禖子内親王

114 神がきにかゝるとならばあさがほの（も）ゆふかくる（かゝるイ）までにほはざらめや

（二二ウ）

堀川院御時百首哥たてまつりけるによめる

隆源法師

115 ぬしやたれきる人なしに藤ばかまみればのごとにほころびにけり

（一二三オ）

白川院鳥羽殿にて前栽合せさせ給けるによめる

周防内侍

116 あさな〲露おもげなる萩がゑに心をさへにかけてけるかな

敦輔王

117 おぎの葉にこととふ人もなき物をくる秋ごとにそよとこたふる

題しらず

曽祢好忠

118 秋の野の草むらごとにをく露はよるなくむしの涙なるべし[らしイ]

永源法師

（一二三ウ）

119 やへむぐらしげれる宿は夜もすがら虫のね聞ぞとりどころなる

和泉式部

120 なくむしのひとつこゑにもきこえぬは心々に物やかなしき

みちのくにの任はてゝのぼり侍けるに、おはりの

國のなるみ野にすゞむしのなき侍りける

をよめる

橘為仲朝臣

121 ふるさとにかはらざりけりすゞむしのなるみの野べの夕暮のこゑ

（二四オ）

天禄三年女四宮哥合によめる

橘正通朝臣

122 秋風に露を涙となくむしのおもふ心をたれにとはまし

迎駒をよめる

大蔵卿匡房

123 あふ坂のすぎまの月のなかりせばいくきのこまといかでしらまし

永承五年一宮の哥合によめる

出羽弁

124 聞人のなどやすからぬ鹿のねはわがつまをこそ恋てなくらめ

（二一四ウ）

だいしらず

藤原伊家

125 秋はぎを草の枕に結ぶ夜はちかくも鹿のこゑを聞哉

九月十三夜に月照菊花（花イ）といふことをよませ給ける

新院御製

126 秋ふかき（み）花には菊のせきなればした葉に月は（も）もりあかしけり

関白前太政大臣の家にてよめる

源雅光朝臣

（二一五オ）

127 霜がるゝはじめと見ずはしら菊のうつろふ色をなげかざらまし

題しらず

道命法師

128 ことしまた待べき花のあらばこそうつろふ菊にめかれをもせめ

曽祢好忠

129 霜がれの冬き(まイ)て見よと露霜のをきてのこせるしら菊の花

宇治前太政大臣白川にて見行客といへる
ことをよめる

（二五ウ）

堀川右大臣

130 せきこゆる人にとはゞやみちのくのあだちのまゆみ紅葉しにきや

むさしのくにより のぼり侍りけるに、みかは
のくにふたむら山のもみぢを見てよめる

131
いくらとも見えぬ紅葉の錦かなたれふたむらの山といひけん
橘能元

寛治元年太皇太后宮の哥合によめる
大蔵卿匡房

132
ゆふ暮（されイ）はなにかいそがむもみぢ葉のしたてる山はよるもこえなん

（二六オ）

題しらず
曽祢好忠

133
山ざとはゆきゝの道も見えぬまで秋の木葉にうづもれにけり

春より法輪にこもりて侍ける秋、大井河に紅葉のひまなくながれけるをみてよめる
道命法師

134
春雨のあやをりかけし水のおもに秋は紅葉の錦をぞしく

雨後落葉といふことをよめる

（二六ウ）

源俊頼朝臣

135 名残なく時雨の空は晴ぬれどまだふる物は木のはなりけり

月のあかき夜、紅葉の散をみてよめる

平兼盛

136 あれはてゝ月もとまらぬ我宿に秋の木葉を風ぞ吹ける

一條摂政家障子（屛風イ）に、あじろにもみぢの

ひまなくよりたるかたかきたる（ける）所をよめる

藤原惟成

（二七オ）

137 秋ふかみ紅葉おちしく網代木はひおのよるさへあかく見えけり

初霜をよめる

大中臣能宣朝臣

138 初霜はを（もイ）きにけらしな今朝み見れば（ママ）野べのあさぢも色付にけり

雨中九月尽といふことをよめる

前大納言公任

139
いづかたへ秋の行らん我宿に今夜ばかりは雨やどりせよ

（二七ウ）

詞花和歌集巻第四

冬

題しらず　　　曽根好忠

140 なにごとも行ていのらんとおもひしに神無月にも成にけるかな

141 ひさぎおふる沢辺のちはら冬くればひばりの床ぞあらはれにける

家に哥合し侍りけるに落葉をよめる

大貳資遠（道イ　通イ）

（二八オ）

142 木ずゑにてあかざりしかば紅葉々の散しく庭をはらはでぞみる

題しらず　　　左衛門督家成

143 いろ〳〵にそむる時雨に紅葉々はあらそひかねて散はてにけり

大江嘉言

144　山ふかみおちてつもれる紅葉ばのかはける上に時雨ふる也

落葉埋水といふ事をよめる

惟宗隆頼

145　いまさらにをのがすみかをたえじとて木葉のしたにをしぞ鳴なる　（二八ウ）

落葉有声といふ事をよめる

146　風ふけばならの枯葉（うら葉イ）のそよ〳〵といひあはせつゝいづち散らん

題しらず

曽祢好忠

147　と山なる柴の立枝に吹風の音聞おりぞ冬は物うき

読人しらず

148　秋はなを木のはかくれもくらかりき月は冬こそみるべかりけれ

東山に百寺おがみ侍りけるに、時雨の

しければよめる　（二九オ）

左京大夫道雅

149　もろともに山めぐりする時雨かなふるにかひなき身とはしらずや

旅宿時雨といふことをよめる

瞻西法師

150　いほりさすならの木陰にもる月のくもるとみれば時雨ふる也

天暦御時御屛風に、あじろに紅葉のヒ

おほくよりたるかたかける所によめる

平兼盛　（二九ウ）

151　深山には嵐やいたく吹ぬらんあじろもたはに紅葉つもれり

鷹狩をよめる

藤原長能

152 あられふるかたのゝみのゝかりころもぬれぬ宿かす人しなければ

堀河院御時百首哥たてまつりける中によめる

大蔵卿匡房

153 山ふかみやくすみがまのけぶりこそやがて雪げの雲となりけれ

大和守にて侍りける時、入道前太政大臣のもとにて

初雪をよめる

藤原義忠 朝臣イ

154 としをへてよしのゝ山に見なれたるめにめづらしき今朝の初雪

題しらず

大江嘉言

155 日ぐらしに山路のきのふ時雨しは富士の高ねの雪にぞありける

大蔵卿匡房

156 おく山のいはかき紅葉ちりはてゝくちばがうへに雪ぞつもれる

（三〇オ）

新院位におはしましゝとき、雪中
眺望といふことをよませ給けるに、よみ
侍りける
関白前太政大臣（三〇ウ）

157 くれなゐと見えし梢も雪ふればしらゆふかくる神なびの森

題しらず
和泉式部

158 まつ人のいまもきたらばいかゞせんふまゝくおしき庭の雪哉

歳暮の心をよめる
成尋法師

159 数ならぬ身にさへとしのつもるかな老は人をもきらはざりけり

曽祢好忠（三一オ）

160 玉まつるとしのをはりに成にけりけふにや又もあはんとすらん

詞花和哥集巻第五

賀

一条院、上東門院に行幸せさせ給けるによみ（よめる）侍りける

入道前太政大臣

161 君が代にあふくま川のそこ清みちとせをへつゝすまんとぞ思ふ

正月一日、こうみたる人にむつきつかはすとてよめる

伊勢大輔

162 めづらしくけふたちそむるつるのこは千世のむ月を重ぬべき哉

一条の左大臣家の障子に、すみよしのかたかきたる所を（に）よめる

大中臣能宣朝臣

（三一ウ）

163 過きにし程をばすてつことしより千世に（はイ）かぞへむ住吉の松

京極前太政大臣家に○（て）哥合し侍けるによめる

大蔵卿匡房

（三二オ）

416 君が代はくもりもあらじみかさ山嶺に朝日のさゝんかぎりは

長元八年宇治前太政大臣家の哥合○（し侍ける）によめる

能因法師

164 君が代は（に）しら雲かゝるつくばねのみねのつゞきのうみとなるまで

題しらず

赤染衛門

165 さかき葉を手にとりもちていのりくる神の世よりも久しからなん

三条太政大臣○（の）賀（の）し侍ける屏風の

（三二ウ）

絵に、花みてかへる人かきたる所を（に）よめる

中務

166 あかでのみかへるとおもへばさくら花折べき春ぞつきせざりける

ある人の子三人かふぶりせさせたりけるまたの日
いひつかはしける

清原元輔

167 ○松しまのいそにむれゐるあしたづのをのがさまぐ〵みえし千世哉

上東門院の御屛風に十二月つごもり
のかたかきたる所によめる

前大納言公任

（三三オ）

168 ひとゝせをくれぬとなにかおしむべきつきせぬ千世の春をまつには

河原院に人々まかりて哥合し侍けるに
松臨池といふことをよめる

恵慶法師

169 。たれにとか池の心もおもふらん底にやどれる松の千とせを

後三條院のすみよしまうでによめる

よみ人しらず

170 君が代の久しかるべきためしにや神もうへけむ住吉の松

（三三ウ）

としつなにぐして住吉にまうでゝよめる

大納言経信

171 すみよしのあら人神の久しさに松もいくたびおひかはりけん

（三四オ）

詞花和哥集巻第六

別

参議廣業たえて後、いよの○(くにの)かみにてくだり
けるにいひつかはしける

民部内侍

172 みやこにておぼつかなさをならはずは旅ねをいかにおもひやらまし

みちさだにわすられて後、みちのくにのかみ
にてくだりけるにつかはしける

和泉式部

173 もろともにたゝまし物をみちのくの衣の関をよそに聞哉

左京大夫顕輔、加賀の守にてくだり侍りけるに
いひつかはしける

(三四ウ)

源俊頼朝臣

174 よろこびをくはへにいそぐ旅なればおもへどゐこそとゝめざりけれ

橘則光朝臣みちのくにのかみにてくだり侍けるに
餞し侍とてよめる

藤原輔尹朝臣

（三五オ）

175 とまりゐてまつべき身こそ老にけれあはれわかれは人のためかは

物申ける女の斎宮のくだり給[侍]ける○[に]ともに
まかりけるにいひつかはしける

藤原道経

176 かへりこむ程をもしらずかなしきはよをながら月のわかれなりけり

大納言経信、大宰帥にてくだり○[侍]けるに
かはじりにまかりあひてよめる

177 むとせにぞ君はきまさん住吉のまつべき身こそいたく老ぬれ

津守國基

（三五ウ）

つねに侍ける女房の、日向國へくだりけるに

餞たまふとてよみ給ける

一條院（院イ）皇后宮

178 あかねさす日にむかひてもおもひ出よみやこはゝれぬながめすらんと

弟子に侍けるわらはのおやにぐして

人の國へまかりけるに、装束つかはす

とてよめる

法橋有禅

（三六オ）

179 わかれ路の草葉をわけん旅衣たつよりかねてぬるゝ袖哉

月ごろ人のもとにやどりて侍りけるが

かへりける日あるじにあひてよめる

玄範法師

180 またこむと誰にもゑこそいひをかね心にかなふいのちならねば

もろこしへわたり侍けるを、人い（のイ）さめ侍りければよめる

寂照法師

181 とゝまらんとゝまらじともおもほえずいづくもつゐの栖ならねば

人のもとに日ごろ侍りて、かへる日

あるじにあひて。（いひ侍ける）

僧都清胤

182 ふたつなき心を君にとゝめをきて我さへわれにわかれぬる哉

大納言経信、大宰帥にてくだり侍けるに、

俊頼朝臣まかりければいひつかはしける

（三六ウ）

（三七オ）

183 くればまづそなたをのみぞながむべきいでむ日ごとにおもひをこせよ

太皇太后宮甲斐

橘為仲朝臣みちのくにのかみにてくだり侍りけるに

太皇太后宮の大盤所よりとてたれとも（は）なくて

184 東路のはるけき道を行めぐりいつかとくべきしたひもの関

修理大夫顕季、太宰大貳○（になりてくだり侍けるに）にてくだらんと

（イ）し侍りけるに、馬にぐしていひつかはしける

権僧正永縁

185 たちわかれはるかにいきの松なればこひしかるべき千世の陰哉

あづまへまかりける人のやどりて侍りけるが、

暁にたちけるによめる

傀儡（クヾツ）名曳（ナビクキイ）

（三七ウ）

186

はかなくも今朝の別のおしき哉いつかは人をながらへてみし

（三八オ）

詞花和歌集巻第七

恋上

こひの哥とてよみ侍ける

関白前太政大臣

187 あやしくも我み山木のもゆるかなおもひは人につけてしものを

題しらず

藤原実方朝臣

188 いかでかはおもひありとはしらすべきむろのやしまの煙ならでは

隆恵法師

189 かくとだにいはではかなく恋しなばやがてしられぬ身とやなりなん

堀川院御時百首哥たてまつりけるによめる

大蔵卿匡房

190 おもひかねけふたてそむる錦木のちつかもまたであふよしもがな

（三八ウ）

題しらず　　　　　平兼盛

191 谷川の岩間を分て行水のをとにのみやはきかんとおもひし

春たちける日、承香殿女御のもとへ

つかはしける　　　一條院御製

192 よと〻もにこひつ〻すぐすとし月はかはれどかはる心地こそせね

（三九オ）

承暦四年内裏哥合によめる

藤原伊家

193 我こひは夢路にのみぞなぐさむるつれなき人もあふと見つれば（ゆイ）

新院位におはしまし〻時、うへのをのこ

どもを御前にめして、ね覚の恋といふこ〻ろを

よませ給けるによめる

左兵衛督公能

194 なぐさむるかたもなくてやゝみなまし夢にも人のつれなかりせば　（三九ウ）

寛和二年内裏哥合によめる

藤原惟成

195 いのちあらばあふ夜もあらん世間になどしぬばかり思ふ心ぞ

左京大夫顕輔が家に哥合し侍
けるによめる

大納言成通

196 よそながらあはれといはむ事よりも人づてならでいとへとぞおもふ

題しらず

寛（ママ）念法師　よみ人不知イ

197 こひしなば君はあはれといはずとも中々よその人やしのばむ　（四〇オ）

つれなき女につかはしける

賀茂成助

198 いかばかり人のつらさをうらみましうき身のとがとおもひなさずは

※199ナシ

題しらず　浄蔵法師

200 我ためにつらき人をばをきながらなにのつみなき世をやうらみん

女をあひかたらひける比、よしありて津國の
ながらといふ所にまかりて○(かの)女のもとへいひつか
はしける　平兼盛

201 わするやとながらへ行ど身にそひて恋しきことはをくれざりけり

題しらず　読人しらず

202 としをへてもゆてふふじの山よ○(り)もあはぬおもひは我ぞまされる

203 わびぬればしゐてわすれんとおもへども心よはくもおつ(マヽ)涙か

204 おもはじとおもへ(と)はいとゝ恋しきはいづれか我がこゝろなるらん

(四〇ウ)

能因法師

205 心さへ結ぶの神やつくりけむとくるけしきも見えぬ君哉

あだ〳〵しくもあるまじかりける女を
いとしのびていはせ侍けるを、世にちりてわづらはしきさまに（四一オ）
きこえければ、いひたえて後とし月をへて
おもひあまりていひつかはしける

前大納言公任

206 一たひはおもひたえにし世の中をいかゝはすべきしづのをだまき

三井寺に侍りけるわらはを、京に（へ）いでば
かならずつげよと契て侍けるを、京へいで
たりとは聞けれどもをとづれ○（もし）侍らざりければいひ
つかはしける

僧都覚雅（四一ウ）

※207から217まで欠　（四二オ）（四二ウ）（四三オ）（四三ウ）は空白

中納言としたゝ（ヒ）が家哥合によめる

藤原顕綱朝臣

218 紅のこぞめの衣うへにきむ恋の涙の色かゝ（くイ）るやと

題しらず　源道済

219 しのぶれど涙ぞしるき紅に物おもふ袖はそむべかりけり

ふみつかはしける女の、いかなることかあり
けむ、いまさら返事せざりければ
いひつかはしける　源雅光　（四四オ）

220 紅に涙のいろも成にけりかはるは人の心のみかは

左京大夫顕輔が家にて哥合し侍ける

によめる　　平実重

221　こひしなむ身こそおもへばおしからねうきもつらきも人のとがゝは

題しらず　　道命法師

222　つらさをば君にならひてしりぬるをうれしき事をたれにとはまし

女を恨てよめるイ　　藤原道信朝臣

223　うれしきはいかばかりかは思ふらん（おほゝゆるイ）うきは身にしむ物にぞありける

ひえの山に哥合し侍けるによめる　　心覚法師

224　こひすればうき身さへこそおしまるれおなじ世にだにすまんとおもへば

題しらず　　大中臣能宣朝臣

225　御かきもる衛士のたく火のよるはもえひるはきえつゝ物をこそ思へ

（四四ウ）

226
我こひは（やイ）ふたみかはれる玉くしげいかにすれどもあふかたぞなき
読人しらず

（四五オ）

山寺にこもりて日ごろ侍り（ヒ）て、女のもとへ
いひつかはしける　藤原範永朝臣

227
氷してをとはせねども山川のしたに（はイ）ながるゝものとしらずや

関白前太政大臣の家にてよめる
藤原親隆朝臣

228
風ふけばもしほの煙かたよりになびくを人の心ともがな

題しらず
新院御製

229
瀬をはやみ岩にせかるゝ瀧（たにイ）川のわれてもすゑに（すゑにもイ）あはんとぞ思ふ

曽祢好忠

230
はりまなるしかまにそむるあながちに人をこひしとおもふ比かな

（四五ウ）

冬のころ、くれにあはんといひける女に、
くらしかねていひつかはしける
道命法師

231 程もなくくるとおもひし冬の日の心もとなきおりもありけり

家に哥合し侍りけるによめる
中納言俊忠

232 こひわびてひとりふせやに夜もすがら落る涙やをとなしのたき

詞花和哥集巻第八

恋下

人しづまりてこ、といひたる女のもとへ、待かねて
とくまかりたりければ、かくやはいひつるとて、いで
逢ず侍りければいひつかはしける（いれ侍ける）

藤原相如

233 君をわれ（がイ）おもふ心はおほはらやいつしかとのみすみやかれつゝ

題しらず

藤原道経

234 わが恋はあひそめてこそまさりけれしかまのかちの色ならねども

女のもとより暁にかへりて立帰り○（いひ）つかはしける

清原元輔

235 よをふかみかへりし空もなかりしをいづくよりをく露にぬれけん

（四六ウ）

左京大夫顕輔が家にて哥合し侍り
けるによめる
藤原顕廣朝臣（朝臣無イ）

236 こゝろをばとゞめてこそはかへりけれあやしやなにの暮を待らん

女のもとより夜ぶかくかへりて朝にいひつかはしける
藤原実方朝臣

237 竹の葉に玉ぬく露にあらねどもまだよをこめておきにける哉

なが月のつごもりの○（日の）あしたに、はじめたる
女のもとより帰りて立かへりつかはしける
よみ人しらず

238 みな人のおしむ日なれど我はたゞをそく暮行なげきをぞする

※239ナシ

（四七オ）

藤原保昌朝臣にぐして丹後國へまかり
けるに、しのびて物いひけるおとこのもとへいひつかはしける

和泉式部

（四七ウ）

240 我のみやおもひをこせんあぢきなく人は行まもしらし（ぬイ）物ゆへ

ものいひ（しのひイ）侍ける女ののもとへ（ママ）いひつかはしける

大江為基

241 おもふ事なくて過ぬる世間につゐに心をとゞめつる哉

夜がれせずまうできけるおとこの、秋たち
ける日その夜しもまうでこざりければ、
朝にいひつか（けるイ）はしける

一宮紀伊

（四八オ）

242 つねよりも露けかりつる今夜哉これや秋たつはじめなる覧

女のもとにまかりたりけるにおやのいさむれば、
いまはゑなんあふまじきといはせて侍ければ
よめる　坂上明兼

243 せきとむる岩間の水もをのづからしたにはかよふ物とこそきけ

題しらず　恵慶法師

244 あふ事はまばらにあめるいよすだれいよ〳〵我をわびさする哉

等恋両人といふことをよめる　右大臣

245 いづくをもよがるゝ事のわりなきにふたつとわくる我身ともがな

おとこにわすられてなげきける比、八月許に
まへなる前栽の露をよもすがらながめてよめる
赤染衛門

246 もろともにおきゐる露のなかりせばたれとか秋の夜をあかさまし

題しらず　　曽祢好忠

247 きたりともぬる（も）まもあらじ夏の夜の晨明の月もかたぶきにけり　（四九オ）

新院位におはしまし〻時、雖契不来○（恋）と

いふことをよ（よめるイ）ませ給けるによめる

関白前太政大臣

248 こぬ人をうらみて（も）はてじ契をきしそのことのはもなさけならずや

題しらず　　和泉式部

249 ゆふ暮は（に）物おもふことの（は）まさるかと我ならざらん人にとはゞや

月のあかりける夜まうできたりける

おとこの、たちながら帰にければ、朝にいひつかはしける　（四九ウ）

250 涙さへいでにしかたをたづ（なが□）ねつ〻心にもあらぬ月をみしかな

題しらず　　読人しらず

251 つらしとて我さへ人をわすれなばさりとてなが[中の]くたえやはつべき

平公誠

252 あふ事や涙の玉のをなるらんしばしたゆればおちてみだるゝ

弟子なりけるわらはの、おやにぐして人のくにへあからさまにとてまかり○[たり]けるが、久しく見え侍らざりければ、たよりにつけていひつかはしける

最厳法師

253 みかりのゝしばしの恋はさもあらばあれそり[れイ]はてぬるかやかたおのたか

たのめたるおとこをいまや〳〵と待けるに、前の竹の葉に霰のふりかゝりけるを聞てよめる

和泉式部

（五〇オ）

254 竹の葉に霰ふるなりさら〱にひとりはぬべき心地こそせね

程なくたえにけるおとこのもとへ（おとこにわすられてよめるイ）

いひつかはしける　　相模

255 ありふるもくるしかりけりなが〻らぬ人の心をいのちともがな

（五〇ウ）

かよひける女の、こと人に物いふ（申）と聞て

いひつかはしける

清原元輔

256 うきながらさすがにもの〻かなしきはいまはかぎりと思ふなりけり

久しくをとせざり（ぬ）けるおとこにつか

はしける

俊子内親王家左近（大進イ）

257 とはぬまをうらむらさきにさく藤のなにとて松にか〻りそめけん

（五一オ）

おとこのたえ〱になりけるころ、いかゞと

とひたる人の返事によめる

高階章行朝臣[此二字無イ]女

258 おもひやれかけひの水のたえ〴〵になり行程の心ぼそさを

いとおしくし侍りけるわらはの、大僧正
行尊がもとへまかりにければいひつかはしける

律師仁祐

259 鶯は木づたふ花の枝にても谷の古巣をおもひわするな

返事、わらはにかはりて

大僧正行尊

260 うぐひすは花のみやこも旅なれば谷のふるすをわすれやはする

左衛門督家成、なが月のつごもり比にはじめて
女に物いひそめて、いかなることかありけん、

（五一ウ）

たえてをとづれ侍らざりけるが、その冬の比（ヒ）
聞事のあれば、はゞかりてゑなむいはぬと
いはせて侍ける返事によめる（五二オ）

皇嘉門院出雲

261 よをかさね霜とともにしおきぬ（ゐ）ればありしばかりの夢をだにもみず

家に哥合し侍けるに、逢不逢
恋といふことをよめる

中納言国信

262 あふことを（も）我心よりありしかば恋はしぬとも人はうらみじ

藤原仲実朝臣

263 汲見てし心ひとつをしるべにて野中の清水わすれやはする（五二ウ）

関白前太政大臣の家にてよめる

藤原基俊

264 あさぢふに今朝をく露の○（さむけく）けきにかれにし人のなぞやこひしき

心かはりたる男にいひつかはしける　清少納言

265 わすらるゝ身はことわりとしりながらおもひあへぬは涙なりけり

ひさしくをとせぬおとこにつかはしける

よみ人しらず

266 いまよりはとへともいはじ我ぞたゞ人をわするゝことをしるべき

中納言通俊たえ侍にければいひつかはしける

よみ人しらず

267 さりとては誰にかいはむいまはたゞ人をわするゝ心をしへよ

返し　中納言通俊

268 まだしらぬことをばいかでをしふべき人をわするゝ身にしあらねば

（五三オ）

おなじところなる男のかきたえに
ければよめる
和泉式部
269 いくかへりつらしと人をみくまのゝうらめしながらこひしかるらん　（五三ウ）
大江公資にわすられてよめる
相模
270 ゆふ暮はまたれし物をいまはたゝ行らんかたをおもひこそやれ
題しらず　　　読人しらず
271 わすらるゝ人めばかりをなげきにてこひしき事のなからましかば　（五四オ）

詞花和哥集巻第九

雑上

所々の名を四季によせて人々哥よみ
侍けるに、みしまゑの春の心をよめる

源頼家朝臣

272 春がすみかすめるかたや津のくにのほのみしまゑの渡なるらん

堀河院御とき、うへのおのこどもを
御前にめして哥よませさせ給けるによめる

源俊頼朝臣

273 すまの浦にやくしほがまの煙こそ春にしられぬかすみなりけれ

おなじ御時、百首哥たてまつり
けるによめる

（五四ウ）

274　浪たてる松のしづえをくもでにてかすみわたれるあまの橋立

播磨守に侍りける時、三月ばかりに
舟よりのぼり侍けるに、つのくにゝ山ぢといふ所
に参議為通朝臣しほゆあみて侍ると　（五五オ）
きゝてつかはしける

平忠盛朝臣

275　ながゐすなみやこの花も開ぬらん我もなにゆへいそぐ舟出ぞ

修行しありかせ給けるに、桜の花の
さきたるしたにやすませ給てよませ給ける

花山院御製

276　木のもとをすみかとすればをのづから花みる人に成ぬべきかな

人のもとにまかりたりけるに、桜の花

おもしろくさきて侍ければ、あしたにあるじの　（五五ウ）
もとへいひつかはしけん
天台座主源心

277 ちらぬまにいま一たびも見てしかな花にさきだつ身ともこそなれ

花をおしむ心をよめる
大蔵卿匡房

278 春くればあぢかかた（あひがたくイ）のみひとかたにうくてふいおのなこそおしけれ

宇治前太政大臣花見にまかりにけると
聞てつかはしける
堀川右大臣　（五六オ）

279 身をしらで人をうらむる心こそ散花よりもはかなかりけれ

二條関白しら川へ花見になんといはせて

□へりければよめる

小式部内侍

280 春のこぬところはなきを白川のわたりにのみや花は開らん

入道摂政やへ山吹をつかはして、いかゞみると
いはせて侍りければよめる

大納言道綱母

281 たれかこの数はさだめし我はたゞとへとぞおもふ款冬の花

新院位におはしましゝ時、后宮の御かたに、
かんだちめ、うへのをのこどもをめして、藤花年
久といふことをよませさせ給けるによめる

大納言師頼

282 春日山北の藤なみさきしよりさかゆべしとはかねてしりにき

修理大夫顕季みまさかのかみに侍ける時、人々いざなひて右近のむまばにまかりて郭公まち○(侍)けるに、俊子内親王の女房二車まうできて連歌しうたよみなどしてあけぼのにかへり侍けるに、かの女房の車のより

（五七オ）

283 みまさかやくめのさら山とおもへどもわかの浦とぞいふべかりける

この返事せよといひ侍ければよめる

贈左大臣

284 和哥の浦といふにてしりぬ風ふかば浪のよりこと思ふなるべし

左衛門督家成ぬのびきのたきみにまかりて哥よみ侍けるによめる

藤原隆季朝臣

285 雲井よりつらぬきかくるしら玉をたれ布引の瀧といひけん

（五七ウ）

新院位におはしましゝ時、御前にて、水草
隔船といふことをよみ侍ける
大蔵卿行宗

286 難波えのしげきあしまをこぐ船はさほのをとにぞ行かたをしる

題不知
律師済慶

287 おもひいでもなくてや我身やみなましをばすて山の月みざりせば

ちゝ永実、しなのゝかみにてくだり侍けるともに
まかりてのぼりたりける比、左京大夫顕輔が
家に哥合し侍けるによめる
藤原為真 実イ

288 名にたかきをばすて山もみしかどもこよひばかりの月はなかりき

月のあかく侍ける夜、にイ 人々まできてあそび侍

（五八オ）

けるに、月いりにければけ興ふつきて、をの〳〵かへり
なんとしければよめる

大中臣能宣朝臣

289 月はいり人はいでなばとまりゐてひとりやわれは空をながめん

おほんくしおろさせ給て後、六条院の池
に月のうつりて侍けるを御覧じてよませ給ける

小一条院御製

290 池水にやどれる月はそれながらながむる人のかげぞかはれる

左京大夫顕輔、中宮亮にて侍ける時、下らう
にこえらるべしときゝて、宮の女房のなかにな
げき申たりける返事に誰とはなくて

291 世中をおもひないりそみかさ山さしいづる月のすまん限は

（五八ウ）

田家月といふ事をよませ給ける
新院御製

292 月きよみ田中にたてるかりいほのかげばかりこそくもりなりけれ　（五九オ）

新院位におはしましゝ時、月のあかく侍ける
夜、女房につけてたてまつらせ侍ける
大政（ママ）大臣

293 すみのぼる月の光にさそはれて雲の上まで行心かな

あれたるやどに月のもりて侍けるをよめる
良暹法師

294 板まより月のもるをもみつる哉やどはあらしてすむべかりけり（るイ）

題不知
内大臣

295 くまもなく（雲もイ・雲まなくイ）しのだの杜のしたはれてちえの数さへみゆる月かげ　（五九ウ）

山家月をよめる

源道済

296 さびしさに家でしぬべき山ざとを今夜の月に思とまりぬ

新院殿上にて、海路月といふことをよめる

平忠盛朝臣

297 ゆく人もあまのとわたる心ちして雲のなみ路に月をみるかな

題不知

橘為仲(義イ)朝臣

298 君まつと山のは出てやまのはに入まで月をながめつる哉

堀川院御時、中宮御かたにまいりて女房に
物申けるほどに、月の山のはよりたちのぼりける
をみて、をんなの、月はまつにかならずいづるなん
あはれなるといひければよめる

（六〇オ）

大納言公實

299 いかなればまつにはいづる月なれどいるを心にまかせざるらん

題不知　　　　花山院御製

300 こゝろみにほかの月をもみてしがな我やどからのあはれなるかと

月のあかく侍ける夜、前大納言公任まうでき
たりけるを、する事侍てをそくいであひければ、
まちかねてかへり侍にければつかはしける

中務卿具平親王

301 うらめしくかへりけるかな月夜にはこぬ人をだに待とこそきけ

屛風のゑに山のみねにゐて月みたる人かき
たるところによめる　大江嘉言

302 かご山の白雲かゝるみねにてもおなじたかさぞ月はみえける

（六〇ウ）

家に歌合し侍けるによめる
左京大夫顕輔

303 よもすがらふじのたかねに雲きえて清見がせきにすめる月かげ

(六一オ)

山城のかみになりてなげき侍ける比、月の
あかゝりける夜、まできたりける人のいかゞ
おもふととひ侍ければよめる
藤原輔尹朝臣

304 山城のいはたのもりのいはずとも心のうちは(を)てらせ月影

ひさしくをとせぬ人のもとへ月あかき夜いひ
つかはしける
中原長國

305 月にこそむかしの事はおぼえけれ我をわするゝ人にみせばや

やましな寺にまかりたりけるに、宗(宋イ)延法師にあひて

(六一ウ)

よもすがら物いひ侍けるに、有明の月みかさ山より
さしのぼりけるをみてよめる
琳賢法師
306 ながらへばおもひ□でにせむ思出よ君と（かイ）みかさの山のはの月
京極前太政大臣家歌合によめる
大蔵卿匡房
307 相坂のせきの杉はらしたはれて月のもるにぞまかせたりける
つくしよりかへりまうできて、もとすみ侍ける所
のありしにもあらずあれにけるに、月のいと
（六二オ）
あかく侍ければよめる
帥前内大臣
308 つれ〲とあれたるやどをながむれば月斗こそむかしなりけれ

題不知　　　　高松上

309 ふかく入てすまばやと思ふ山のはをいかなる月の出るなるらん

たがひにつゝむことあるおとこのたやすくあら（はイ）
ずとうらみければよめる

和泉式部

310 をのが身のをのが心にかなはぬをおもはゞ物はおもひしりなん

しのびけるおとこのいかゞおもひけん、五月五日の朝
に、あけてのちかへりて、けふあらはれぬるなんうれ
しきといひたりける返事によめる

（六二ウ）

311 あやめ草かりにもくらむ物ゆへにねやのつまとや人のみつらん

保昌にわすられて侍ける比、兼房朝臣のとひ
て侍ければよめる

312　人しれず物思ふを（ことイ）ばならひにき花にわかれぬ春しなければ

藤原盛房かよひける女をかれくになりて
のち、神な月のはつか比にしぐれのしける日、
（六三オ）
なにごとかといひつかはしたりければ母の
返事とていへりける

よみ人不知

313　おもはれぬ空のけしきをみるからに我もしぐるゝ神な月かな

題不知

待賢門院堀川

314　あだ人はしぐるゝ夜はの月なれやすむとてえこそたのむまじけれ

たえにけるおとこの、五月ばかりおもひかけず
まうできたりければよめる

よみ人しらず
（六三ウ）

315 たがさとにかたらひかねて郭公かへるやまぢのたよりなるらん

たのめたる夜、みえざりけるおとこの、ゝちにまうできたりけるに、いであはざりければ、いひ煩(わイ)ひてつらき事をしらせつるなどいはせ○(たり)ければよめる　清少納言

316 よしさらばつらさは我にならひけりたのめてこぬは誰かをしへし

かきたえたるおとこの、いかゞおもひけん、きたりけるが、かへりけるあかつきにあめのいたくふりければあしたにいひつかはしける　江侍従

317 かづきけむたもとは雨にいかゞ(かゞ)せしぬるゝはさても思しれかし

題不知　曽祢好忠

(六四オ)

318 ふかくしもたのまざるらむ君ゆへに雪ふみ分てよな〳〵ぞゆく

いたく忍びけるおとこのひさしくをとせざりければいひつかはしける

赤染衛門

319 よの人のまだしらぬまのうす氷みわかぬほどに消ねとぞおもふ

いひわたりけるおとこの、八月ばかり袖の露けさなどいひたりける返事によめる

和泉式部

320 秋はみなおもふ事なき荻の葉も末たはむまで露はをくめり

藤原隆時朝臣物いひ侍けるをんなをたえにければ、弟忠清かよひ○侍けるもほどなくわすれ侍にければ、その忠清が弟隆重にあひぬときゝて、かの女にい

（六四ウ）

ひつかはしける　藤原忠清

321 いかなればおなじながれの水にしもさのみは月のうつるなるらん

題しらず　相模

322 すみ吉のほそえにさせるみをつくしふかきにまけぬ人はあらじな

（六五オ）

物おもひけるころよめる

大納言通綱（ママ）母

323 ふる雨のあしともおつる涙かなこまかに物をおもひくだけば

おもふ事侍ける比いのねられず侍ければ、よもすがらながめあかして有明の月のくまなく侍けるが、にはかにかきくらし時雨けるをみてよめる

赤染衛門

324 神な月有明の空（月イ）の時雨ゝを又我ならぬ人やみるらん

（六五ウ）

忍びに物おもひける比よめる
出羽弁

325 しのぶるもくるしかりけり数ならぬ身には涙のなからましかば

しのびた（け）るおとこの、なりけるきぬをかしがまし
とてをしのけければよめる
和泉式部

326 をとせぬはくるしき物を身にちかくなるとていとふ人も有けり

をもくわづらひけるに、たちをくれなばゐなん
ながらふまじきといひたるおとこの返事によめる
大弐三位

（六六オ）

327 人の世に二たびしぬる物ならばしのびけりやと心みてまし

題不知
左大弁俊雅母

328 夕ぎりにさのゝふなはし音せ(す)也たなれの駒のかへりくるかも

長元八年宇治前太政大臣の家に歌合し
侍けるに、かちがたのをのこどもすみよしにまう
でゝ哥よみ侍けるによめる

式部大輔資業

329 住吉(のえイ)のなみにひたれる松よりも神のしるしぞあらはれにける

（六六ウ）

ものへまかりけるみちに人のさうぶをひきけるを
ながきねやあると、こはせけるをおしみ○(侍)ければよ
める

周防内侍

330 いかでかくねをおしむらんあやめぐさうきには声もたてつべきよを

冷泉院へたかむなたてまつらせ給とてよませ
給ける

花山院御製

331 世中にふるかひもなき竹の子はわがつ（へ）むとしをたてまつる也

御返し　冷泉院御製

332 としへぬるたけの齢をかへしてもこの世をながくなさんとぞ思　（六七オ）

おとこを恨てよめる

和泉式部

333 あしかれとおもはぬ山のみねにだにおふなるものを人のなげきは

つのくにゝこそべといふ所にこもり○（ゐ）て、前大納言

公任の（が）もとへいひつかはしける

能因法師

334 ひたぶるに山田もる身と成ぬれば我のみ人をおどろかすかな

後二条関白はかなき事にてむづかり侍ければ、

家のうちには侍ながらまへにもさしいで侍らで女　（六七ウ）

房の中にいひ入○（侍）ける

源仲正

335 みかさ山さすがにかげにかくろひてふるかひもなきあめの下かな

おほやけの御かしこまりにて侍けるを、僧正深覚まうし
ゆるして侍ければ、そのよろこびに五月五日まか
りてよめる

平致経

336 君ひかず成なましかばあやめ草いかなるねをか今日はかけまし

長恨哥の心をよめる

源道済

337 おもひかね別しのべ（あとをイ）をきてみればあさぢが原に秋風ぞ吹

みちのくにのにんはてゝのぼり侍けるに、たけ
くまの松のもとにてよめる

338 故郷へ我はかへりぬたけくまのまつとはたれにつげよとかおもふ

橘為仲朝臣

よにしづみて侍ける比、かすがの冬のまつりに
へいたて○(まつり)けるに、おぼえける事(はおぼえける)をみてぐらに○(かき)つけ侍
ける

左京大夫顕輔

339 枯はつる藤のすゑ葉のかなしきはたゝ春の日を契ばかりぞ

帥前内大臣あかしに侍ける時、恋かなしみてやまひ
になりてよめる

高内侍

340 よるのつる都のうちにはなたれて(こめられて)子を恋つゝもなきあかすかな

堀川院御時百首哥たてまつりけるによめる

大納言師頼

341 身のうさは過ぬるかたを思ふにも今ゆく末の事ぞかなしき

（六八ウ）

大蔵卿匡房

342 埋木のしたはくつれどいにしへの花の心はわすれざりけり

だいしらず　　　　大納言伊通

343 今はたゞむかしぞつねに恋らるゝのこりありしを思出にして

（六九オ）

小野宮右大臣のもとにまかりてむかしのことなど

いひてよめる　　　清原元輔

344 老てのちむかしを忍ぶ涙こそこゝら人めを忍ばざりけれ

題不知　　　　　賀茂政平

345 ゆく末のいにしへばかり恋しくはすぐる月日もなげかざらまし

新院仰にて百首哥たてまつりけるによめる

藤原季通朝臣

346 いとひても猶おしまるゝいのち（わが身イ）かな二たびくべき此世ならねば　（六九ウ）

神祇伯顕仲ひろたにて歌合し侍とて、寄月
述懐といふことをよみてとこひ侍ければ
つかはしける　　左京大夫顕輔

347 なには江のあしまにやどる月みれば我身ひとつもしづまざりけり　（七〇オ）

詞華和歌集巻第十

雑下

みやこにすみわびてあふみにたなかみとい
ふ所にまかりてよめる
源俊頼朝臣

348 あし火たく山のすみかは世中をあくがれいづる（そむる）かどでなりけり

女どものさはにわかなつむを見てよめる

349 しづのめがゑぐつむさはのうす氷いつまでふべき我身なるらん

四位して殿上おりて侍ける比、鶴鳴臯とい
ふことをよめる
藤原公重朝臣

350 むかしみし雲井を恋てあしたづのさはべに鳴や我身なるらん

新院六条殿におはしましける時、月のあかく侍

ける夜、御ふねにたてまつりて、月前言志とい
ふことをよませ給けるによみ（よめる）侍ける
右近中将教長

351 みか月の又あり明に成ぬるやうき世にめぐるためしなるらん

桜花のちるをみてよめる
藤原実方朝臣

352 ちる花に又もやあはんおぼつかなその春までとしらぬ身なれば

世中さはがしくきこえける比よめる
増基法師

353 朝なく〵鹿のしがらむ萩か（のイ）えのすゑ葉の露のありがたの世や

秋のゝをすぎまかりけるに、おばなの風になびくを
みてよめる
源親元

（七一オ）

354 花すゝきまねかばこゝにとまりなんいづれの野べもつゆ（つゐイ）のすみかぞ

心ちれいならずおぼされける比よみ給ける

四条中宮

355 よその（ヒに）みしお花がすゑのしら露はあるかなきかの我身也けり

世中はかなくおぼえさせ給ける比、よませ給ける

花山院御製

356 かくしつゝ今はとならむ時にこそくやしき事のかひもなからめ

入あひのかねの声をきゝてよめる

和泉式部

357 夕ぐれは物ぞかなしきかねのをとをあすもきくべき身を（ヒと）ししらねば

大納言忠教身まかり○（に）けるのちの春、うぐひすの

なくをきゝてよめる

藤原教良母

358 うぐひすのなくに涙のおつるかな又もや春にあはんとすらむ（おもへばイ）

はかなきことのみおほくきこえける比よめる

法橋清昭

359 みな人のむかしがたりに成ゆくをいつまでよそにきかんとすらん

夏の夜はしに出ゐてすゝみ侍けるに、夕やみのいとくらく侍ければよめる

神祇伯顕仲母（ミ）（女）

360 此世だに月まつほどはくるしきにあはれいかなるやみにまどはん

（七二ウ）

病おもくなり侍○（に）ける比、雪のふるをみてよめる

良暹法師

361 おぼつかなまだみぬみちをしでの山雪ふみ分てこえんとすらん

362
大江挙周朝臣をもくわづらひてかぎりにみえ
侍ければよめる　　赤染衛門
かはらむといのる命はおしからでさてもわかれん事ぞかなしき

やまひをもくなり侍にければ、三井寺へまかり
て京の房にうへをきて侍けるやへこうばいを、
今は花さきぬらん、○見ばやといひければ、おりにつかはして見
せければよめる　　大僧正行尊

363
此世には又もあふまじ梅花ちり〴〵ならむ事ぞかなしき
そのゝちほどなく身まかりにけるとぞ

人のしゐをとらせて侍ければよめる　　読人不知

364
此身をばむなしき物としりぬればつみえん事もあらじとぞおもふ

題不知　　増基法師

365 わがおもふことのしげさにくらぶればしのだの杜の千枝は物かは

大江以言

366 あじろにはしづむみくづもなかりけりう□（う□）のわたりに我やすまゝし

（七二ウ）

大原にすみはじめける比、俊綱朝臣のもとへいひつかはしける　　良暹法師

367 おほ原やまだすみかと（まイ）もならはねば我やどのみぞ煙たえ（たイ）ける

題不知　　賢智法師

368 なみだ川そのみなかみを尋ぬればよをうきめよりいづる也けり

此集えらび侍とて家の集こひて侍ければよめる　　太政大臣

369　おもひやれ心の水のあさければかきながすべきことの葉もなし　（七四オ）

周防内侍あまになりぬときゝていひつかはしける

大蔵卿匡房

370　かりそめのうき世のやみをかき分てうらやましくもいづる月かな

法師になりて後、左京大夫顕輔が家に
て、かへるかりをよめる　沙弥蓮寂

371　かへる雁にしへゆきせばたまづさに思ふ事をばかきつけてまし

題不知　よみ人不知

372　身をすつる人はまことにすつるかはすてぬ人こそすつる成けれ

藤原実宗ひたちのすけに侍□るとき、大蔵　（七四ウ）
省のつかひどもきびしくせめけれ□、卿匡房に
いひて侍ければ遠江にたて（きり）かへて侍ければいひ

つかはしける　　　　　　太皇太后宮肥後

373 つくば山ふかくうれしと思ふかなはまなの橋にわたす心は（をイ）（は）

下らうにこえられて堀川関白のもとに侍ける
人のもとへ、おとゞにも見せよとおぼしくてつか
はしける　　　　　　大中臣能宣朝臣

374 としをへて星をいたゞくくろ髪の人よりしもに成にけるかな

白川院くらゐにおはしましける時、修理大夫
顕季につけて申さする事侍けるを、宣旨のを
そくだりければその冬比いひつかはしける
　　　　　　　　　　津守国基

375 雲のうへは月こそさやにさえわたれ又とゞこほる物やなになる（りイ）

返し　　　　　　　　　　修理大夫顕季

（七五オ）

376 とゞこほる事はなけれど住吉のまつ心にやひさしかるらん

新院位におはしましゝ時、うへのをのこどもをめして述懐のうたよませさせ給けるに、白河院の御ことをわするゝ時なくおぼえ侍ければ

大納言成通

377 しら川のながれをたのむ心をばたれかは空にくみてしるべき

（七五ウ）

堀川院御時百首哥中によめる（たてまつりけるイ）

大蔵卿匡房

378 もゝとせは花にやどりてすぐしてき此世はてうの夢に（そ）ありける

新院位におはしましゝ時、中宮、春宮の女房はかなきことによりいどみかはして、かんだちめ、うへのをのこどもをかたわきてことにつけつゝ哥をよ

みかはしけるに、うへ、中宮の御方にわたらせ給へり（七六オ）
けるを、かた人にとりたてまつりてなんさるべき
事いひつかはせとをの〳〵申ければよみて
つかはしける　新院御製

379 久かたのあまのかぐやまいづる日も我かたにこそひかりさすらめ

むすめのさうしかゝせけるおくにかきつけゝる
源義国妻

380 このもとにかきあつめつることの葉をはゝその杜のかたみとはみよ

左京大夫顕輔あふみのかみに侍ける時、とをき
こほりにまかれりけるにたよりにつけていひつかはしける（七六ウ）
関白前太政大臣

381 思かねそなたの空をながむればたゞ山のはにかゝるしら雲

新院位におはしましゝ時、海上遠望といふ
ことをよませ給けるによめる

382 わたの原こぎ出てみれば久かたの雲井にまが（よイ）ふ奥つしら波

後冷泉院御時大嘗会主基方御屛風
に、備中国たかくら山にあまたの人花つみ
たるかき（た）かけるところによめる
藤原家経朝臣

383 うちむれてたかくら山につむ物はあらたなき（る）世のとみ草の花

今上大嘗会悠紀方○（御）屛風○（に）あふみのくに
いたくらの山田にいねおほくかりつめり、これを
人みたるかたかきたる所によめる
左京大夫顕輔

384 いたくらの山田につめるいねをみておさまれる世の程をしる哉

（七七オ）

円融院御時、[此二字無イ]堀川院にふたゝび行幸せ
させ給けるによめる
曽祢好忠

385 みなかみの[のイ]さだめ[にさだめて]なければ君が代に二たびすめるほり川の水

(七七ウ)

ありまのゆにまかりたりけるによめる
宇治前太政大臣

386 いさやまたつゞきもしらぬたかねにてまづくる人に都をぞとふ

くまのへまうでけるみちにて月をみて
よめる
道命法師

387 宮こにてながめし月のもろともに旅の空にて[も]出にけるかな

はりまに侍ける時、月を見てよめる
帥前内大臣

(七八オ)

388 都にてながめし月をみる時はたびの空ともおぼえざりけり

しなのゝかみにてくだりけるにかざこしのみね
にてよめる　　藤原家経朝臣

389 かざこしのみねのうへにてみる時は雲は麓の物にぞ有ける

藤原頼任朝臣みのゝかみにてくだり侍けるに
ともにまかりて、そのゝちとし月をへてかの国の
かみになりてくだり侍て、たる井といふ
いづみを見てよめる

藤原隆経朝臣

390 むかしみしたる井の水はかはらねどうつれる影ぞ年をへにける

帥前内大臣はりまへまかりけるともにて、かはじり
をいづる日よみ侍ける

（七八ウ）

大江正言

391 おもひいでもなきふるさとの山なれどかくれゆくはた哀なりけり

三条前太政大臣身まかりて後月をみてよめる

前大納言公任

392 いにしへをこふる涙にくらされておぼろにみゆる秋のよの月

むすめにをくれてなげき侍ける人に、月のあかかりける夜いひつかはしける

堀川右大臣

393 そのことゝおもはぬだにも有物をなに心ちして月をみるらん

あはたの右大臣身まかりにける比よめる

藤原相如

394 夢ならで又もあふべき君ならばねられぬいをもなげかざらまし

（七九オ）

395
堀川中宮かくれ給てわざの事はてゝあしたに
よませ給ける
円融院御製
思かねながめしかどもとりべ山はては煙もみえず成にき
（七九ウ）

396
一条摂政身まかりにける比よめる
少将義孝
夕まぐれこしげき庭をながめつゝ木葉とゝもにおつる涙か

子のおもひに侍ける比、人のとひて侍ければよめる
待賢門院安藝
397
人しれず（かぎりなくイ）物思ふ事もありしかどこの事ばかりかなしきはなし

兼盛子にをくれてなげくときゝていひつかはしける
清原元輔
398
おひたゝで（たゝでイ）（たてゝ）かれぬときゝしこのもとのいかでなげきの杜と成らん
（八〇オ）

天暦のみかどかくれさせおはしまして、七月七日
に御忌はてゝちりぐにまかりいでけるに、女房
の中にをくり侍ける

399 今日よりは天の川ぎりたち別いかなる空にあはんとすらん

返し
よみ人不知

400 七夕は後のけふ（けふをもイ）（空とも）を□たのむらん心ぼそきは我身なりけり

むすめにをくれてぶくき侍とてよめる
神祇伯顕仲

401 あさましや君にきすべき墨染の衣の袖をわがぬらすかな（らんイ）

（八〇ウ）

大江匡衡身まかりて又のとしの春、花をみて
よめる
赤染衛門

402 こぞの春ちりにし花もさきにけりあはれ別のかゝらましかば

右兵衛督公行めにをくれて侍ける比、
女房につけて申さする事侍ける御返事に
よませ給ける

新院御製

403 いづるいきのいるをまつまもかたき世を思しるらむ袖はいかにぞ

後冷泉院御時蔵人にて侍けるに、みかど
かくれさせおはしましにければよめる

藤原有信朝臣

404 なみだのみ袂にかゝる世中に身さへくちぬる事ぞかなしき

おとこにをくれてよめる

よみ人しらず

405 おりくのつらさをなにゝなげきけんやがてなきよもあれば有けり

406
人の四十九日の誦経文にかきつけ○(たり)ける
人をとふかねの声(こゑイ)(をと)こそあはれなれいつか我身にならんとすらん
にゐまいりし○(て)侍ける女のまへゆるされてのち、
ほどなく身まかりにければよみ給ける
四条中宮

(八一ウ)

407
くやしくもみそめ(なれイ)けるかななべて世のあはれとばかりきかまし物を
いなりの鳥居にかきつけて侍(ヒ)ける哥
よみ人しらず

408
かくてのみ世に有明の月ならば雲かくしてよあまくだる神
おやの処分を○(ゆへなく人にをしとられけるを)、この事ことはり給へといなりの(に)
こもりていのり申ける法師の夢に、やしろの
うちよりいひいだし給へりける哥

(八二オ)

409 ながき世のくるしき事をおもへかしなにいのるらん(なげくらん)かりのやどりに(やどりにイ／この世を)

賀茂のいつきときこえける時、にしにむかひて
よめる
選子内親王

410 おもへどもいむとていえぬ事なればそなたへむきてねをのみぞなく

信解品、周流諸国五十餘年といふことを
よめる
神祇伯顕仲

411 あくがるゝ身のはかなさはもゝとせのなかば過てぞおもひしらるゝ

即身成佛といふことをよめる
よみ人不知

412 露の身のきえてほとけになる事はつとめて後ぞしるべかりける

舎利講のつゐでに願成佛道の心を人々に
よませ侍けるに。よめる(よみ侍ける)

関白前太政大臣

413 よそになど佛の道をたづねけん我心こそしるべなりけれ

左京大夫顕輔

414 いかでわれ心（がイ）の月をあらはしてやみにまどへる人をてらさん

常在霊鷲山の心（といふイ）をよめる

登蓮法師

415 世中の人の心のうき雲にそらがくれするあり明の月

（八三オ）

（八三ウ）

（八四オ） 空白

本云
以飛鳥井贈亜相法名○祐雅 雅世 自筆本
文明六年十月十八日染筆同
廿一日終書写之功了
按察使藤親 判
同夜校合了
（八四ウ）

相違無之候
一後小松院様詞花和歌集
書継飛鳥井雅教卿筆
（八五オ）

知譜拙記ニ権大納言正二位元雅教改雅春　文禄三、正十二、薨
七十五法名了雅
飛鳥井雅教は雅春
之元名なり　雅世卿ハ五代ノ先人ナリ
永亨十三出家
法名祐雅
文禄三年正月十二日七十五歳薨

人王百一代　将軍足利義満公三代　廉苑院
南朝弘和二年　北朝永徳
後小松院　諱　幹仁　後円融院第一
皇子　母　藤原厳子号通陽門院
永亨五　五十七

（八五ウ）

解題

大妻女子大学図書館所蔵の「詞花和歌集」（以下、大妻本）については、はやく昭和六十三年度大妻女子大学文学部国文学科卒業生である渋谷文代氏が卒業論文のテーマとして調査研究を行い、大妻国文第二十一号（平成二年三月）誌上に「大妻女子大学図書館蔵『詞花和歌集』の研究」として掲載している。本解題も主に渋谷氏の研究に拠らせていただく。

一　体裁・書誌等

最初に渋谷論文を転載する。ただし、引用中で＊以下は補足した。

大妻女子大学図書館所蔵「詞花和歌集」（以下、大妻本と略称する）は、桐箱入りで、箱の蓋の裏側には次のような記述がある。

四半本　一冊

後小松天皇宸筆

第九之巻雑部新院位におはしましし時云々

春日山北の藤なみの哥以下末まで書継

飛鳥井殿雅教卿　真　蹟

各芳翰無御相違者也

＊「巻」は誤植を訂正した。

大正十四乙丑年
三伏中旬　古筆了信

該本（大妻本）は列帖装一冊本で、縦十九、二センチメートル、横十四、二センチメートル。表紙は布製で、緑色を基調とした地模様に、やはり緑色で蝶と、金色で花のような模様がそれぞれ織り込まれ、表紙及び裏表紙の見返しには、金泥がほどこされている。本文料紙は厚手の楮紙で、表紙・裏表紙のほか、墨付八十五丁から成る。第一丁表の左上には、次のように書かれた極札が貼られている。

後小松院　詞花和歌集全部
　　　　　書継飛鳥井殿雅教卿

＊「琴山」の極印がある。

右で示されているように、大妻本は二筆による書写であるとされ、その境は第五七丁表で、「雑上」の大納言師頼歌「春日山北の藤波…」（新編国歌大観番号282）の詞書冒頭以降、筆者が後小松院から飛鳥井雅教に変わったとされる（料紙も若干薄地のものとなっている）。また、極札については、このたび中村健太郎氏の私信による御示教によって、「極印と筆跡から、古筆別家二代・古筆了任（一六二九—一六七四）の鑑定」とのことが判明したことを付言する。

本文の書写形態としては、外題・内題ともになく、第二丁表一行目に「詞花和歌集巻第一」とし、次行に部立名を記し、次行から本文が始まる。全十巻中で「賀」以外は、丁の表または裏の一行目を新たな巻の初めとする。

一面は八行が基本でまれに九行や七行がある。詞書は一行が二十字余りまでとし長文は折返す。和歌は一行書きが基本である。本文は第八三丁裏の一行余で終わり、総歌数四百一首を収める。八四丁裏には「本云、以飛鳥井贈亜相…」が記され、八五丁表には「相違無之候…」が貼付されている。八五丁表と裏見返しの間には「智譜拙記…」「人王百一代…」の二紙が挿入されている。

一目でわかることとして、「恋上」に属す新編国歌大観番号207の詞書で終わる第四二丁表から、第四三丁裏までの四面が空白（別紙の補入と見られる）で、そこに位置すべき和歌十一首を欠く。大妻本では、通常一面に二首から三首の書写がなされている。空白となっている四面は、欠けている十一首がちょうど収まることになる。直前に207の詞書と作者名が四一丁裏末にあり、四四丁表が217の詞書の初めからあることからすれば、糸綴じが何らかの事情で外され復元する時に生じた事故による欠損なのか、あるいは筆者は親本の該当箇所に何らかの事情による欠陥があって書写を断念し、後に書き込むことができるためのスペースとして四面の空白を設けたのだろうか。

二　伝本としての特色

以下では、大妻本について「詞花和歌集」の伝本の中での特色を記すが、その前に「詞花和歌集」の伝本全体に触れたい。

「詞花和歌集」の伝本系統は成立事情を反映している。すなわち、崇徳上皇の命を受けた藤原顕輔が仁平五年（一一五一）に「詞花和歌集」を奏覧に供したが、その時の内容を示す本（初度本）の系統と、院の命により院自身の詠（新編国歌大観番号の8・379・403）と11・199・239の計六首が削除されて再奏された本（二度本）の系統に大きく分けられる。結論を先取りして言えば、大妻本はこの両者のどちらとも判然としない中間本となる。現存百本を越える「詞花集」の伝本について、井上宗雄氏は『天理図書館善本叢書』「詞花和歌集」解題において、①上掲六首及び、416〜420の有無、②7〜13の配列順序、③155・156の配列順序、④263の部立（写本により「賀」と「恋上」がある）を基準に系統の整理を行っている。渋谷氏は、これに大妻本で注目される⑤12と⑥223の詞書の有無についての調査を加えた。

これらについての大妻本の調査結果は、①は379・403・416を有し、②③は新編国歌大観番号順、④も新編国歌大観に同じ「恋上」である。⑤は「題知らず」、⑥は「女を恨みてよめる」とある。一見近い関係に見える新編国歌大観は、①が削除された六首に合点を付して有するのみ、

⑤は「春駒をよめる」とあり、⑥は「題知らず」であるという差がある。
渋谷氏は、多くの写本中、内閣文庫本（200・112）と中野幸一氏蔵本の二本が、417を有し、⑥が「題知らず」であるという二点のみの違いで大妻本に最も近いとしている。また、佐賀大学附属図書館鍋島文庫本（現小城鍋島文庫本）も後文に示すように、奥書の点から大妻本に特に近いものかとされる。ちなみに同本は、239と417を有し、④が「賀」である点が大妻本と異なる。

三　書写と成立

大妻本の書写についての情報としては、先に挙げた極札と本奥書として示された記述のみである。極札では、後小松院宸筆に飛鳥井雅教が書き継いだと主張されるが、それが信用できるものか否かは、現存の宸筆資料などに拠る精密な検証が必要である。その私見は五で述べるが、今は試みとして、各記述をそのまま承認した上での理解の整合性を求めた結果を示すこととする。

まず極札の記述だが、第九巻「春日山…」の詠の前までが後小松院宸筆、ここから巻末までが飛鳥井雅教筆との鑑定を示す。大妻本でこの箇所を境に全体が二筆からなることは間違いないが、これについて渋谷氏は二度本での被除歌が第九巻以下についてのみ残されていることから、第九巻以降の親本が初度本で、第八巻までは二度本だったという可能性を述べている。蓋然性の高い推測と思われるが、厳密に言えば、第九巻で筆者の変わる前までの親本が二度本で、筆者が変わってからの親本が初度本だということだろう。

一方、本奥書では飛鳥井雅世自筆本を書写した旨が記され、その筆者は「藤親判」とある。渋谷氏は、左に掲げる大妻本に酷似した佐賀大学附属図書館鍋島文庫本（現小城鍋島文庫本）の奥書を示された。

本云
以飛鳥井贈亜相（雅世 法名祐雅）自筆本
文明六年十月十八日染筆同廿一日
終書写之功畢
同夜校合了
一本
同廿二日申出伏見殿御本重校之
按察使藤親長

一本
文明六年十一月十日又校合之件本奥書
云以顕輔卿自筆　奏覧本書写訖

一本
以冷泉中納言為秀卿相伝本為家卿自筆
不違字形取透写之畢尤可為証本而巳
件本猶有不審此奥書不審之　親長
此本仰青侍定綱書写之後日校合畢
文明十六年五月五日
同八月十七日以雅俊中将自筆又校合畢

この冒頭部は大妻本に酷似し、両者における何らかの関連を推測させる。まず大妻本の「藤親」とは「藤原親長」、すなわち甘露寺親長であると考えて良いだろう。この本奥書の重なりによって、大妻本と佐賀大学本は、何代か前の親本が共通していただろうと推測される。

次に極札と奥書との間の整合性はどのように考えたら良いのだろうか。それを考える前提として、後小松院以下の人物について、生年が早い順に生没年を示すと以下のようになる。

後小松院……一三七七―一四三三
飛鳥井雅世…一三九〇―一四五二
甘露寺親長…一四二四―一五〇〇
飛鳥井雅教…一五一九―一五九四

この中で雅世については、新続古今集を編纂する際に後小松院の和歌を集中第二位に遇しているなどの二人の関わりの深さも気になるところではある。一方、ここから伺われる一つの可能性としては、後小松院宸筆とされる部分とは別に、雅教筆部分について、その親本を遡った結果が、五代前の飛鳥井雅世自筆本を文明六年（一四七四）に親長が書写したという本に至るのではないかと思うのである。雅教筆とされる部分について何代か前の親本から転載されたのが大妻本の奥書ではないかと思う。大妻本は、このように親本を異にする後小松院宸筆とされる部分と雅教筆部分を取り合わせてできあがったのであろうと推測するのである。

四　大妻本の字体

大妻本の筆者は極札の記載によれば、後小松院と飛鳥井雅教であるとされる。雅教筆については、後に示す雅教の後年の名である雅春筆による⒨との一致でほぼ間違いないと思われる。後小松院宸筆についても、後に示すように「乃」「山」「月」などの字体から、ほぼ確かではないかとの心証を持つに至っているが、その根拠として、後小松院宸筆を称する資料から管見に触れ得たものと大妻本との字体を示すこととする。以下では⒜～⒨の該当資料名を示し、後にその字体とともに大妻本の注目される字体を示す（番号は本文の新編国歌大観番号）。

⒜『宸翰英華』「後小松天皇宸筆女房奉書（其の二）」（紀元二千六百年奉祝会　一九四四刊）
⒝『大東急記念文庫　善本叢刊　中古中世編　別巻三』「手鏡　鴻池家旧蔵」（汲古書院　二〇〇四・八刊）
⒞『古筆切影印解説Ⅲ新古今集編―久曽神コレクション』「伝後小松院宸筆四半本」（風間書房　一九九九・三刊）
⒟『陽明叢書国書篇第十五輯　大手鏡・予楽院臨書手鏡』「伝後小松院筆御裳濯河歌合」（思文閣　一九七八・一二刊）

Ⓔ『角川古筆手鏡大成第二巻　手鏡　白鶴美術館蔵』「後小松院　連歌切」「同　歌切」（角川書店　一九八四・五刊）

Ⓕ『角川古筆手鏡大成第六巻　あけぼの上　梅沢記念館蔵』「後小松院　歌集切」（角川書店　一九八六・二刊）

Ⓖ『角川古筆手鏡大成第十巻　翰墨帖　岩国吉川家蔵』「後小松院　散文切」（角川書店　一九八八・六刊）

Ⓗ『徳川黎明会叢書　玉海・尾陽　古筆手鏡篇一』「玉海上　後小松院　歌切」（思文閣　一九九〇・七刊）

Ⓘ『徳川黎明会叢書　蓬左・霜のふり葉・八雲　古筆手鏡篇二』「蓬左　後小松院　歌切」（思文閣　一九八六・二刊）

Ⓙ『徳川黎明会叢書　鳳凰台・水茎・集古帖　古筆手鏡篇四』「集古帖　後小松院　新古今集切」（思文閣　一九八九・三刊）

Ⓚ『徳川黎明会叢書　古筆聚成　古筆手鏡篇五』「後小松天皇　歌切」（思文閣　一九九四・一刊）

Ⓛ『弘法大師入唐一二〇〇年記念　空海と高野山』「重文　後小松天皇宸翰秘調伝授書　西南院」（ＮＨＫ大阪放送局・ＮＨＫきんきメディアプラン　二〇〇三・四刊）

Ⓜ『徳川黎明会叢書　鳳凰台・水茎・集古帖　古筆手鏡篇四』「集古帖　飛鳥井殿雅春卿
千載集切」（思文閣　一九八九・三刊）

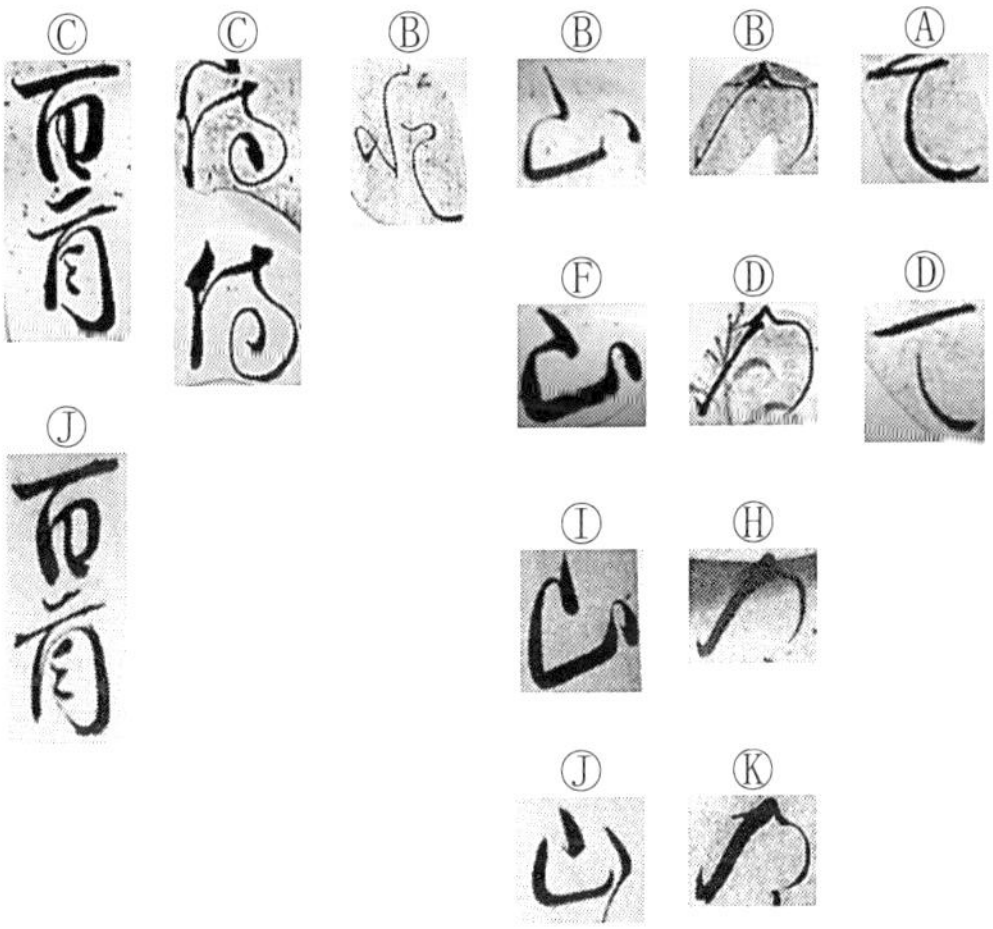

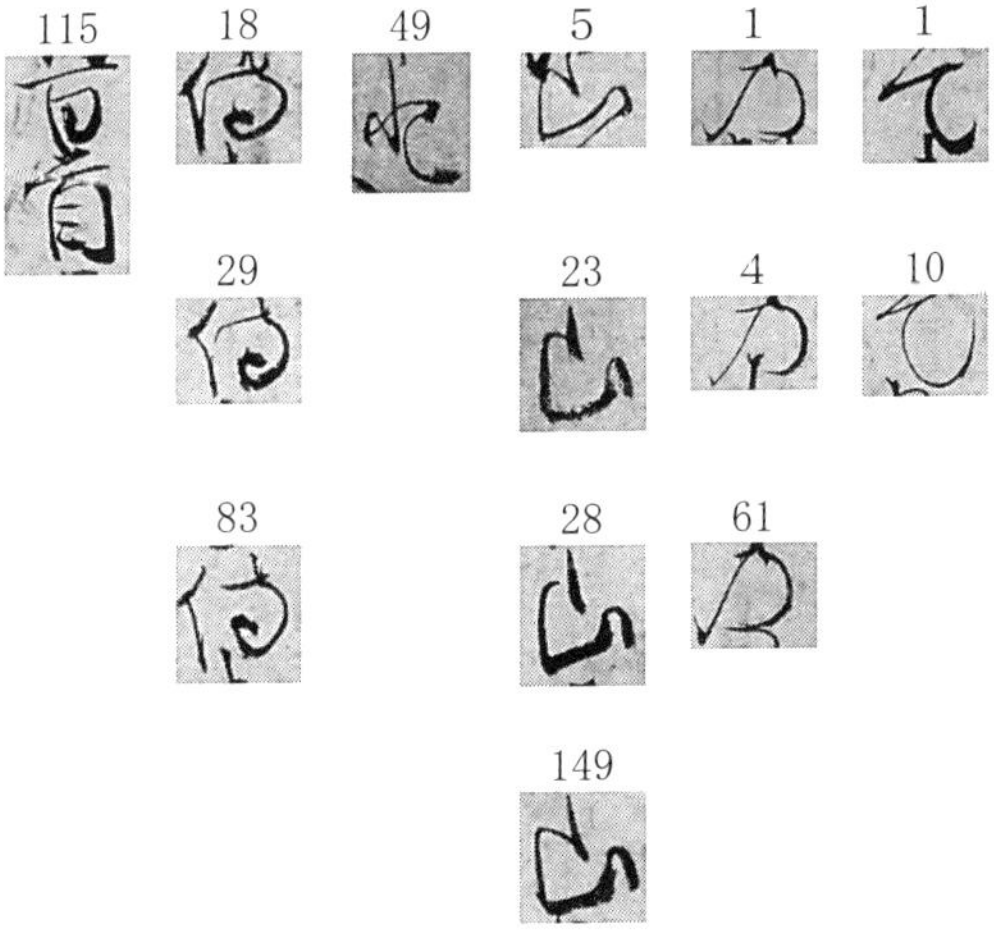

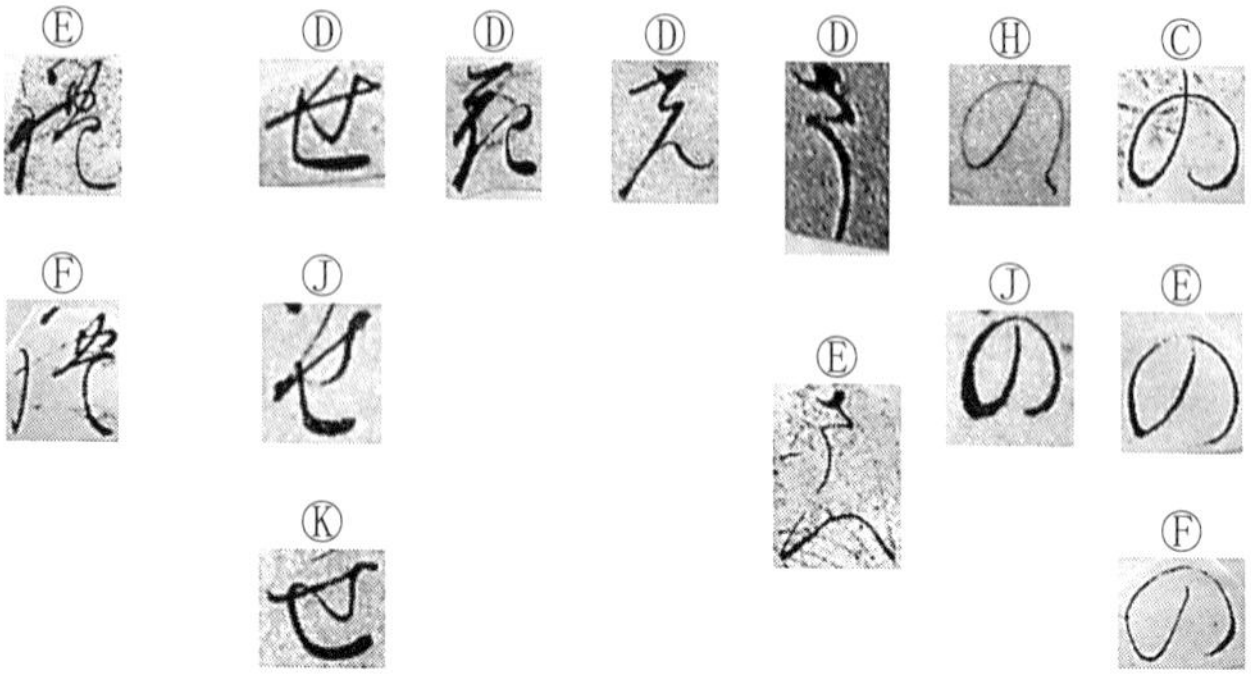
Ⓔ Ⓓ Ⓓ Ⓓ Ⓓ Ⓗ Ⓒ
Ⓕ Ⓙ Ⓙ Ⓔ
Ⓔ
Ⓚ Ⓕ

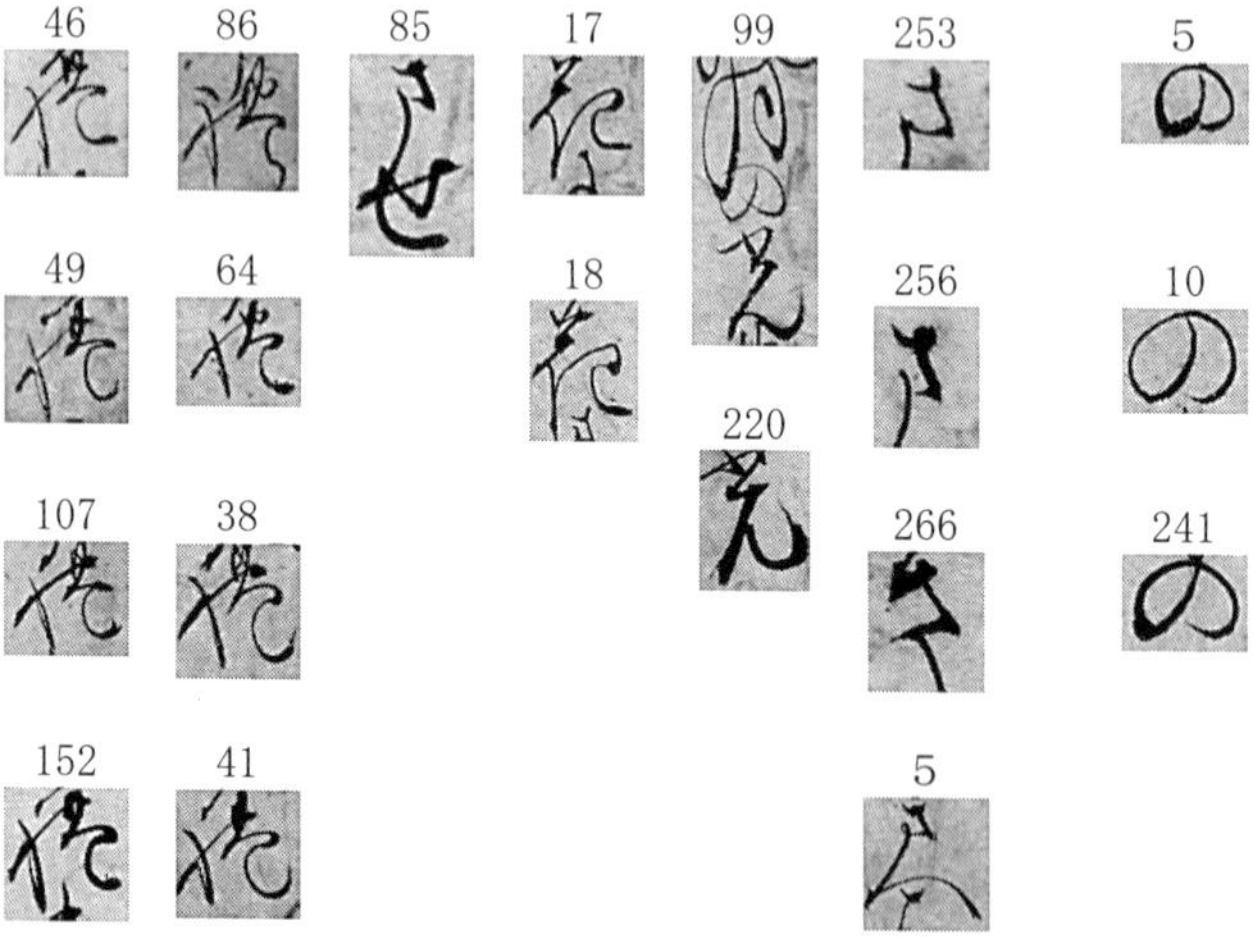
46 86 85 17 99 253 5
49 64 18 256 10
220
107 38 266 241
152 41 5

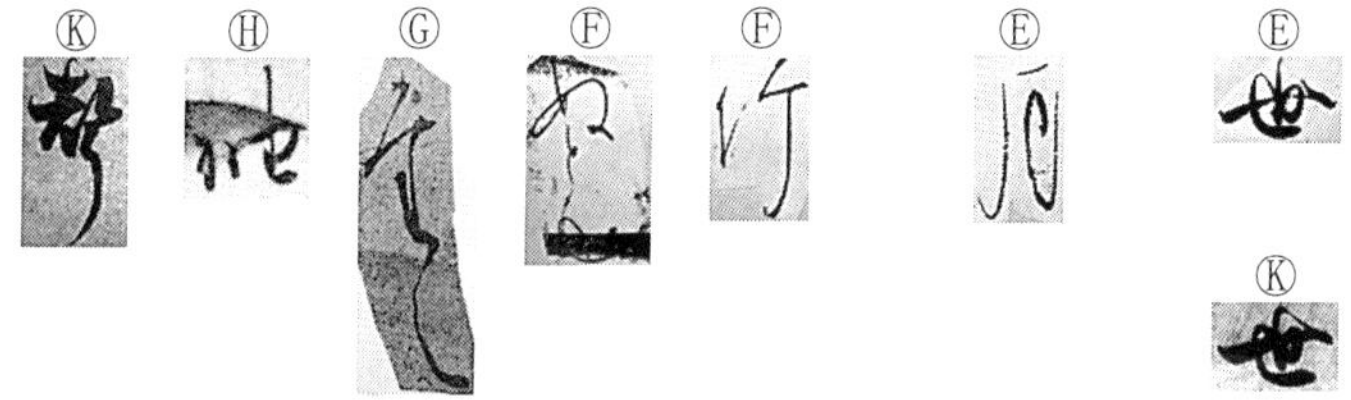
Ⓚ
Ⓗ
Ⓖ
Ⓕ
Ⓕ
Ⓔ
Ⓔ
Ⓚ

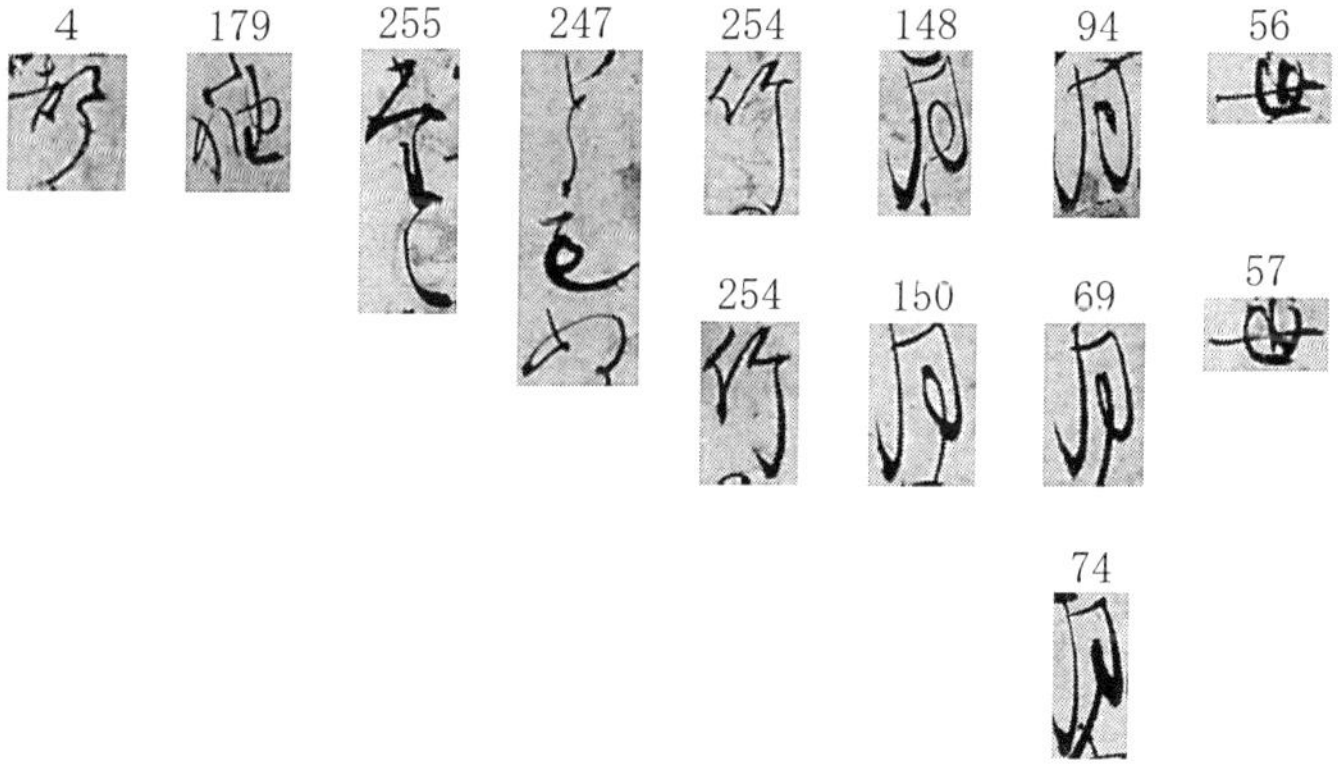
4
179
255
247
254
148
94
56
254
150
69
57
74

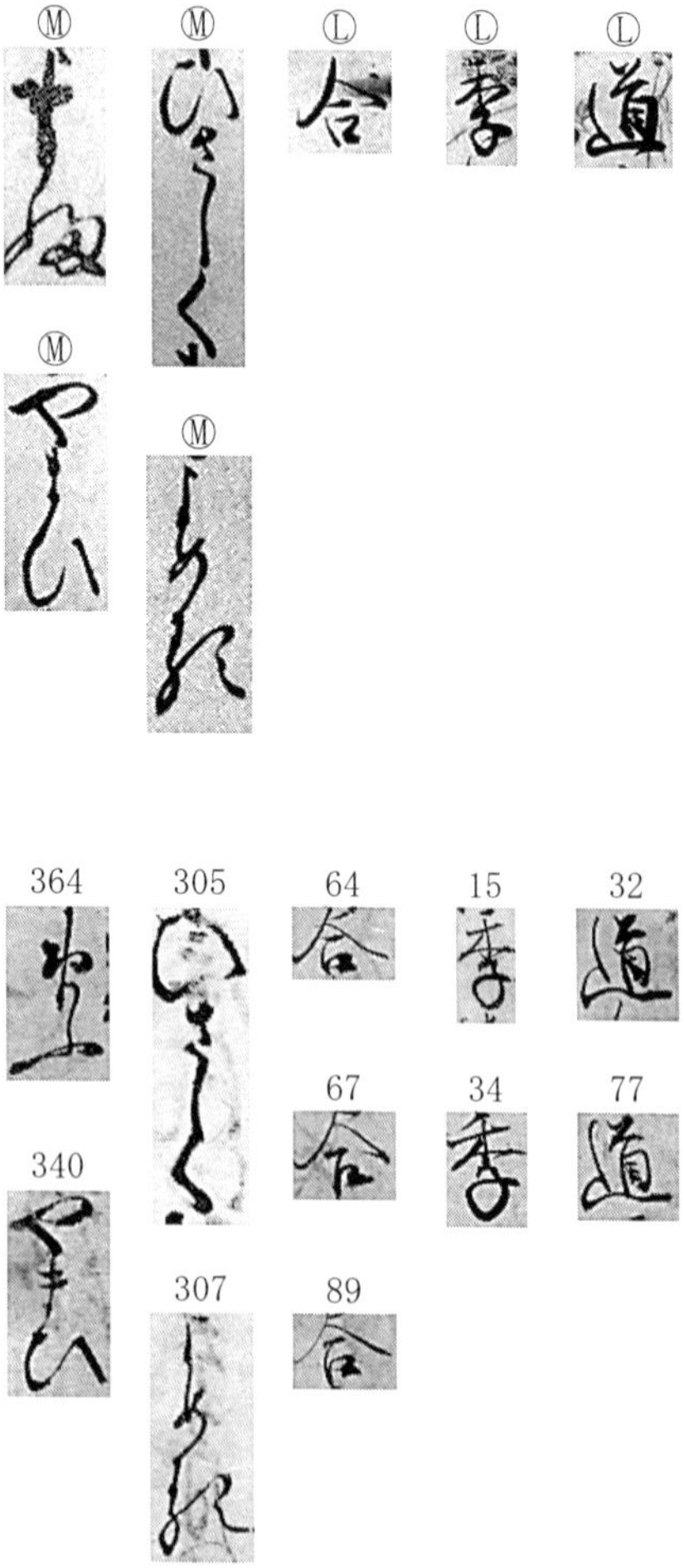

五　本文

最後に大妻本の本文で新編国歌大観の本文と異なり、注目される箇所を以下に若干挙げる。新編国歌大観の本文を示し、その右に大妻本の本文を示す。

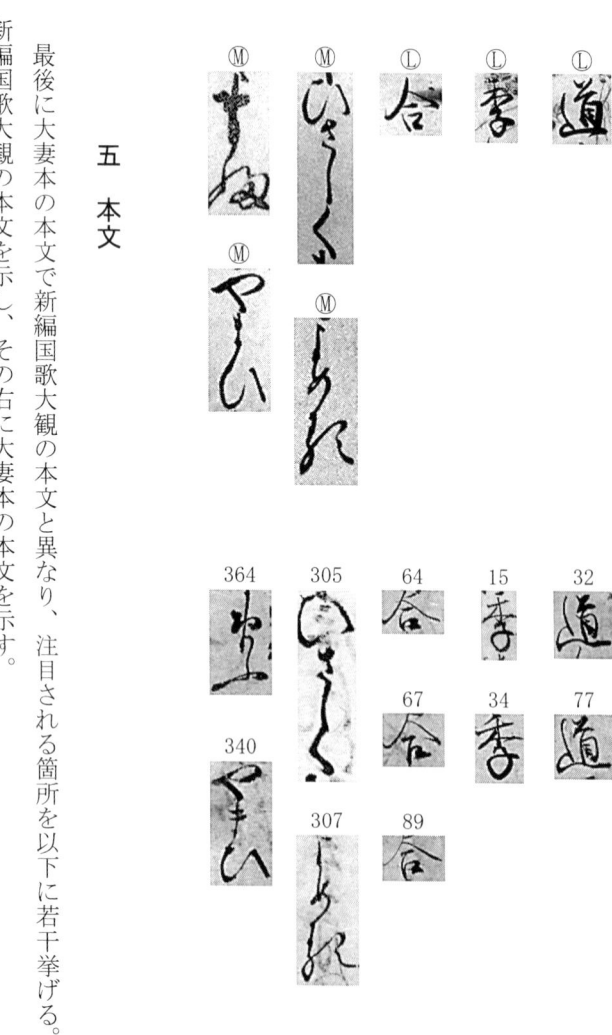

①　かぜふけばならのうら（枯）葉のそよそよといひあはせつついづちちるらん

（冬・一四六・惟宗隆頼）

「後葉和歌集」（雑三・五五〇）には新編国歌大観と同じ本文で載り、大妻本も異本注記で示す。「和歌一字抄」（一〇〇七）では大妻本本文で載る。歌語としての「ならの枯葉」の例は、「経信集」（一六〇）・「散木奇歌集」（一四六四）・「堀河百首」（九四〇）など少なくない。

②　あきはなほこのしたかげ（はがくれ）もくらかりき月はふゆこそみるべかりけれ

（冬・一四八・読人不知）

「後葉和歌集」（冬・二一一）に新編国歌大観と同じ本文で載る。「このはがくれ」は、万葉集（二六七四・二七二〇）から見られる歌語で、「後撰集」（夏・一七九）・「好忠集」（三〇六）・「堀河百首」（一一五〇）などに見られる。

③　あづまぢのはるけきみちを行きかへり（めぐり）いつかとくべきしたひものせき

（別・一八四・太皇太后宮甲斐）

「為仲集」では、二・三句が「はるけきほどに行きめぐり」（一二六）として入っている。

④　なみださへいでにしかたをながめ（たづね）つつ心にもあらぬ月をみしかな

（恋下・二五〇・和泉式部）

「和泉式部集」（七八五）と「後葉和歌集」（恋三・三八六）に新編国歌大観と同じ本文で載る。大妻本本文は「ながめ」と「みしかな」の重なりを避けた改変だろうか。

⑤　ながゐすなみやこのはなもさきぬらんわれもなにゆゑいそぐつなで（ふなで）ぞ

（雑上・二七五・平忠盛朝臣）

「忠盛集」（一〇四）に新編国歌大観と同じ本文で載るが、「後葉和歌集」（旅・二六五）には大妻本と同じ本文で載る。「いそぐ」「ふなで」の組み合わせは「後拾遺集」（羇旅・五三一）・「頼政集」（六五〇）・「教長集」（一一八）などにも見える。

⑥　よるのつるみやこのうちにはなたれて（こめられて）こをこひつつもなきあかすかな

（雑上・三四〇・高内侍）

大妻本は新編国歌大観の本文をミセケチで消す。「栄華物語」「浦々の別れ」（二六）・「後葉和歌集」（雑二・五二七）・「宝物集」（五三七）のいずれも大妻本と同じ本文で載る。

⑦　あしびたくまやのすみかはよのなかをあくがれいづる（そむる）かどでなりけりを

（雑上・三四八・源俊頼朝臣）

⑥と同じく、大妻本は新編国歌大観の本文をミセケチで消す。「散木奇歌集」で二カ所に載り、その一三四九では新編国歌大観と同じ本文、六二一四では大妻本と同じ本文で載る。

〔編集〕
柏木　由夫（かしわぎ　よしお）
　大妻女子大学文学部教授
　担当：翻刻・解題
深澤　瞳（ふかさわ　ひとみ）
　大妻女子大学非常勤講師
　担当．翻刻

詞花和歌集（しかわかしゅう）　大妻文庫2

2012年（平成24年）6月1日　初刷発行

編　者　大妻女子大学国文学会
発行者　岡元　学実

発行所　株式会社　新典社

〒101－0051　東京都千代田区神田神保町1－44－11
営業部　03－3233－8051　編集部　03－3233－8052
ＦＡＸ　03－3233－8053　振　替　00170－0－26932

印刷所 恵友印刷㈱　製本所 ㈲松村製本所

ISBN978-4-7879-6062-7 C3392
http://www.shintensha.co.jp/　E-Mail:info@shintensha.co.jp